Diego Marani

NEUE FINNISCHE GRAMMATIK

Diego Marani

NEUE FINNISCHE GRAMMATIK

Roman

Aus dem Italienischen
von Helmut Moysich

G

GRAF

Die Originalausgabe erschien 2000 unter dem Titel
»Nuova grammatica finlandese« bei Bompiani in Mailand.

Für die Übersetzung dieses Werkes erhielt Helmut Moysich ein
Arbeitsstipendium des Landes Nordrhein-Westfalen.

MIX
Papier aus verantwortungsvollen Quellen
FSC® C014496

Der Graf Verlag München ist ein Unternehmen
der Ullstein Buchverlage

ISBN 978-3-86220-041-2

Gesetzt aus der Dante
Satz: Uwe Steffen, München
Druck und Bindung: GGP Media GmbH, Pößneck
Printed in Germany
www.graf-verlag.de

Für Simona, Alessandro und Elisabetta

Ei Suomi ole mikään kieli, se on tapa istua penkin päässa karvat korvilla.

PAAVO HAAVIKKO

Prolog

Meine Name ist Petri Friari, ich wohne in Hamburg in der Kaiser-Wilhelm-Straße 16 und arbeite als Arzt für Neurologie an der Universitätsklinik.

Ich fand dieses Manuskript in Form eines Schulhefts am 24. Januar 1946 in einem Überseekoffer des Militärhospitals von Helsinki, zusammen mit einer Matrosenjacke, einem Taschentuch mit den eingestickten Initialen S.K., drei Briefen, einem Band des Kalevala *und einer leeren Flasche* Koskenkorva. *Es ist in einfachem, ein wenig holprigem Finnisch und grammatikalisch oft fehlerhaft. Seiten von Prosa wechseln sich ab mit Listen von Verben, Übungen zur finnischen Grammatik und Ausschnitten aus dem Telefonbuch von Helsinki. Manche Seiten sind unleserlich, andere enthalten nichts als Wortfolgen ohne erkennbare Logik, Zeichnungen, fremde Namen oder Schlagzeilen aus der* Helsingin Sanomat. *Oft sind Passagen aus Zeitungsartikeln in die Erzählung eingestreut, die dann bei jeder ähnlichen Situation wiederholt werden, ergänzt durch wieder andere unterschiedlichster Stilrichtung. Mein Wissen um die Geschehnisse, die diesem Bericht zugrunde liegen, erlaubte es mir, die hier erzählte Geschichte zu rekonstruieren und sprachlich korrekt wiederzugeben. Dabei musste ich immer wieder beherzt in den Text eingreifen und Passagen nach eigenem Gutdünken hinzufügen, um unzusammenhängende Ereignisse miteinander zu verbinden. An den Seitenrändern verstreute Adjektive und beharrlich deklinierte komplizierteste Substantive der finnischen Sprache ergaben die Umrisse einer Geschichte, die mir wohlbekannt war. Und so konnte ich diesen Seiten auf die Sprünge helfen und sie das erzählen lassen, womit sie sich vergeblich abmühten. Mit dem Skalpell des Gedächtnisses habe ich Wörter aufgeschnitten, die wie Wunden waren, und dabei Schmerzen wieder aufleben lassen, die ich längst geheilt glaubte. Als Zeuge zahlreicher hier geschilderter Begebenheiten und Gespräche war ich in der Lage, sie wahrheitsgetreu neu zu erzählen. Eine wertvolle Hilfe war mir hierbei die Militärkrankenschwester Ilma Koivisto, die wie ich den Verfasser dieser Seiten gut gekannt hat.*

Der Leser möge nicht erwarten, in diesem Buch eine präzise Wiedergabe historischer Ereignisse oder eine streng wissenschaftliche Abhandlung zu finden. Es geht hier um ein unglaubliches menschliches Drama, um nichts anderes. Achtundzwanzig Jahre nach meiner Flucht bin ich zurückgekehrt nach Helsinki, nur um den Mann wiederzufinden, den ich aufgrund eines grausamen Missverständnisses auf einen Lebensweg geschickt hatte, der nicht der seine war. Dieses Heft ist alles, was von ihm geblieben ist. Von Reue gequält habe ich mich daran gemacht, dieses verworrene Manuskript zu entwirren, um seinem Urheber wenigstens die Ehre der

Erinnerung zu erweisen. Und vielleicht auch, um durch den Blick anderer Augen meine eigene Geschichte, meine eigene Identität neu zu gewinnen. Doch mussten viele Jahre vergehen, bis ich mich, nunmehr alt und ohne Illusionen, zur Veröffentlichung dieser Seiten (einschließlich meiner damals eingefügten Anmerkungen) entschließen konnte – bevor sie zusammen mit mir auf immer verschwunden wären. Unleugbar ist es mein großer Fehler gewesen, den Verfasser dieses Manuskripts ins Verderben zu stürzen, und doch möchte ich zu meiner Rechtfertigung auf den Ausnahmezustand verweisen, in dem sich die damaligen Ereignisse zutrugen. Die äußerst ungewissen Umstände jener Kriegstage, als ich umgeben war von Leid und Tod, führten bei mir zu Gefühlsverwirrungen, die mein klares Verstandesdenken beiseitedrängten, welches mir sonst doch viele Male schon sichere Zuflucht gewesen war. Ohne dass wir es merken, benutzt das Schicksal uns manchmal als bloßes Werkzeug für seine Pläne und macht uns zu Komplizen seiner Unerbittlichkeit. Wie dieser Mann bin auch ich ein im Exil Lebender. Während er jedoch eine dankbare Zuneigung für Finnland hegte, hatte ich mit diesem Land noch eine Rechnung offen. So versuchte ich in all diesen Jahren den Hass gegen die Mörder meines Vaters zu unterdrücken. Aber anstatt dem Ruf der Rache zu folgen, hielt ich verbissen die Erinnerung an das Land am Leben, das doch für immer mein Heimatland bleiben wird, und kultivierte mit Hingabe meine Sprache. Jedes Wort wurde mir dabei zum Gebet, mit dem ich mir für meinen Vater Verzeihung erträumte und für mich selbst die Möglichkeit einer Rückkehr.

Doch es war alles umsonst. Aus den Ritzen meiner Seele sind mit der Zeit harte Stalaktiten des Grolls herausgewachsen. Und jetzt sind es diese Auswüchse, die meine Gefühle bestimmen: Schon im Entstehen nehmen sie deren monströse Form an. Alles an mir ist von diesem Tumor gezeichnet, es gibt keine Erlösung mehr. Denn auch heute noch stößt mein Land mich zurück, indem es mir eine weitere Schuld vorhält, nämlich das Leben des Verfassers dieser Seiten auf Abwege geleitet und so seine Vernichtung herbeigeführt zu haben.

Dabei gibt es rechtschaffene und glaubwürdige Menschen, welche bezeugen können, dass ich alles, was ich tat, in gutem Glauben getan habe. Denn hätte Dr. Friedrich Rainer auch nur einen Tag früher das Taschentuch mit den Initialen S.K. gefunden, wäre das Geschick von Massimiliano Brodar ganz anders ausgefallen. Und meines ebenfalls. Dann wäre ich vielleicht eines schönen Junitags nach Helsinki zurückgekehrt, wenn das Meer seinen Duft in die Straßen der Stadt verströmt und jedes weiße Haus in ein Segelschiff verwandelt; bereit zu vergeben, damit mir vergeben würde. Aber vielleicht hatte ein feindlicher Gott schon alles so vorbestimmt, und Massimiliano Brodar ist niemand anders als das Werkzeug meiner Verdammnis.

1

Rückkehr nach Helsinki

Das erste Lebendige, was ich sah, waren die Augen von Doktor Friari. Ich nahm das Knistern von gestärktem Baumwolltuch wahr, dann tauchte er vor mir auf, umgeben von einem blauen Lichtschein, und beobachtete mich eine Zeit lang eingehend. Aber es gelang mir nicht, durch meinen verschwommenen Blick hindurch die Umrisse seines Gesichts zu erkennen. Es war, als wäre alles in eine zähe Flüssigkeit getaucht, die die Bewegungen verlangsamte, die Geräusche erstickte. Es folgten reglose Tage, deren Oberfläche nur ab und zu gekräuselt wurde durch gedämpfte Stimmen oder Schatten, die hinter einer Glaswand vorbeihuschten, dann lange Momente gelber Stille. Ich versuchte die Augen so lange wie möglich offen zu halten und den Schleier darauf wegzublinzeln, damit ich den Doktor sehen konnte, wie er mich ansah. Aber kaum bemühte ich mich, zwang mich ein stechender Schmerz, sie gleich wieder zu schließen. Tief hinter den Schläfen begann er wie ein Bienenschwarm surrend anzuschwellen, bevor er meine Augenwurzeln angriff. Manchmal überlief mich ein plötzlicher Hitzeschauer. Mir brach der Schweiß aus, und ich spürte meinen Kopf unter dem Verband pochen. Die Krankenschwestern merkten das wohl, denn sofort sah ich neben mir die Luftblase des Venentropfs, und etwas Kaltes wurde mir auf den Arm gestrichen. Langsam verschwand dann das Stechen, und rundherum schien alles wieder klarer. Der blaue Lichtschein wurde zu einem Bullauge; die langen Momente gelber Stille zu Nächten, schwach erhellt vom Notlicht, das in einer kleinen Nische in der Korridorwand angebracht war.

Ich befand mich also auf einem Schiff. Ich spürte sein leichtes Schaukeln, aber es schien sich nicht von der Stelle zu bewegen. Zwar war mir bewusst, dass ich geschwächt war, doch sah und erlebte ich alles auf eine losgelöste, unbeteiligte Weise, so als wäre nur ein Teil von mir lebendig und empfindungsfähig und würde in einer mir fremden Masse dahintreiben. Viel später erinnerte ich mich daran, wie gleichgültig in jenen Tagen langsamen Wiederaufwachens mein Gehirn auf den Zustand meines Körpers reagierte; so als hätte es jedwede Lust oder Kraft verloren, sich weiter darum zu kümmern. Jetzt kamen vor jedem Besuch des Doktors zwei Krankenschwestern und setzten mich neben das Bullauge auf einen Stuhl mit Armlehnen. Ich hatte bemerkt, dass es zwei Rotkreuzschwestern waren, und konnte mich noch dunkel daran erinnern, dass Krieg herrschte. Auch reimte ich mir zusammen, dass ich ein Überlebender irgendeiner kriegerischen Operation sein musste. Aber ich wusste nicht mehr, wer ich war, und war auch gar nicht neugierig darauf. Meine Gedanken schienen aus dem Nichts aufzutauchen, um dann gleich wieder im sandigen Boden meines Bewusstseins zu versickern. Wenn ich später an diesen Zustand dachte, sehnte ich mich beinahe danach zurück. Für einige wenige wundersame Tage war ich allem gegenüber unempfindlich, befreit von Erinnerungen und Schmerzen. Nichts als eine Anhäufung von Zellen, ein primitiver Organismus jener Art, wie sie die Erde vor Millionen von Jahren bevölkerte. Vom Stuhl aus konnte ich die andere Hälfte der Kabine sehen, meine Pritsche und den Nachttisch. Vor allem aber sah ich durch das Bullauge hindurch das Meer, auch wenn es mir nur mit Anstrengung gelang, den Kopf seitwärts zu drehen. Dass ich es bis zum Stuhl schaffte, musste einen großen Fortschritt bedeutet haben, denn immer wenn Doktor Friari jetzt zu mir kam, lächelte er. Er hielt meine Augenlider auseinander und leuchtete mir in die Augen. Er klappte einen Tisch herunter, der an der Wand befestigt war, legte Bildmotive aus buntem Karton darauf aus und forderte mich auf, sie einander zuzuordnen. Dabei war er jedes Mal sehr zufrieden mit mir und notierte die Ergebnisse in ein Heft.

Am Anfang spielten sich unsere Zusammenkünfte schweigend ab. Es war ein Tanz von Bewegungen und Höflichkeitsgesten, skandiert von liebenswürdigem Kopfnicken. Nach einigen Tagen begann Doktor Friari zu mir zu sprechen. Aber seine Worte hörten sich anders an als jene, die er üblicherweise an die Schwestern richtete, ihr Klang war runder und voller und nachhaltiger. Ich hatte noch kein Bewusstsein vom Ausmaß meiner Tragödie, wusste nicht, dass das Trauma, das ich erlitten hatte, mir nunmehr die Welt der Sprache verschloss. Mein Verstand war wie ein Schiff, dessen Leinen vom Sturm losgerissen waren. Nicht weit vor mir sah ich den Landungssteg vorbeiziehen und glaubte, sobald ich wieder bei Kräften war, ihn erreichen zu können. Dabei merkte ich nicht, dass der Wind der Verzweiflung mich immer weiter auf das offene Meer hinaustrieb. Weder verstand ich, was Doktor Friari sagte, noch verspürte ich den Wunsch, ihm zu antworten. Aber das beunruhigte mich nicht. Ohne weiter darüber nachzudenken, schob ich es auf meine Verletzung und auf die unendliche Kraftlosigkeit, von der ich mich nur langsam erholte. Außerdem entstand in meinem Kopf eine vage Vorstellung von Fremdsprache, obwohl mir jegliche objektive Kenntnis fehlte, und deshalb erschien es mir in meinem halb bewussten Zustand plausibel, dass ich die Worte des Doktors nicht verstand.

Wie ich später erfuhr, sprach der Doktor von jenen ersten Tagen an Finnisch zu mir, in seiner Muttersprache, von der er glaubte, es sei auch meine. Er hoffte, der weiche und einladende Klang würde meinen Schmerz lindern und meine Verwirrung besänftigen und mich fühlen lassen, als sei ich unter Freunden. Ich versuchte nicht zu sprechen, denn ich verspürte kein

Bedürfnis danach. Meine sprachliche Intelligenz, meine sprachliche Neugier, überhaupt jedwedes Interesse am Wort war wie ausgelöscht. Ich konnte keine einzige Sprache mehr sprechen und wusste nicht einmal, welche meine eigene war. Aber das alles blieb mir unbewusst. Ein kaum wahrnehmbarer Schleier, wie eine Art Hypnose, schützte mich vor den schrillen Farben der Wirklichkeit.

Eines Morgens breitete Doktor Friari eine Landkarte Europas auf dem Tisch aus und forderte mich mit einem Handzeichen auf, etwas zu tun, was ich nicht verstand. Da ich glaubte, es handle sich wieder um eine neue Übung, versuchte ich, mich auf die grünen und braunen Flecken zu konzentrieren, die gezackten Linien des blauen Meeres und die tiefen Falten der Flüsse. Ich wusste, das war eine geografische Karte, die Umrisse der Länder waren mir vertraut, unzählige Male schon hatte ich sie gesehen. Ich hatte einen klaren Begriff von den Dingen, die ich sah, doch mein Bewusstsein davon drang kaum unter die Oberhaut der Wirklichkeit. So erkannte ich zwar, wie jeden anderen Gegenstand in meiner Umgebung, auch die Formen und Linien auf der Karte, konnte sie jedoch nicht bezeichnen. Es war, als verweigerte mein Verstand jede derartige Anstrengung; später begriff ich, dass ihm einfach die Instrumente dazu fehlten. Mein Körper, meine Hände hatten begonnen, sich wieder zu bewegen. Mit der Beweglichkeit der Gelenke kehrte allmählich auch das Körpergefühl zurück. Alles, was ich sah, fasste ich an; indem ich die Dinge berührte, erlangte ich neues Bewusstsein dafür. Mein Verstand war allerdings nicht mehr in der Lage, eine Verbindung zwischen den Dingen und den Wörtern herzustellen. Wie abgetrennt von mir und doch lebendig in mir, bewegte er sich wie ein Fisch im Aquarium, der durch Glas und Wasser weit weg erscheint und doch ganz nah ist. Ich verstand also nicht recht, was ich mit dieser Landkarte anstellen sollte.

Um mir Mut zu machen, deutete der Arzt mit dem Zeigefinger auf einen breiten grünen Streifen, der mit blauen Punkten durchsetzt war. Ich schaute abwechselnd in seine Augen und auf die Karte, runzelte die Augenbrauen und wurde immer verlegener. Endlich begriff ich. Klar doch! Der Doktor wollte, dass ich ihm zeigte, woher ich kam. Ich hüstelte erleichtert und hob schon den Finger, während ich noch die Karte absuchte. Da schoss es mir eiskalt durch die Adern. Es war, als lehnte ich mich über den Rand eines Abgrunds. Denn ich erkannte zwar die Formen, die von den roten Grenznarben auf der Karte herausgehoben wurden, aber ich hatte keine Ahnung mehr, was sie bedeuteten. Die sich über Täler und Berge ziehenden Großbuchstaben sagten mir überhaupt nichts. Frankreich, Deutschland, Österreich, Ungarn, Rumänien zogen vor meinem inneren Auge vorbei als bloße Umrisszeichnungen, welche ich nicht mehr imstande war zu benennen. Meine Gedanken reichten gerade einmal bis zur Schwelle jener Bedeutungsräume, fanden dann aber nicht die Türklinke, um einzutreten. Mit Entsetzen musste ich zusehen, wie die Hälfte meines Verstands sich mir entzog. So als wäre einer tief im Gehirn verborgenen Ader der Blutstrom abgeschnitten. Sobald ich versuchte, noch so banale Gedanken in Begriffe zu fassen, lösten diese sich vor meinen machtlosen Augen in nichts auf. Auch die Buchstaben, von denen ich jeden einzelnen zu kennen glaubte und das sichere Gefühl hatte, sie ohne jedes Zögern aufschreiben zu können, waren jetzt nur mehr Zeichen ohne Klang, stumme Hieroglyphen einer verschwundenen Zivilisation.

Da befiel mich plötzlich wie ein Brechreiz das Verlangen zu sprechen. Aber gleich hatte ich wieder diese Empfindung, als blieben mir die Worte im Halse stecken. Alles fing an, sich zu drehen, und hinter den Augen spürte ich einen Funkenregen von schmerzhaften Stichen auf mich einprasseln. Ich öffnete den Mund und versuchte einen Laut hervorzupressen, aber was herauskam, war nichts als ein Krächzer. Meine Zunge, mein Mund, meine Zähne waren unfähig, einen Laut zu bilden. Die Luft, die vom Rachen zum Gaumen strömte, verebbte in einem trostlosen Seufzer. Vor Entsetzen über diese furchtbare Entdeckung saß ich wie angenagelt auf dem Stuhl, umklammerte die Armlehnen und grub die Nägel in den Lack. Mit aufgerissenen Augen blickte ich Hilfe suchend den Doktor an. Aber schon war da wieder dieses Kribbeln im Kopf und gleich darauf die stechenden Schmerzen. Nie hatte ich eine derartige Angst verspürt. Es kam mir vor, als würde alles in mir zusammenbrechen, und ich verlöre jeden Kontakt zur Außenwelt. Für einen Moment wurde mir ganz trüb vor Augen, so als wollte auch das letzte schwache Licht erlöschen, welches den einzigen noch offenen Durchgang zwischen mir und der Wirklichkeit erhellte. Auch der Doktor konnte kaum seine Verwirrung darüber verbergen. Er drehte die Karte hin und her und deutete dabei immer wieder mit dem Finger auf den Umriss Finnlands. Dabei wiederholte er mehrmals einige Wörter, welche für mich jedoch bloße Laute waren, die ich zwar hörte, aber nicht verstand. Und für einen Moment sah ich in seinem Blick die Bestürzung desjenigen, der merkt, dass er es mit einem Fall von Wahnsinn zu tun hat. Dann kamen die Schwestern herbeigelaufen und brachten mich zu Bett. Von Neuem spürte ich etwas Kaltes auf meinem Arm, während der Arzt an meiner Seite blieb, bis ich einschlief.

Es waren wohl einige Stunden vergangen, als ich wieder die Augen öffnete, zu erschöpft, um mich zu bewegen, zu verängstigt, um weiterzuschlafen. Draußen im Korridor der gelbe Schein des Nachtlichts auf den lackierten metallenen Wänden. Das Schlingern des Schiffes, das schwarze Bullauge, alles gab mir das Gefühl, langsam in einen Abgrund gezogen zu werden, in einen kalt-dunklen Strudel voller Meeresungeheuer. Ich fühlte mich schwach, gelähmt, konnte nicht einmal weinen. Es herrschte tiefe Nacht, draußen als auch in meinem Inneren. Ich knirschte mit den Zähnen, raffte das bisschen Wut, das ich noch in mir spürte, zusammen und verfluchte einen Gott, der mich ohnehin nicht hören konnte.

Am folgenden Morgen trat Doktor Friari mit einem Lächeln in meine Kabine. Er schien all die Verwirrung vom Vortag vergessen zu haben und sah mich zuversichtlich an. Unter dem Arm hielt er ein Bündel, welches in Paketpapier eingeschlagen war. Es war eine blaue Matrosenjacke, die ich noch nie zuvor gesehen hatte. Der Doktor breitete sie auf dem Bett aus und zeigte mir auf der Krageninnenseite ein dort aufgenähtes kleines weißes Stoffband mit zwei Wörtern darauf, welche jeweils mit einem Großbuchstaben begannen. Ich konnte die Buchstaben zwar voneinander unterscheiden, sie aber nicht lesen. Doktor Friari musterte mich aufmerksam mit einem Blick, der ermutigend sein wollte. Dann begann er zu sprechen, wobei er mit dem Finger auf das Etikett auf dem Kragenfutter zeigte. Indem er wiederholt auf die großen Anfangsbuchstaben deutete, skandierte er langsam mit der elektrischen Stimme eines Automaten: »Sampo Karjalainen«. Angestrengt versuchte ich zu verstehen. Ich ahnte, dass er mir wiederholte, was auf dem Etikett geschrieben stand. Dann nahm er die Jacke an den Schultern, stellte sich vor das Bullauge und schwenkte sie wie wild hin und her. Gleichsam zur Geisel genommen, schien die leere Jacke sich nun zu beleben und mit dem Doktor zu kämpfen, der vor Erregung ganz rot im Gesicht geworden war. Die Ärmel hoben sich und fielen wieder herunter, dass die Knöpfe klackten; so als steckten unsichtbare Glieder in ihnen. Wie in einer unbeholfenen Umarmung fuhr Friari mit den Händen die Vorderseite der Jacke hinunter und durchsuchte die Taschen. Schließlich zog er aus einer von ihnen ein zusammengefaltetes Taschentuch hervor, ließ die Jacke auf den Boden fallen und faltete dieses auf dem Bett auseinander. In einer Ecke waren mit einem blauen Faden die Buchstaben »S.K.« aufgestickt. Ich erkannte sie gleich wieder. Es waren die groß geschriebenen Anfangsbuchstaben des Namens auf dem Etikett. Ich wusste, der Doktor wartete jetzt auf eine Reaktion von mir. Doch gleich der Jacke, die ausgebreitet auf dem Boden lag, streckte auch ich die Arme auseinander, völlig hilflos. Während meine Blicke dabei von den Initialen zu seinem fragenden Gesicht flogen, wirbelten diese Buchstaben in meinem Kopf herum und schmolzen zu einem einzigen unentzifferbaren Zeichen zusammen. Wer war Sampo Karjalainen? War ich etwa Sampo Karjalainen? War das da meine blaue Matrosenjacke? Ich drückte meine Hände gegen die Schläfen und senkte den Kopf auf die Brust. Dann hörte ich, wie die Schuhe des Doktors über die Holzplanken Richtung Tür schlurften. Als ich die Augen wieder öffnete, baumelte die blaue Jacke noch leicht am Wandhaken.

Ich habe alle Aufwachphasen dieses Mannes nach dem Koma genau registriert. Den langsamen Anstieg von Blutdruck und Körpertemperatur, die ersten Zeichen einer Rückkehr des Bewusstseins, die schrittweise Wiedererlangung der Bewegungsfähigkeit, all das wurde in seine Krankenakte ein-

getragen sowie auch die verabreichten Medikamente. Auch wenn ich mich an die Abfolge der Ereignisse erinnern kann, vieles von dem, was hier auf diesen Seiten geschrieben steht, erscheint mir bis heute undurchdringlich. Oft bilden Adjektive und Verben eine abgehackte Folge bloßer Einzelwörter; ohne jede syntaktische Verbindung wie ausgeschnittene Figuren zusammengeklebt. Beim neuerlichen Lesen konnte ich so etwas wie ein nebliges Licht erkennen und die vagen Umrisse der Empfindungen, die dieser Mann verspürt haben muss und die ich nur von außen beobachtete. Ich sah die Augen wieder, wie sie mich verwirrt anstarrten, aber nie werde ich den Abgrund benennen können, aus welchem sie emporblickten.

Eine lange Zeit verging. Nicht enden wollende Tage. In der Zwischenzeit hatte ich meine Sehkraft wiedererlangt. Als mir die Binden abgenommen wurden, betrachtete ich mich den ganzen Nachmittag lang im Spiegel, der über dem Waschbecken hing. Auch in der Folgezeit überraschte ich mich selbst oft dabei, wie eingehend ich mich musterte und wiederzuerkennen versuchte. Manchmal wagte ich es sogar, ganz vorsichtig meine Verletzung am Hinterkopf abzutasten. Aber wenn ich dann mit den Fingerkuppen durch das zerzauste Haar fuhr und auf die dicken glatt rasierten Narben auf der Kopfhaut stieß, schauderte mir vor Angst. Mir war, als berührte ich direkt mein Gehirn.

Mit der Hilfe Doktor Friaris hatte ich gelernt zu pfeifen. Das war der erste Schritt, um meine Sprache zurückzugewinnen. Militärische Märsche zeigten dabei eine erstaunliche Wirkung; ihr Rhythmus übertrug sich sogar auf meine Bewegungen. Ganze Nachmittage verbrachte ich mit Ausspracheübungen, die mich der Doktor fortwährend wiederholen ließ. Ohne sie zunächst zu verstehen, fing ich an, die ersten Wörter nachzusprechen. Während ich mich resigniert in meinen Zustand ergab, dessen wahres Ausmaß sich mir immer deutlicher enthüllte, versuchte ich zugleich mit meinen wenigen begrenzten Mitteln auf die bestmögliche Weise damit umzugehen. Der Doktor half mir dabei, gleichsam die unbekannten Erhebungen meines untergetauchten Bewusstseins auszuloten. Mit ihm zusammen entdeckte ich, dass sich meine Wirklichkeitswahrnehmung zunehmend ausdehnte. Jeden Morgen, wenn ich zu den Rehabilitationsübungen in seiner Praxis erschien, zeigte er beim Blick durch das Fenster auf ein Objekt in der Hafenbucht, welches ich dann in sein Heft zeichnen sollte. Und dabei wurde mir klar, dass ich sehr wohl wusste, wie ein Gebäude und ein Schiff konstruiert waren oder auch wie ein Leuchtturm funktionierte. Unter jede Zeichnung schrieb Doktor Friari dann den entsprechenden Begriff und brachte mir dessen Aussprache bei. Zunächst wiederholte ich diese Laute nur sehr zögerlich, in der Folge dann aber gewann ich zunehmend an Sicherheit. So wurden sie *meine* Wörter, die ich selbstständig wiederholen und lesen konnte und mit der Zeit auch lernte, miteinander zu verbinden. Dass ich dann schließlich auch imstande war, auf Fragen zu antworten, ermöglichte dem Doktor, sich einen genaueren Überblick über meine technischen Kenntnisse zu verschaffen, wozu er mich auch bat, ihm mit Gesten zu verdeutlichen, was ich über die Bilder und Objekte wusste, die er mir zeigte. In anderen Worten, er entdeckte, dass ich wusste, wie ein Automobil, ein Plattenspieler funktioniert oder wie man einen Schraubenzieher oder Engländer benutzt und darüber hinaus, obwohl zu jedem logischen Gedanken unfähig, mich auch recht gut mit der Nautik auskannte. Mein Gehirn reagierte auf alle Reize, die Verbindung war da, der Strom ging durch. Nur der Schalthebel für das Sprechen war noch blockiert. Jedoch wurde diese fehlende Verbindung langsam wettgemacht durch jene Behelfsleitungen, die Doktor Friari eingerichtet hatte. Auch wenn diese labil waren und immer wieder aussetzten, versorgten sie mein Bewusstsein so weit, dass es allmählich zu sich kam. Das Gedächtnis dagegen blieb weiter im Dunkeln und der Moment des Kurzschlusses, der es gelöscht hatte, unauffindbar. Bei allem, was mir der Doktor vorlegte, Fotografien, Landkarten oder auch Flaggen, die er aus Büchern hatte und die den Verlauf der gegenwärtigen Kriegsereignisse dokumentierten: nirgendwo fand ich einen Anhaltspunkt für meine Identität. Es verschwamm alles, rutschte weg wie hinter eine undurchsichtige Glasscheibe.

Begleitet von einer Krankenschwester, hatte ich begonnen, kurze Spaziergänge über das Schiffsdeck zu unternehmen. Ich hielt mich an der Reling fest und ging so die ganz Schiffslänge bis zum Heck ab. Dort setzte ich mich in die Sonne, vor mir das blaue Meer, welches ich so lange Zeit nur durch das Bullauge gesehen hatte. Später erfuhr ich, dass ich mich an Bord des deutschen Lazarettschiffs *Tübingen* befand, das vor dem Hafen von Triest vor Anker lag und auf die Ausschiffung der Verwundeten wartete, welche dann mit Lazarettzügen des Roten Kreuzes weiter nach Deutschland gebracht wurden. In der Morgensonne schien die Stadt in der Ferne eingetaucht in ein Glitzermeer von Wellen und grünen Kuppeldächern; ein Anblick, vor dem ich jedes Mal voller Freude lange verharrte. Diese reine Klarheit von Licht, Luft und Landschaft beruhigte mich. Auf dem Deck begegneten mir Soldaten mit knöchernen Gesichtern und abwesenden Blicken. Jeder von ihnen trug einen Verband oder mehr oder weniger offensichtliche Zeichen einer Verstümmelung. Einige schleppten sich noch ziemlich unbeholfen auf Behelfskrücken gestützt vorwärts. Andere, körperlich anscheinend unversehrt, zeigten bei näherem Hinsehen einen stumpfen, wie geblendeten Blick, der nichts Menschliches mehr hatte. Sie versammelten sich zu kleinen Gruppen, saßen auf Sitzbänken, welche den besten Schutz vor Wind und Wetter boten, spielten Karten, plauderten oder blickten wortlos in die Weite, während sie abwechselnd nur einen Zug von einer Zigarette nahmen. Ich ging ihnen eher aus dem Weg. Was hätte ich denn auch erzählen können? Dagegen lauschte ich heimlich, wenn ich zufällig Zeuge eines Gesprächs wurde, und versuchte die gehörten

Wörter zu entschlüsseln. Dabei prägte ich mir die häufigsten und am deutlichsten ausgesprochenen ein, um sie dann ein Stück weiter laut für mich nachzusprechen. Doch es waren unbekannte Laute, welche da, ohne sich irgendwo zu verfestigen, nur leer in Mund und Kopf widerhallten, ähnlich einem langsam verklingenden Echo. Ohne es zu wissen, spürte ich unbewusst, dass es nicht dieselben Sprachlaute waren, die ich von Doktor Friari kannte. Auch wenn es mir gelang, sie unmittelbar nachzubilden, zerplatzten sie gleich danach wie Seifenblasen, und ich war außerstande, sie nochmals zu wiederholen. Dann setzte ich mich wieder allein an die Reling und schaute auf das Meer hinaus. Aber auch dieses herrliche Naturschauspiel konnte meine tiefe Angst nicht besänftigen. Mit meinen Blicken die unendlichen Weiten durchbohrend, suchte ich verzweifelt nach einem Haltepunkt, einer Erinnerung oder einem Bild, das mir auf wunderbare Weise den abgestorbenen Teil meiner selbst wieder zum Leben hätte erwecken können.

Im Anschluss an meine allmorgendliche Deckrunde ging ich zur täglichen Sitzung bei Doktor Friari. Petri Friari, ursprünglich Neurologe am Universitätskrankenhaus von Hamburg, war ein deutscher Staatsbürger finnischer Abstammung. Wie ich erst später erfuhr, war er viele Jahre zuvor noch im Jugendalter aus Finnland geflohen. Am Anfang verstand ich nicht so recht, was der Doktor mir da erzählte, auch wenn er sich mehrmals wiederholte, indem er wie gewöhnlich immer wieder die geografische Europakarte zu Hilfe nahm und sich mit allen möglichen Gesten verständlich zu machen versuchte. Der Grund seiner Flucht war mir weiterhin nicht ganz klar, aber ich erahnte dahinter eine Tragödie. Mit wachsendem Wortschatz verbesserte sich nach und nach auch mein Verständnisvermögen, und schließlich konnte ich die Puzzlesteine seiner Geschichte zusammensetzen.

Während der Jahre, als die russische Revolution das Land erschütterte, wurde auch Finnland mit in den Sturm hineingerissen. In den Industriezentren erhoben sich die Arbeiter, griffen zu den Waffen und setzten eine kommunistische Regierung ein. Das Land spaltete sich, und ein Bürgerkrieg brach los, aus dem nach schweren Kämpfen die »weißen Garden« von Feldmarschall Mannerheim als Sieger hervorgingen. Auf das Ende der Kämpfe folgte eine gnadenlose Unterdrückungswelle gegen die Sympathisanten der Bolschewisten. Dabei wurde auch der Vater von Doktor Friari, ein Universitätsprofessor und überzeugter Sozialist, verhaftet und in ein Gefangenenlager gesperrt. Nach dem schrecklichen Winter von 1918 galt er als verschollen. Aus diesem Grunde hatte Petri Friari, zu jener Zeit junger Medizinstudent, zusammen mit seiner Mutter Finnland verlassen, um in Hamburg Zuflucht bei entfernten deutschen Verwandten zu finden. Um überleben zu können, hatte er tausend Berufe ausgeübt, und unter großen Opfern war es ihm am Ende auch gelungen, sein Studium abzuschließen. Seit seinem dreiundzwanzigsten Lebensjahr hatte er sein Land nicht mehr gesehen. Doch seine Sprache hatte er nicht vergessen, ebenso wenig wie seine Landsleute.

Wenig außerhalb des Hamburger Hafengebiets, wo die Kräne immer seltener werden und die Stadt sich allmählich in der grauen Landschaft verliert, erhebt sich dicht an der Bahnlinie der gotische Bau der Finnischen Seemannskirche. Dort traf der Doktor seine Landsleute, die auf Handelsschiffen angeheuert hatten, erhielt Informationen, Post und Zeitungen. Am Sonntag begleitete er seine Mutter zum Gottesdienst, wobei er nachmittags für einige Stunden seine Dienste der kleinen finnischen Gemeinde von Hamburg widmete, deren Mitglieder bei ihm kostenlose ärztliche Betreuung genossen. Dafür erhielt er von ihnen Wärme, Zuneigung und hin und wieder eine Flasche Schnaps. Aber vor allem, noch viel wertvoller, die Möglichkeit, seine Sprache sprechen zu können. Aus diesem Grunde auch hatte Doktor Friari sich meinen Fall so zu Herzen genommen. War doch der auf das Etikett meiner Jacke aufgestickte Name ein finnischer Name und sah er deshalb vielleicht sein eigenes Unglück in dem meinen gespiegelt. Auch ich war aus meinem Land in eine weite Ferne verbannt worden, und die Sprache, welche der Doktor unter den Narben meines Schädels begraben glaubte, war in seinen Augen zugleich seine eigene. Mit der gleichen Hingabe, mit der er die Matrosen von der Kirche in Hamburg betreute, kümmerte er sich nun um mich und meine Verletzungen. Während seiner Visiten erzählte er mir aus seiner Vergangenheit, als sei diese ein trauriges Märchen, dessen Ausgang er selber noch nicht wusste, welches ihm jedoch Freude bereitete, vor mir auferstehen zu lassen, so als wollte er damit andere Unglücke abwenden. Als Zeichen der Vorfreude auf eine willkommene Ablenkung rieb er sich die Hände, wenn er mich in seiner Praxis empfing. Dann setzte er sich und öffnete sein grünes Heft, in welches er während seiner Erzählungen und Fragen unaufhörlich hineinschaute.

Immer wieder neue Bildfiguren zeigte er mir, ins Heft eingeklebte oder Reproduktionen aus seinen Büchern, welchen er dann jeweils einen Namen gab, den ich nachsprechen musste. Es waren ganz andere Wörter als jene, die ich von den Soldaten an Deck hörte. Am Anfang machte mir die Aussprache noch große Schwierigkeiten, besonders die einiger Vokale. Aber mit einer erstaunlichen Beharrlichkeit bestand der Doktor darauf, es weiter zu versuchen. Später erzählte er mir von seinem Staunen darüber, wie schnell ich lernte. Nach und nach hatte sich über den glatten Felsblock meines Verstands gleichsam eine leichte Pulverschicht, eine Schicht Flugsand aus Lauten gelegt, welche mit der Zeit immer dichter, körperhafter wurde. Wie ein fruchtbarer fetter Humus, in dem die Wörter nun mehr und mehr Wurzeln fassten und aufblühten. So bildete sich das Sprachgedächtnis, welches vom Trauma in meinem Gehirn ausradiert worden war, an anderer Stelle neu aus, unterstützt vom Baugerüst des Verstands, dabei aber nahezu so spontan wie eine natürliche Sprache. So jedenfalls sah es der Doktor, der weiterhin staunte, wie schnell ich lernte, was wohl damit zusammenhinge, dass dabei Gehirnbereiche einsprangen, die nach seinen Worten beim Spracherlernen für gewöhnlich eher unbeteiligt waren. Und er wagte die fabelhafte Hypothese, dass meine intakten Gehirnzellen die über den Verletzungsbereich verstreuten Überreste meiner Muttersprache aufgespürt hätten, um sich mit ihnen nun, unterstützt von der Lernanstrengung, neu zu verschweißen und neue Verbindungen herzustellen. Eine ganz rätselhafte Chemie war da in mir am Werk, neue Gefäße verästelten sich und transportierten ihre Säfte in unerforschte Regionen, wo früher nur animalisches Leben von Fleisch und Blut pulsierte.

Für den Doktor war es ein ganz wundersames Phänomen, was sich da vor ihm abspielte, und er bejubelte jeden einzelnen meiner Fortschritte. Jede Reaktion von mir während der Übungen, jedes neu von mir erlernte Wort wurde haargenau von ihm registriert und aufgezeichnet. Meine Genesung und Wiedererlangung der Sprachfähigkeit betrachtete er als seinen persönlichen Sieg, eine wahre Heldentat der Wissenschaft. Doch vor allem rührte ihn dabei die Rettung einer Sprache, welche auch er schon, auf seine Weise, für sich selber hatte retten können, indem er sie aus der Verbannung herüber in das Meer des Gedächtnisses geschifft hatte. Zwar war kein anspruchsvolleres Gespräch zwischen uns möglich – unsere Unterhaltungen bestanden zumeist aus isolierten Einzelwörtern, so häufig wiederholt, dass sie schon einen eigenen Körper in der Luft zu bilden schienen –, dennoch hatte Doktor Friari das Gefühl, mit mir die Zughörigkeit zu ein und derselben Welt zu teilen. Ein verborgenes Band vereinigte uns; keine Blutsbande, aber solche, die im Klang der Sprache mitvibrierten. In der Seele des Doktors hielt diese Sprache süße Erinnerungen wach, bei mir den Lebenswillen.

Langsam, Wort für Wort, lernte ich auf diese Weise innerhalb weniger Wochen ein rudimentäres Finnisch. Karg, aber von unschätzbarem Wert, denn dadurch wurde es mir überhaupt erst möglich, mit dem Doktor zu kommunizieren; vor allem aber, meine eigene Geschichte zu erfahren.

Im Morgengrauen des 10. September 1943 fand man mich mit zertrümmertem Schädel im Sterben liegend an der Hafenmole unweit des Bahnhofs von Triest. Ich trug keine Ausweispapiere bei mir und auch sonst keine persönlichen Gegenstände. Nichts, außer meiner Kleidung. Wahrscheinlich war ich überfallen und ausgeraubt worden; neben mir wurde ein mit Blut und Haaren verklebtes Bleirohr gefunden, mit dem man mir den Kopf eingeschlagen hatte. Genau in jenen Tagen war das Lazarettschiff *Tübingen*, von Nordafrika kommend, in den Hafen von Triest eingelaufen. Und zur Mannschaft der *Tübingen* gehörten auch jene Matrosen, die mich aufgefunden hatten. Sie luden mich auf ihre Schaluppe und brachten mich an Bord, wo ich der ärztlichen Pflege von

Doktor Friari überstellt wurde, einem Offiziersarzt der deutschen Marine. Er selbst gestand mir später, dass er mir aufgrund meiner schweren und ausgedehnten Verletzungen keine großen Überlebenschancen gab. Sodass er es nicht einmal für angebracht hielt, mich zu operieren und mich an Bord der *Tübingen* allein aus Mitleid aufgenommen hatte, wegen ebenjenes Namens, den ich auf der Jacke aufgenäht trug. Allerdings beschloss er sofort, mich von der Station der schwer verletzten Komapatienten in den Wiederbelebungssaal zu verlegen, wo er mich besser beaufsichtigen konnte. Der Nackenbereich hatte großflächige, tiefe Verletzungen erlitten, und es war schwierig zu bewerten, zu welchem Anteil auch das Gehirn davon betroffen war. Aber der Doktor hatte wohl gespürt, dass sich noch irgendetwas Lebendiges in mir regte. Dabei unterschied mich in rein klinischer Hinsicht, wie er mir in der Folgezeit erklärte, nichts von den anderen Komapatienten. Im Drängen seiner inneren Stimme aber, das ihn dazu bewog, mir die bestmögliche Pflege zu geben, sah er ein Zeichen des Schicksals. Als ein praktisch und konkret denkender Mann der Wissenschaft war er jeden Morgen, wenn er zu mir in den Wiederbelebungssaal kam, darauf gefasst, mich tot vorzufinden. Als er dann aber sah, dass sich mein Zustand verbesserte, glaubte er an ein Wunder und entfernte sich nicht mehr von meiner Seite. Am Tag, als ich aus dem Koma erwachte, schworen mir die Schwestern, ihn mit einer Träne auf seinen verhärteten Wangen überrascht zu haben. Fortan wollte er sich persönlich um meine Rehabilitation kümmern. Aus diesem Grund auch übernahm er es dann allmorgendlich, mit mir die Übungen mit den farbigen Kartonfiguren zu machen. Als er jedoch merkte, dass ich nicht sprechen konnte und das Trauma mein Sprachgedächtnis sowie meine Fähigkeit zerstört hatte, sprachliche Laute zu artikulieren, da wünschte er sich insgeheim meinen Tod. Überrascht von der Schnelligkeit, mit der mein Gehirn das Bewusstsein wiedererlangte, begann er zunächst, sich für mein Trauma vor allem in wissenschaftlicher Hinsicht zu interessieren. Darüber hinaus konnte er nicht gleichgültig bleiben angesichts der Angst und Verwirrtheit eines Menschen, den man zur Hälfte getötet hatte; beraubt seiner Vergangenheit, seines Namens und seiner Sprache, gezwungen zu einem Leben ohne Erinnerungen, Sehnsüchte und Träume. Dazu kam seine Vermutung, dass ich, wie er selber, ein Finne sei, den es aus wer weiß welchen Gründen in diese so weit entfernten Meere verschlagen hatte. All das hatte ihn veranlasst, mich mit einer Sorgfalt zu behandeln, die sich in Kriegszeiten kaum ein Verletzter erhoffen konnte.

Während der Wochen, die er an meinem Krankenbett damit verbrachte, hinter meinen trüben Augen den kleinsten Funken von Bewusstsein auszuforschen, hatte er sich davon überzeugt, dass ich wirklich ein finnischer Matrose sein musste: an Bord irgendeines Schiffes, vielleicht eines deutschen Handelsschiffs, in Triest gelandet und überfallen von einem der Plünderer, welche in jenen Tagen des Chaos die Häfen und Bahnhöfe unsicher machten. Der Name auf der Jacke zusammen mit den Initialen auf dem Taschentuch ließen keinen Zweifel. So hatte er sich damals geschworen, alles in seiner Macht Stehende zu tun, damit ich in mein Land heimkehren könnte und auf diese Weise wieder Zugang zu meinem Gedächtnis fände. Denn dass ich noch auf der Welt war, war im Grunde ja ein bisschen auch seine Schuld oder sein Verdienst. So wie es auch dem Vertrauen zu verdanken war, mit welchem seine Wissenschaft sich meines unwägbaren Falles annahm und mit welchem sein Herz sich dem bekannten Klang meines Namens öffnete.

Es waren lange Wochen des Wartens an Bord der *Tübingen*, die im Hafen von Triest vor Anker lag. Immer verzögerten neue Schwierigkeiten die Zusammenstellung eines Lazarettzugs. Von meinem Beobachtungsposten auf der Brücke konnte ich hektische Betriebsamkeit am Ufer und auf den Molen erkennen. Ständig kamen neue Militärfahrzeuge, um Soldaten und Waffen zu entladen. Bei günstiger Windrichtung waren selbst die Befehlsrufe der Offiziere zu hören. An manchen Tagen durfte ich den Doktor zum Bahnhof begleiten, wo er die Organisation des Zugkonvois beaufsichtigte oder notwendige Medikamente beschaffte. Zu Mittag gingen wir dann gemeinsam in eine Trattoria am Hafen essen. Dabei musste ich ihm zwischen zwei Happen genauestens berichten, was ich die vergangenen Tage über getan hatte, jede Einzelheit wollte er wissen, und mochte sie noch so unbedeutend sein. Anfangs erschien mir das lästig, doch dann verstand ich seine Absicht: Steinchen um Steinchen sollte ich mir so eine Vergangenheit, ein Gedächtnis zusammensetzen, und er empfahl mir, niemals mit diesen Übungen aufzuhören. Zwar hatte er es mir noch nicht offen gesagt, aber insgeheim bereitete er mich langsam auf eine Rückkehr nach Finnland vor, irgendwann sollte ich den Sprung wagen.

Die Zeit, während der Doktor mit seinen Kollegen in den Räumen der Kommandatur über das Militärsanitätswesen sprach, wozu ich nicht zugelassen war, ging ich gewöhnlich im Bahnhofsgelände herum. Doch nach und nach wagte ich mich dann weiter in die Stadt vor. An Sonnennachmittagen verwandelten sich die Straßen, welche vom Ufer stadteinwärts führten, in goldglänzende Bahnen, und ich folgte ihnen bis hin zu den schattigen Plätzen, wo große Wohnpaläste aus hellem Stein vom tiefblauen Himmel abstachen. Ich hatte meine Freude daran, mich zu verlaufen und den hinter jeder Ecke neu auftauchenden Erscheinungen nachzugehen, um dann irgendwann wieder ins gleißende Meereslicht hinauszutreten. Dabei lebte während jener Monate die ganze Stadt in einem Zustand der Angst. Ich erfuhr, dass nach dem italienischen Waffenstillstand neue deutsche Truppen einmarschiert waren und die Stadt besetzt hatten, um eine mögliche Landung der Alliierten zurückzuschlagen. Die früheren Verbündeten waren auf einmal potenzielle Feinde geworden. Viele italienische Soldaten waren entwaffnet worden oder in die Berge geflüchtet, wo sie sich den Partisanen anschlossen. Deren Posten hatten jetzt die Schwarzhemden und die Soldaten von Mussolinis Republik von Salò übernommen, unter deutschem Kommando. Doktor Friari missfielen alle diese Leute, für ihn gehörten sie nicht zum regelrechten Militär, so wie er. Es fiel mir auf, dass er ihnen immer eher feindlich begegnete und ihnen sonst aus dem Weg ging, wo er nur konnte. Auf einem meiner üblichen Streifzüge während der letzten Tage vor meinem Abtransport wurde die wüstenhafte Stille der Straßen plötzlich von Maschinengewehrsalven durchbohrt. Auch geschah es öfter, dass mich eine Streife anhielt. Doch wann immer der Streifenoffizier dann meinen Passierschein aufschlug, wechselte sofort der Ton seiner Stimme, er ließ seinen Arm hochschnellen, salutierte, und ich konnte weiter meiner Wege gehen. Auch am Bahnhof konnte ich unbehelligt den Militärkonvois zuschauen, wie sie zur jugoslawischen Front aufbrachen. Dabei ließ ich keine Gelegenheit aus, immer wieder jene Stelle nah am Verladekai genau zu untersuchen, wo man mich gefunden hatte. Hier, zwischen den Kränen und ankernden Schiffen, musste es doch eine Spur geben, irgendeinen Anhaltspunkt, der sich in eine Erinnerung verwandeln ließe. An manchen Tagen traf sich der Arzt noch mit einigen hochrangigen Offizieren zum Abendessen, und ich musste bis spät in die Nacht in der Stadt ausharren. Aus Angst vor Einsamkeit kehrte ich dann in die erstbeste Bierkneipe ein. Mitten unter singenden und sich betrinkenden deutschen Soldaten und Schwarzhemden saß ich da vor meinem einen Glas Bier, welches so lange wie irgend möglich vorhalten musste, und sang gemeinsam mit meinen unbekannten Saufkumpanen Lieder, die ich überhaupt nicht verstand. Es beruhigte mich, meine eigene Stimme zu hören, wie sie sich mit all den anderen vermischte, sie gar übertönte, und wie die Worte, die meinen Mund verließen, ein eigenes Leben annahmen, so als gehörten sie wirklich mir, als stünde hinter diesen Sprachlauten, die ich so perfekt zu imitieren gelernt hatte, auch ein klares Bewusstsein von ihrer Bedeutung. Ohne mir die geringsten Fragen zu stellen, erhoben die Leute um mich herum ihre Gläser und stießen mit mir an, als wäre ich einer von ihnen. Dort drinnen, inmitten von Rauch und Lärm, fühlte ich mich sicher, ich war nicht allein. Mein Arzt aber war beunruhigt über diese meine Angst vor dem Alleinsein. Ich müsse sie überwinden, sagte er. Für ihn war es ein Zeichen meiner Unfähigkeit, mein neues Schicksal zu akzeptieren.

An einem Novembermorgen bat mich Doktor Friari, ihn nach Opicina zu begleiten, einer kleinen Stadt im Karst, unweit von Triest. Er musste zur deutschen Kommandantur, um dort einen hohen zivilen Verwaltungsbeamten zu treffen. Noch wusste ich nicht, dass ich selbst der Grund seiner Mission war. Es war ein grauer Morgen, als uns der Wagen von der Mole abholen kam, nur der leuchtende Himmel im Osten ließ dort die Sonne vermuten. Die Straße in den Karst hinauf war unter dichtem Nebel begraben. Die ganze Hochebene triefte von Feuchtigkeit. Wie bei einem plötzlichen Sommerregen klatschten immer wieder dicke Wassertropfen auf die Windschutzscheibe.

Die deutsche Kommandantur war in einer eingezäunten Villa untergebracht, etwas zurückgelegen von der Straße. Wir traten durch das weiße Tor und querten den mit Kies bedeckten Hof, unangenehm berührt von dem Knirschen unter unseren Schritten. Ein Soldat nahm uns in Empfang, und mir fiel auf, dass er hinkte. Er tauschte einige Worte mit dem Arzt und führte ihn dann zu einer Tür am Ende des Hofes. Mir dagegen zeigte er den Weg zur Offizierskantine, die zu dieser Stunde noch leer war. Ich setzte mich hin und blätterte ein paar alte Zeitschriften durch. Nach einigen langen Minuten der Stille hörte ich erneut die hinkenden Schritte, die Tür ging auf, und da war er wieder, der Soldat, und nickte mir zu, ich solle ihm folgen. Er begleitete mich zum Büro, wo der Doktor und der Beamte sich gerade unterhielten. Der Beamte war kräftig gebaut und hochrot im Gesicht. Mit einem leutseligen Lächeln kam er auf mich zu, gab mir die Hand und deutete auf einen Sessel vor seinem Schreibtisch. Ich setzte mich, worauf dann neben mir der Arzt seine Rede dort wieder aufnahm, wo mein Hinzukommen ihn wohl unterbrochen hatte. Zwar sprach er auf Deutsch, aber ich spürte deutlich, dass es um meine Geschichte ging. Er deutete auf die Uniformjacke, die ich ausgezogen und zusammengefaltet über meine Knie gelegt hatte. Auf einen Wink des Arztes zeigte ich das Etikett und zog das Taschentuch mit den Initialen aus der Tasche und legte es auf den Schreibtisch. Der Beamte drehte es, die Brauen runzelnd, in der Hand herum und gab es mir zurück. Das Gespräch war bald beendet. Der Beamte nickte nur bei den Worten des Arztes und machte sich ein paar Notizen. Darauf erhob er sich als Erster, geleitete uns zur Tür und verabschiedete sich überaus herzlich von uns. In seinem so rauen wie innigen Deutsch richtete er dabei einen Satz an mich, dessen Warmherzigkeit mich unmittelbar berührte, auch wenn ich nichts verstand. Der Arzt aber verstand sehr wohl und drückte voller Dankbarkeit die Hand des Beamten. Da mir die Worte fehlten, bedankte ich mich mit einer Verbeugung. Darauf geleitete uns derselbe Soldat über den Kieshof wieder zurück zum Tor. Erst als seine hinkenden Schritte nicht mehr zu hören waren, bestiegen wir wieder den Wagen.

Jetzt lichtete sich der Nebel und stieg dunstig zu den Wäldern auf. Hinter Opicina glänzte uns schon die Felsenküste entgegen, erleuchtet von den durchbrechenden Sonnenstrahlen, welche, steil auf das Meer fallend, die letzen Nebelfetzen auflösten. Nach der ersten Straßenbiegung lag weit geöffnet der Golf vor unseren Augen. Der Arzt ließ den Wagen am Straßenrand anhalten, wir stiegen aus und folgten einem steinigen Pfad den Berghang hinauf. Ringsum erglühte die Landschaft von den Feuerfarben des Waldes, und doch lag bereits etwas Kaltes, Vorwinterliches in der Luft. In den tieferen Mulden der Hochebene, wo sich hartnäckige Nebelpfützen stauten, waren die Pflanzen schon entlaubt. Oben am Gipfel angekommen, setzten wir uns auf eine niedrige Steinmauer und blickten hinab auf die unter uns liegende Stadt, eingetaucht in gleißendes Meereslicht, darüber der jetzt freie Horizont.

»In zwei Tagen ist der Transportzug bereit«, sagte der Arzt. Er schaute weit in die Ferne, nach Worten suchend, die ich verstehen könnte.

Dann sprach er mit lauterer Stimme weiter, als hoffte er, sie würde so tiefer in mich eindringen: »Jetzt ist für Sie der Augenblick der Abreise gekommen. Sie müssen sich dem stellen und dürfen keine Angst davor haben. Denn im Grunde ist es ja ein Zurückkehren. Hier leben Sie doch nur im Limbo, in einem Durchgangsort, von allem abgeschnitten und voller Ungewissheiten. Verstehen Sie mich?«

Ich nickte, obwohl ich kaum etwas verstanden hatte.

Und indem er neuerlich auf das Meer hinausschaute, fuhr er fort: »Sie müssen zurück zu den Orten ihrer Vergangenheit. Nur dort können Sie hoffen, auf etwas zu stoßen, das vielleicht Ihr Gedächtnis weckt. Manchmal reicht ein Geruch, ein bestimmtes Licht, ein nie beachtetes, dabei schon tausendfach gehörtes Geräusch, um eine Erinnerung auszulösen.«

Es waren schon Gerüche, Lichterscheinungen und Geräusche gewesen, die mein Aufwachen aus dem Koma begleitet hatten. Der Arzt schwieg einige Augenblicke und schaute mich dabei komplizenhaft an. Zwar konnte ich nicht wissen, woran er gerade dachte, aber ich spürte, dass er gern gemeinsam mit mir fortgefahren wäre.

»Und fangen Sie an, Ihre Sprache wieder neu zu erlernen. Mehr als alles andere wird das Ihrem Gedächtnis auf die Sprünge helfen. Es reicht ein Hauch, wenn unter der Asche noch ein Fünkchen Feuer glimmt.«

Als er mein trauriges Gesicht dazu sah, wiederholte er nochmals den letzten Satz, indem er mit den Händen das Anzünden eines Streichholzes und die dabei größer werdende Flamme mimte.

»Sie werden sehen, so schwer wird es nicht sein. Aber Sie müssen sich anstrengen. Mit ein paar Wörtern und Gesten, wie wir sie in den letzten Wochen eingeübt haben, dürfen Sie sich nicht zufriedengeben. Sie müssen Ihre Sprache intensiv studieren, doch das allein reicht nicht. Das Finnische ist die Sprache, mit der Sie großgezogen und allabendlich in den Schlaf gewiegt wurden. Nicht nur studieren, lieben müssen sie diese Sprache. Lernen Sie jedes einzelne Wort, als wäre es *das* magische Wort, um das Gedächtnis zu öffnen. Sprechen Sie es sich selbst laut vor, wie ein Gebet. Auch Gebete bestehen aus Wörtern. Und erkunden Sie von jedem einzelnen Wort all seine Bedeutungen und all seine Anwendungen.«

Ich runzelte die Brauen. Ich konnte ihm nicht mehr folgen, wollte aber zugleich den harmonischen Fluss seiner Rede nicht unterbrechen. Es war wie Musik, und er sprach von mir. Er bemerkte meine Hilflosigkeit und versuchte erneut, mir mit Gesten die schwierigeren Begriffe verständlich zu machen. Bestimmte Wörter wiederholte er mir immer wieder aufs Neue, wobei er jede einzelne Silbe betonte, um mir zu zeigen, wie sie zusammengesetzt waren. Aber vergeblich: Mir fehlte einfach die Bedeutung. Und doch gingen diese Silben, die verflogen wie Nebelfetzen in der ersten Morgensonne, nicht ganz verloren. Indem ich sie mir innerlich ständig vorsagte, hinterließen sie tiefe Abdrücke, die mich lange Zeit später erst, wie Fossilien, die Lektionen meines Arztes verstehen ließen.

Im Wald rings um uns das feine Prasseln unzähliger Tropfen auf den durstigen Erdboden. Mir war, als hörte ich, wie die Blätter der Bäume sich zusammenrollten und innerhalb weniger Minuten der ganze Herbst aus ihnen davonrann. Händeringend suchte der Arzt nach dem richtigen Mittel, mir seine Gefühle, seine Ratschläge zu vermitteln. Doch umsonst. Schließlich redete er in einem Atemzug drauflos, ohne sich weiter darum zu scheren, ob ich mitkam, in seiner aufgebrachten Stimme den ganzen Unmut darüber auslassend, dass seine Worte wie in den Wind gesprochen waren.

»Ein letzter Rat«, sprach er. »Als Mann, nicht als Arzt. Da die Sprache wie eine Mutter ist, suchen Sie sich eine Frau. Von einer Frau werden wir auf diese Welt gebracht, von der Mutter lernen wir sprechen. Verlieben Sie sich, geben Sie sich hin. Löschen Sie Ihr Gehirn aus, und überlassen Sie sich Ihrem Herzen. Sie müssen sich in eine Stimme verlieben und in all die Wörter, die sie ihnen sagt.«

Vielleicht war es die vorausgehende lange Stille gewesen, aber dieser letzte Satz, ohne dass ich ihn verstanden hätte, prägte sich mir tief ein. Ich wiederholte ihn und verstaute ihn wie einen gefrorenen Block von Tönen, deren Bedeutung ich nur vage ahnte, in mein Gedächtnis. In dem Maße, wie dieser dann in der Folgezeit in meinem Geist auftaute, konnte ich auch die einzelnen Wörter herauslösen. Als letztes zugleich das größte: *rakkaus*, was Liebe heißt.

Aber die so herrlich vor uns ausgebreitete Landschaft, das gläserne, in der Ferne vom Wind geriffelte Meer, die schon warme Sonne im noch dunstig verschleierten Himmel, all das lud freilich nicht zu derart schweren Gedanken ein. So schwiegen wir lange Zeit, wie verzaubert von diesem beseligenden Anblick. Auch der Krieg schien jetzt weit weg. Und die in Alarm versetzte und so angsterfüllte Stadt bot von hier oben eher das Bild einer Krippe, die auf hoher See kreuzenden Kriegsschiffe waren Spielzeuge. Der Doktor hielt sein Gesicht weiter in die Sonne. Ich blickte zu meinen Füßen hinab auf die Felsen, die steil in das leere Azurblau des Meeres fielen, und ich dachte nach. Mehr noch als die Wörter, die ich kaum verstand, war es der Ton seiner Stimme, der mich verblüfft hatte. Ich spürte, dass es für mich zu einem Wendepunkt kam, den ich nicht verfehlen durfte. Ich musste das Rätsel dieses tiefen Einschnitts in meinem Leben lösen. Auch wenn ich mich schon fast gewöhnt hatte an die Atmosphäre dieser unbekannten und traurigen Stadt, an dieses Schiff, welches da außerhalb jeder Zeit ankerte, so spürte ich doch, nicht für immer hier bleiben zu können. Aus der leuchtenden Stadt zu unseren Füßen stieg, zusammen mit gedämpften Geräuschen, aus irgendeinem Kamin langsam eine Rauchsäule zu uns herauf.

Der Arzt nahm seinen Gedankenfaden wieder auf und setzte hinzu: »Und da wir ja nun Landsleute sind, grüßen Sie mir ausgiebig mein altes Finnland! Auch für mich waren diese Wochen, in denen ich Ihnen etwas von unserer Sprache beibringen konnte, eine Entdeckung. Längst vergessen geglaubte Wörter sind mir so wieder aus dem Gedächtnis aufgestiegen. Als ich Kind war, wiederholte meine Mutter oft die Redensart: ›*Oma maa mansikka, muu maa mustikka*‹ (Das eigene Land ist wie die Erdbeere, das fremde Land wie die Schwarzbeere). Mansikka ist die Erdbeere, rot und süß wie unser Land. Mustikka ist die Schwarzbeere, schwarz und herb wie ein fremdes Land. Schließlich fühlt sich ein jeder doch nur bei sich daheim wirklich wohl. Wer weiß, vielleicht hat meine Mutter damals mein Schicksal schon vorausgesehen, und ihre Worte sollten eine Warnung an mich sein. Vielleicht ist es ja auch ein Zeichen, wenn ich Ihnen hier an diesem weit abgelegenen Ort begegnet bin, ein Wink meiner Mutter aus dem Jenseits, um mir zu sagen, dass es nun auch für mich an der Zeit ist, nach Hause zurückzukehren!« Dabei lächelte er mit einem Mundwinkel, entschlossen, an solch ein Vorzeichen zu glauben, und wandte mir für einen Augenblick den Blick zu, ließ ihn dann aber sofort wieder weit aufs Meer hinausschweifen.

Der Doktor hatte alles für meine Abreise vorbereitet. Ich sollte mit dem Militärkonvoi Triest–Laibach–Wien–Prag–Dresden aufbrechen, der die reisefähigen Verletzten der *Tübingen* nach Deutschland zurückbrachte. Von Dresden würde ich nach Berlin weiterreisen und von dort nach Stettin, ausgestattet mit einem Passierschein, den der Arzt von jenem hohen Beamten in Opicina bekommen hatte. Darauf würde es mit dem Schiff weiter nach Helsinki gehen. Der Arzt gab mir einige Empfehlungsbriefe für einen befreundeten Kollegen im Militärkrankenhaus in Helsinki, worin er meinen Fall und die Besonderheiten meines erlittenen Traumas beschrieb.

»Fragen Sie nach Doktor Mauno Lahtinen«, sagte er, indem er sich versicherte, dass ich das richtig verstanden hatte. »Er ist ein alter Freund von mir aus der Studienzeit an der Universität in Helsinki. In den sechsundzwanzig Jahren seitdem haben wir uns ein einziges Mal vor drei Jahren auf einem Neurologenkongress in Berlin wiedergesehen. Aber wir schreiben uns weiterhin regelmäßig, und ich weiß, dass er an das zentrale Militärkrankenhaus von Helsinki abkommandiert worden ist.« Dann gab er mir noch ausreichend Geld für die Reise und die notwendigen Ausgaben in der ersten Zeit. Dabei legte er mir ans Herz, nie zu zögern, seinen Namen zu nennen, wenn ich bei deutschen Behördenvertretern auf Schwierigkeiten stoßen sollte.

»Und falls das einmal nicht ausreicht, sagen Sie, man solle dem Gauleiter Kärntens telegrafieren, Dr. Friedrich Rainer, das ist der Beamte, den wir in Opicina getroffen haben. Er weiß über alles Bescheid.«

Es fiel ein feiner Regen am Vormittag, als ich den Zug nach Dresden bestieg. Schwere Wolken hingen tief bis zum Meer herab. Doktor Friari begleitete mich auf den Bahnsteig. Verzweifelt suchte ich nach Dankesworten, doch zu mehr als einem Händedruck war ich nicht fähig. Der Arzt bemerkte, wie bewegt ich war, aber er selbst beherrschte sich dieses Mal.

»Nur Mut! Im Grunde kehren Sie ja nach Hause zurück! *Oma maa mansikka ...*« In diesem Augenblick unseres Abschieds nahm er einen Ausdruck der Teilnahmslosigkeit an, wie er ihn bei mir bislang nie gezeigt hatte.

Dann richtete er sich ein letztes Mal an mich: »Ich wünsche Ihnen, Sie mögen ein neues Leben beginnen oder jenes wiederfinden, das Sie verloren haben. Ich bitte Sie nicht darum, mir ein Lebenszeichen, eine Nachricht von sich zu geben. Ich weiß, dass Sie sich nur ungern an diese Tage zurückerinnern werden wollen, wenn Sie erst einmal wieder zurück zur Ruhe und zum Frieden gefunden haben. Wenn Sie können, behalten Sie wenigstens mich in Erinnerung. Wir möchten, dass man sich an uns erinnert. Mehr wollen wir doch gar nicht, oder?«

Während der Zug langsam anfuhr, warf er mir noch einen letzten Gruß zu, wobei seine andere Hand die

Schöße seines Mantels zusammenhielt. Ich sollte ihn nie wiedersehen.

Diese Seiten haben mich tief bewegt. Hier fanden sich Züge von mir aufgezeichnet, die ich selber nicht kannte. Und beinahe alles von mir Gesagte war hier festgehalten, wobei meine persönliche Geschichte sogar noch bitterer aus diesen Zeilen klingt, als sie es war. Auch wenn dieser Mann unfähig war, irgendeine Sprache zu sprechen, so verstand er es doch, aus meinem Schweigen zu lesen und die Angst in meinem Blick zu erkennen. Ich erinnere mich noch bestens an unsere ersten Begegnungen in meinem Untersuchungszimmer an Bord der Tübingen. *Ohne es zu merken, begann ich ihm meine Geschichte zu erzählen. Und überzeugt davon, er würde mich nicht verstehen, redete ich einfach drauflos, um meine Gefühle loszuwerden, wie ich es bislang nie hatte tun können, nicht einmal mit den Matrosen von der Kirche in Hamburg, aus Angst, angezeigt zu werden. Dabei entging mir, dass mein Schmerz so stark sein musste, dass er an allen Wörtern vorbei direkt ins Herz dieses Mannes traf, den ich damals noch wie einen Taubstummen behandelte. Bis heute weiß ich nicht, wie er es schaffte, lange Teile meiner Auslassungen zusammenhängend wiederzugeben. Zum Glück habe ich mein Tagebuch von jenen Tagen aufbewahrt – das grüne Heft, wie er es nennt. Neben meinen persönlichen Notizen hielt ich darin alle wichtigen Ereignisse an Bord fest. Dank seiner Erzählung konnte ich genau die Verkettung der Geschehnisse rekonstruieren und mir unsere Gespräche in Erinnerung rufen. Vor allem der erste Teil seines Berichts enthielt unklare*

Stellen, die ich nur mit Mühe in eine sinnvolle Folge bringen konnte. Aber abgesehen von Rechtschreibfehlern sind viele der Sätze, die er von meinen Erzählungen aufschnappte, erstaunlich präzis wiedergegeben, als hätte er sie auswendig gelernt. Meine Worte wogen schwer für ihn, und so fasste er immer stärkeres Vertrauen zu mir.

Nach langen Wochen des Kreuzens vor der ostlibyschen Küste, wo die Tübingen *die Verletzten der Afrikaschlachten aufnahm, war das periodische Anlegen im Hafen von Triest jedes Mal eine große Erleichterung. Hier in diesem glänzenden Golf fand ich eine Art Ersatzfrieden und konnte endlich die Füße wieder auf festen Boden setzen. Und hier konnte ich endlich auch wieder nachts schlafen ohne die ständigen Gedanken an Gefahr, fand ein wenig Zeit zum Lesen und konnte mich hin und wieder sogar dem Nichtstun hingeben. Mir gefiel diese abweisende, niemandem zugehörige Stadt. Weder italienisch noch österreichisch oder slawisch, doch überall schlug mir ihre schamlose Schönheit entgegen, die ich, eingeschüchtert, jedes Mal neu ausspähte wie die einer unerreichbaren Frau. Manchmal stellte ich mir vor, auch nach Ende des Krieges hierzubleiben. Aber zugleich spürte ich, dass dieser Ort zu grandios war für mein fades Leben. Wer in solch einer Stadt lebt, ist gleichsam zu ständigem Verliebtsein verpflichtet, und immense Freuden brauchen, ganz auch wie immense Schmerzen, eine große Bühne. Immer wenn dann die* Tübingen, *befreit von ihrer wehklagenden Ladung stinkenden Fleisches, wieder den Anker lichtete und erneut Kurs Richtung Süden nahm, befiel mich eine große süße Melancholie. Und dabei war mir, als hätte ich ein weiteres Mal die Gelegenheit verpasst, diese Stadt zu umarmen, und bildete mir ein, dass vielleicht doch auch sie, bei all ihrer Verächtlichkeit, im Grunde mich bei sich zu haben wünschte.*

Die Fahrt nach Opicina an jenem Herbstmorgen, die aus dem Nebel hervortauchende Karstlandschaft, das alles, verbunden mit allem, was ich damals sagte, hat sich mir fest eingeprägt. Und so konnte ich auch den Sinn meiner Reden wiederherstellen. Es war nicht einfach damals, den richtigen Weg zu finden, um mich verständlich zu machen. Es ging ja auch um Begriffe und Ideen, und zu jener Zeit konnte der Verfasser dieser Seiten noch nichts anderes als konkrete Dinge benennen. Heute stelle ich mit Erstaunen fest, dass er meine Worte so lange als solche im Gedächtnis festhielt, bis er sie endlich entziffern konnte. Es stimmt, auch ich wäre gern nach Finnland aufgebrochen, hätte die Kriegswirren ausnutzen und den Neurologen am Militärhospital von Hamburg von der Erdoberfläche auslöschen und ihn durch den Medizinstudenten von Helsinki damals vor sechsundzwanzig Jahren ersetzen wollen. Aber das war jetzt nicht mehr möglich. Sechsundzwanzig Jahre gehen nicht folgenlos vorüber. Wie Lava ergießt sich das Gedächtnis über die Erinnerungen und konserviert sie auf diese Weise; zugleich aber werden sie uns dadurch für immer entzogen. Mir gelingt es bis heute nicht, mich von dem Gedächtnis zu befreien, welchem der Verfasser dieser Seiten so glücklos nachspürte. Das Gedächtnis ist gleichsam der Schmerzzoll, den ich alltäglich zahle, wenn ich in dieser Welt aufwache und in ihr zu leben akzeptiere. Warum, weiß ich nicht. Vielleicht weil es einfacher ist, geboren zu werden, als zu sterben. Vielleicht aus der krankhaften Neugier eines jeden Menschen, selbst noch im Schmerz zu sehen, wie alles enden wird.

So hatte ich mir meine Ankunft in Helsinki nicht vorgestellt. Nicht diesen grauen Morgen, nicht diesen bedrohlichen Himmel. Nichts Einladendes ging von dieser Stadt aus, die uns da als dunkle Masse über dem trüben Meer entgegenkam. Das schwedische Handelsschiff *Ostrobotnia*, der rostige Bug in den Himmel gereckt, hatte die Maschinen abgeschaltet und schaukelte jetzt sanft inmitten frei treibender Eisplatten an der Mole. Schweigend herbeigeeilte Männer hatten die in den schmutzigen Schnee geworfenen Haltetaue aufgenommen, um sie an den Pollern festzumachen. Es lag Alarmstimmung in der Luft. Militär kam an Bord und kontrollierte in Begleitung eines Matrosen gelangweilt die Laderäume. Der Schiffskommandant, der mich nur widerwillig und erst nach langer Befragung an Bord aufgenommen hatte, rauchte nervös und spähte dabei zu den schwarzen Hafengebäuden hinüber. Ich musste an die Kaserne in Stettin zurückdenken, die langen Reihen Soldaten, die mit gesenktem Kopf umhergingen, und das seltsame Glänzen ihrer neuen Blechnäpfe. Dieses inquisitorische Gesicht hinter dem Tisch, das tausendfache Auf- und Wiederzusammenfalten meines Passierscheins. Und dann die Fahrt auf dem Lastwagen zum Hafen, die Schlaglöcher voller Wasser, das gedrängte Durcheinander auf den Molen und immer dieser verdächtigende Blick auf mich, dieser Narbenmund, der sich hin und wieder halb öffnete, als wollte er etwas sagen, und dann doch stumm blieb.

»Wohin werden Sie denn gehen, hier in Helsinki?«, fragte mich der Kommandant, wobei er seinen Zigarettenstummel fest zwischen die Lippen presste. Eine Frage, die er mir wer weiß wie oft schon während der Überfahrt gestellt hatte. Vielleicht hoffte er, mich so bei einer widersprüchlichen Antwort zu ertappen.

»Ich habe die Adresse eines Militärhospitals und einen Empfehlungsbrief von Doktor Friari«, gab ich ihm wieder einmal in meinem gebrochenen Finnisch zur Antwort.

»Aber wie auch immer, mir ist jeder Ort recht«, setzte ich noch hinzu.

Der Offizier blickte wieder hinüber zur Stadt und erwiderte mit dem Rücken zu mir: »Das ist keine Stadt wie die anderen. Das ist ein Lager von Mongolen, die irrtümlich am anderen Ende des Kontinents aufgetaucht sind. Wilde, die ihr Leben nur mit Saufen verbringen, notfalls Äthylalkohol, wenn sie nichts anderes finden!« Zufrieden über seine Worte, drehte er sich um und nahm einen tiefen Zug von seiner Zigarette.

»Willkommen in Helsinki!«, setzte er mit scharfem Ton hinzu. Im Fortgehen dann warf er seinen Stummel ins Meer, und ich dachte, dass er vielleicht schon von Beginn der Reise an diese Worte für mich in petto gehalten hatte.

Mit meinem Jutesack über der Schulter ließ ich den Hafen hinter mir. Eine leichte Angst drückte mir aufs Herz, aber ohne dass es schmerzte, beinahe wie ein keimendes, unreifes Glück, doch noch zu bitter, um es annehmen zu können. Zwischen schmutzigen Schneehaufen folgte ich den Reifenspuren der Lastwagen und dachte, jetzt gehe ich also in meine Stadt, in mein Heimatland, und dieser Gedanke gab mir Hoffnung. Ein Soldat zeigte mir den Weg zum Militärkrankenhaus, entlang einer breiten Straße, die ins Zentrum führte. Bevor ich den roten, glänzend gewachsten Fliesenboden betrat, schüttelte ich zuerst den Schnee und Schlamm von meinen Stiefeln ab. Ich befand mich in einer schlecht beleuchteten Eingangshalle mit hohen Decken. Die Krankenschwester hinter dem Aufnahmeschalter richtete eine kurze Frage an mich. Da ich sie nicht verstand, sagte ich meinen Vorstellungssatz auf, den Doktor Friari mir beigebracht hatte, und reichte ihr den Umschlag mit dem Siegel der *Tübingen*. Die Frau erhob sich und deutete mir zu warten, indem sie auf die Holzbänke an der Wand zeigte. Ich nahm die Mütze ab und atmete tief den Geruch von Äther ein, gemischt mit frischem Lack. Durch den Haupteingang traten einige munter schwatzende Unteroffiziere in die Halle und verschwanden in einem der Korridore. Lange noch war der Widerhall ihre Stimmen zu hören, bis er endlich hinter einer Tür verstummte. Neugierig lauschte ich ihren Worten, wobei ich mich schon fast darüber wunderte, dass sie so sprachen wie Doktor Friari. Das war also wirklich

Finnisch gewesen. Rings um mich lebte es also und erfüllte diesen ganzen unbekannten Raum mit seinen vertrauten Lauten. Dabei waren im Netz, das meine Ohren gleichsam ausgeworfen hatten, um jede Silbe aus dem Mund dieser Männer einzufangen, zwischen den vielen unbekannten oder abgehackten Wörtern am Ende doch einige vollständige, unversehrte Wörter hängen geblieben. Ich untersuchte sie genau, nahm ihre Teile auseinander und verglich sie mit denen, die ich schon kannte, indem ich sie mir leise wiederholte. Ja, es waren richtige Wörter, und schon gehörten sie auch mir! Meine Gedanken wurden unterbrochen von einem Soldaten, der sich auf die Bank mir gegenüber setzte. Er stützte die Ellbogen auf die Knie und ließ tief den Kopf hängen. Dabei wanderte sein Blick starr auf dem Boden herum, so als bewegte sich dort etwas im geometrischen Muster der Fliesen, und immer wieder hob er seine Schuhspitzen, als müsse er es vorbeilassen. Ich bemerkte, dass er die gleiche Jacke trug wie ich. Dieselbe dunkelblaue Farbe, die gleichen Hornknöpfe. Nur am Kragen waren Kragenspiegel aufgenäht. Ich schaute an mir hinunter, strich über den rauen Stoff, die groben Nähte und dachte, ja, dieses Land musste wirklich meins sein.

Man ließ mich nicht lange warten. Aus einer Korridortür kam eine Krankenschwester auf mich zu und führte mich in ein Behandlungszimmer. Der mich empfangende Arzt hatte bereits den Brief von Doktor Friari gelesen, der geöffnet auf seinem Schreibtisch lag. Es war ihm anzusehen, dass er sich Sorgen machte, wie er sich mir verständlich machen könnte. Er begann damit, völlig unnatürlich jede einzelne Wortsilbe zu artikulieren, darauf bedacht, nach jedem Wort eine kurze Pause zu machen, bevor er zum nächsten ansetzte. Aber das half mir. So konnte ich verstehen, dass Doktor Mauno Lahtinen, der Neurologe des Hospitals, unterwegs war im Nachschubgebiet der karelischen Front, man ihn aber binnen Kurzem zurückerwarte und er sich dann sicher um mich kümmern werde. Alles, was sie mir für den Augenblick anbieten konnten, waren ein Feldbett und eine Mahlzeit in der Kantine. Diesen letzten Satz wiederholte der Arzt ein zweites Mal, aber jetzt mit anderer Stimme, vielleicht um ihn besonders zu betonen. Und diesmal waren es Worte, die ich schon kannte, denn sie gehörten zu den ersten, die ich an Bord der *Tübingen* gelernt hatte. Er fügte noch andere hinzu, die ich nicht verstand, doch waren sie wohl nicht so wichtig, denn er hatte seinen Blick schon wieder von mir abgewandt. Er steckte meinen Brief zurück in den Umschlag und diesen dann in eine unbeschriftete Mappe, die er zu den vielen anderen Mappen legte, die sich schon auf einem Aktenschränkchen in seinem Rücken türmten. Besorgt schaute ich auf das leere Etikett auf dem grauen Kartonrücken der Mappe, was der Arzt zwar auch bemerkte, aber er sagte nichts zu meiner Beruhigung. Vielmehr erhob er sich zum Zeichen, dass unser Gespräch damit beendet sei, und drückte mir eher beiläufig die Hand.

Darauf begleitete mich die Krankenschwester den Korridor entlang bis zu einem großen Raum, dessen

Wände mit weiß lackierten Regalen und Schränken zugestellt waren. Hier belud sie meine Arme mit einem Bündel Decken und Bettlaken. Dann ging es weiter durch leere Schlafsäle, von großen Kreuzfenstern erleuchtet. Schließlich kamen wir in einen etwas kleineren Raum, in welchem sechs Feldbetten standen. Vor dem letzten blieb die Krankenschwester stehen. Sie übergab mir einen Schlüssel mit der Nummer sechs darauf und zeigte auf einen Eisenspind. Dann fragte sie mich etwas und wartete einen Augenblick lang auf meine Antwort. Aber wieder hatte ich nichts verstanden. Als sie meinen verstörten Blick sah, senkte sie lächelnd die Augen und schien dabei noch verlegener als ich. Als dann selbst noch das Rascheln ihrer Tunika nicht mehr zu hören war, spürte ich, auf der Matratze dieses unbekannten Bettes sitzend, wie die ganze Stille, die ganze Einsamkeit, gegen die ich während der langen Reise von Triest nach Helsinki angekämpft hatte, plötzlich über mir zusammenschlug. Von allen Seiten eingeschlossen, wie ein Fisch unter dem arktischen Eismeer. Über mir sah ich zwar Licht, aber stärker noch spürte ich den Sog hinab in den Abgrund. Ich zog mir die Schuhe aus, deckte mich irgendwie zu und fiel in tiefen Schlaf. Seit Wochen hatte ich in keinem richtigen Bett mehr gelegen.

Eine Glocke weckte mich, die von draußen zu kommen schien. Ich wusste nicht, wie viel Zeit vergangen war. Von der anderen Seite des Fensters hörte ich im Hof Schritte und Stimmendurcheinander. Ich stand auf, knöpfte mir die Jacke zu, die ich nicht einmal ausgezogen hatte, schloss meinen Seesack in den Spind und folgte dem Klang der Glocke hinaus nach draußen, wo ich mich in einer Reihe mit Soldaten und Krankenschwestern wiederfand, die auf dem Weg zu einer weißen Kirche waren. Bis auf die Orgel war auch das Kircheninnere völlig weiß. Das abnehmende Tageslicht schimmerte rot durch die Scheiben der vier Dachfenster. Von einer Wand neben dem Altar hingen drei vergoldete Nummern. Auf der Bank lagen ein in Wachspapier eingeschlagenes Messbuch und eine mit einer roten Kordel versehene Bibel. Dann raschelte es auf einmal aus den Messbüchern, und man fing an zu singen. Ein Militärkaplan stieg zum Altar hinauf und begann einige Passagen aus einem dicken Band zu lesen, der auf einem Dreifuß ruhte. Er trug eine graue Uniform und hatte weißblonde Haare. Beim Umblättern jeder gelesenen Seite behielt er diese noch einen Moment lang zwischen den Fingern, bevor er sie dann langsam fallen ließ. Neben ihm flackerte eine Kerze. Die Zeremonie dauerte nur kurz, unterbrochen von Augenblicken inniger Stille am Ende jedes Lobgesangs. Ich hingegen blätterte in dieser seltsamen Bibel, ging von einer Zeile zur nächsten und versuchte dabei wenigstens die Namen zu entziffern. Ich lauschte dem Singen neben mir und beneidete diese Münder so voller Worte. Am Ende der Messe bewegten die Menschen sich ruhig zum Ausgang, nur einige wenige verharrten noch kniend im Gebet.

Der Geruch von Wachs und Holz hatte mich beruhigt. Hier fühlte ich mich sicher, weit entfernt vom

Schiffskommandanten der *Ostrobothnia*, weit auch von der metallischen Stimme aus den Lautsprechern, die jeden nächsten Bahnhof ankündigte, und weit von den Waggons des Roten Kreuzes mit ihrem Gestank nach Schweiß und Rauch der haufenweise auf ihren Rucksäcken schlafenden Soldaten. Auch ich blieb noch in meiner Bank und hielt dabei die Bibel fest mit beiden Händen umschlossen, so als wollte ich jene Gebete aus ihr herauspressen, die ich nicht hatte mitsprechen können. Ich hatte das Gefühl, umzingelt zu sein. Denn draußen vor der Kirche wartete von Neuem die Einsamkeit auf mich. Kaum hätten die letzten Soldaten die Kirche verlassen, käme sie aus den Holzritzen gekrochen, unter den Türen hervor, aus jedem Spalt, und würde sich um mich schlingen und mir die Luft abdrücken, ohne dass ich dabei gleich sterben müsste. Im Geiste durchlief ich endlose Korridore ohne Ausgang, als sich unversehens eine Hand auf meine Schulter legte. Im Umdrehen erkannte ich die Krankenschwester von vorher wieder. Sie stand neben dem Militärkaplan, der zur Begrüßung den Kopf leicht senkte, und sagte: »*Tervetuloa talossa!*« (Willkommen daheim!)

Auf diese Weise lernte ich den lutheranischen Pastor Olof Koskela kennen, den einzigen wirklichen Freund, den ich je haben sollte, und mit ihm den einzigen Menschen, den ich heute wirklich vermisse. Anfang Juni ist er zur Karelischen Landenge aufgebrochen, und seitdem habe ich nichts mehr von ihm gehört. Vor einigen Tagen gerade hat ein in Kuuterselkä verletzter Soldat des zwanzigsten Grenzschutzregiments im Delirium seinen Namen genannt. In all diesen vergangenen Monaten gab es nicht einen Tag, an welchem ich nicht am abgenutzten Tisch in der Sakristei hinter der Kirche gesessen hätte, wo Kaplan Koskela dann, mit der Geduld eines Missionars, mir Unterricht in Finnisch gab. Tag für Tag lernte ich so, gebeugt über ein vergilbtes altes Heft, in das ich täglich neue Wörter schrieb, die Sprache, welche ich für meine Muttersprache hielt. Mit lauter Stimme konjugierte ich die Verben, deklinierte die Fälle und rezitierte die Gebete, sang die Messgesänge und lernte die fantastischen Geschichten des *Kalevala*. Und Kaplan Olof Koskela war es auch, der mich lehrte, dieses Land zu lieben. Hätte er die Zeit gehabt, so hätte er noch einen wahren Finnen aus mir gemacht.

Es vergingen einige Wochen, aber keine Nachricht von Doktor Lahtinen. Wiederholt versicherte mir die Krankenschwester, dass er jeden Tag zurückerwartet werde, und er sei gewiss nicht versetzt worden, denn es würde auch kein Name für einen Nachfolger genannt. Aber bald schon verstand ich, dass man im Hospital keine Zeit hatte, um sich um mich zu kümmern. Finnland durchlebte gerade eine tragische Zeit. Nach dem Winterkrieg waren Tausende Flüchtlinge aus dem brennenden Karelien geflohen. Wer konnte, suchte bei Verwandten in Schweden Zuflucht. Andere irrten auf immer wieder anderen Eisenbahnen durchs Land, bis sie sich dann in der Nähe irgendeines Dorfes eine Holzhütte zum Überwintern bauten. Viele der kranken und alten Flüchtlinge wurden für gewisse Zeit von den Hospitälern aufgenommen. Ich galt als einer von ihnen. Meine Verpflegung zahlte ich sozusagen mit Hilfsarbeiten für die Krankenschwestern zurück. Die Ärzte freilich hatten andere Sorgen als meinen Gedächtnisverlust. Niemand interessierte sich für meinen seltsamen Neurologiefall. Da waren Verletzte, Kranke und Ausgehungerte zu versorgen, Kinder vor Infektionen zu schützen. Und mir kam sogar der Gedanke, dass es vielleicht überhaupt keinen Doktor Lahtinen gab. Dass er vielleicht nichts als eine Erfindung von Doktor Friari gewesen war, der mich damit beruhigen wollte, und ebendas auch in dem Brief geschrieben stand, welchen ich dem diensthabenden Arzt übergeben hatte.

Eines Morgens begleitete mich Pastor Koskela zum Kriegsministerium, auf der Suche nach einer Spur meiner Identität. Aber die Büros waren inzwischen geräumt und in Unterkünfte außerhalb der Stadt verlegt worden. Vom Generalstab hieß es, er hätte sich in einen Bunker irgendwo in Lappland eingegraben. Zu den Archiven gab es jedenfalls keinen Zugang. Der einzige Angestellte, den wir noch antrafen in den leeren Räumen des verlassenen Gebäudes, hatte sichtlich anderes zu tun. Hoch auf einer Leiter stehend, war er damit beschäftigt, eine Riesenkartei aus den oberen Regaletagen auszuräumen. Nur unwillig stieg er auf unsere Bitte hin herab, um die Passagierlisten der Schiffe durchzusehen, wozu er sie von Neuem aus den Kästen herausnehmen musste, in welchen er sie gerade abgelegt hatte. Schroff belehrte er uns, dass ohne Schiffsnamen und Datum der Einberufung sich ohnehin nichts finden ließe. Er riet uns, uns an den Verband der kämpfenden Truppe zu wenden, der über die Listen der Vermissten und Gefallenen verfügte. »Und außerdem ist es nicht gesagt, dass diese Jacke wirklich eine von der Marine ist. Es fehlen die Kragenspiegel. Es könnte auch bloß eine Matrosenjacke sein!«, rief er uns noch hinterher, während wir bereits den Korridor entlang zurückgingen, vorbei an herumstehenden Kästen und verstaubten Aktenstapeln. Wir suchten auch das zentrale Einwohnermeldeamt auf. Doch dort hob der Beamte nur hilflos die Arme, als er meinen Namen hörte: »Halb Finnland heißt Karjalainen! Und wo sollen wir da anfangen, wenn selbst das Geburtsdatum fehlt?«, wobei er auf die durchnummerierten Regalreihen in seinem Rücken zeigte, die vollgestopft waren mit zugeschnürten Aktenmappen.

Aber all das verlor mit der Zeit immer mehr an Bedeutung. Pastor Koskela wurde zu meiner Familie und der Gästetrakt des Hospitals zu meinem Zuhause. Hin und wieder teilte ich es mit einem Offizier auf der Durchreise, von dem ich dann meist freilich kaum mehr als morgens das durchwühlte Bett oder, wenn ich spätnachts zurückkam, sein dunkles Profil aus der Bettdecke hervorschimmern sah. Immer kehrte ich erst sehr spät zurück, denn die Stille und Einsamkeit im Gästetrakt machten mir Angst. Meine größte Angst aber war die vor der Einsamkeit. In der Einsamkeit kamen all die Fragen hoch, auf die ich weiterhin keine Antwort fand und welche mich die fiebrigen Aktivitäten während des Tages nur für kurze Zeit vergessen ließen. Denn auch wenn ich die Illusion hatte, die Einsamkeit ertragen zu können, war es doch die Angst, nicht zu wissen, wer ich bin, die sich immer mehr in mir verdichtete und langsam alle meine Kräfte erstickte. Gewaltsam nahm sie sich allen Raum, den sie wollte. Denn ein Mensch kann nicht ohne Gedächtnis leben.

Die Nächte verbrachte ich in den Eingangshallen der großen Hotels, so etwa im Kämp oder im Torni, die immer voll von Journalisten, Militär und Menschen unterschiedlichster Sorte waren. Hier, bei Lärm und Rauch, als Unbekannter unter Unbekannten, fühlte ich mich wohl. Wenn dann auch die letzten die Hotelbar des Kämp verließen und nur noch ein Kellner übrigblieb, der die Aschenbecher ausleerte, ging ich wieder hinaus auf die Straße und streunte ziellos in der Stadt herum oder suchte im Bahnhof Schutz vor der Kälte und beobachtete die von der Front kommenden Soldaten- und Flüchtlingszüge. Ich empfand ein seltsam angenehmes Schaudern, wenn die Waggontüren sich öffneten und Soldaten mit blutigen Verbänden und verängstigten Augen auf den Bahnsteig heraustraten, ohne zu wissen, wohin. Einem nach dem anderen schaute ich ihnen ins Gesicht, und alle hatten sie den gleichen verstörten Ausdruck, den ich Monate zuvor auf dem Hospitalschiff *Tübingen* schon in meinem eigenen Spiegelbild erkannt hatte. Dort, wo jemand schrie, da eilte ich herbei. Bot meine Hilfe an, eine Bahre zu tragen, eine Kiste zu entladen, oder stand einem alten Flüchtling bei, der sich weinend über seine wenigen wie Lumpen zugeschnürten Sachen beugte. Aber in meinem Innern genoss ich heimlich all dies Unglück. Es war nur gerecht, dass ich nicht der Einzige war. Dass es um mich herum noch andere Verzweifelte gab. Ich kehrte erst zum Krankenhaus zurück, wenn ich völlig erschöpft war und sicher, dass, einmal im Bett, ich sofort einschlafen würde. Aber schon bei Morgengrauen war ich wieder wach. Ich stand auf und ging in die Kapelle, um im Ofen Feuer zu machen. Mit dem wenigen Holz, das man uns zum Verbrennen gelassen hatte, war zwar nicht viel anzufangen, aber wenigstens brach es die Eiseskälte der Nacht. Zur Stunde der Frühmesse empfing dann ein Hauch von Wärme jene Gestalten, die aus der Dunkelheit auftauchten, um auf den Bänken niederzuknien. Um die Kerze zu schonen, entzündete ich sie erst, wenn die Glocke aufhörte zu läuten. Immer wenn der Kaplan dann zum Altar hochstieg, nahm ich auf meinem persönlichen Stuhl Platz und stimmte als Erster jede Hymne an. Dabei verstand ich sie zu der Zeit noch gar nicht, diese runden und griffigen Wörter, die ich da deklamierte. Aber ich sprach sie klar und selbstsicher aus, als wären sie meine eigenen. Dann nahm ich mir jedes Wort einzeln vor, umkreiste seine Bedeutung, zerlegte diese in ihre Bestandteile und ordnete sie einander zu. So lernte ich, die Wörter auch außerhalb der Kirche, in meinen einfachen Unterhaltungen mit dem Pastor, zu benutzen. Und sie zu singen war die beste Art, mich ihnen zu nähern. Dabei musste ich freilich sehr behutsam vorgehen, um sie nicht gleich wieder zu verlieren im ununterbrochenen Fließen des Gesangs. Denn es gelang mir noch nicht, die Wörter an das sichere Ufer einer festen Bedeutung zu befördern. Hatte ich aber einmal die lautlichen Umrisse begriffen, half mir Koskela dabei, die Wörter aufzuschreiben, und so tönte am Ende aus meinem Heft, zwischen all diesen geschriebenen Tu- und Hauptwörtern, richtige Musik heraus. Als wären auf geheimnisvolle Weise die Noten mit den Buchstaben verschmolzen. Am Ende einer jeden Messe ordnete ich von Neuem die Messbücher, löschte die Kerze aus und folgte dem Kaplan in die Sakristei, um mich zu verabschieden. Dann ging ich in den Speisesaal, wo mich eine Tasse Milch und ein nach Harz schmeckendes Stück Brot erwarteten.

Ich vermied es, mich mit einem der anderen Soldaten anzufreunden, aus Angst, nichts von dem zu verstehen, was sie mir sagen würden. Vor allem aber wollte ich niemandem meine Geschichte erzählen. So setzte ich mich immer etwas abseits allein ans Fenster und betrachtete die Birken draußen im Hof. Die restliche Zeit des Vormittags half ich den Krankenschwestern, den *lotta*, bei ihrer Arbeit. Vom Kaplan hatte ich gelernt, dass das Korps der Krankenschwestern des Militärhospitals auch *»Lotta-Svärd«* genannt wurde, was von ihrer grauen Tunika und ihrem weißen Kragen herrührte. Ich half ihnen beim Waschen des Bettzeugs, beim Abkochen der Verbände und bei der Desinfektion der chirurgischen Instrumente. Nach der ersten Hälfte des Vormittags legten wir eine Pause ein. Die Krankenschwestern bereiteten den Tee vor und setzten sich zum Reden zusammen. Sie sprachen mit leiser Stimme, wobei sie mit ihren geröteten Händen über den rauen Stoff ihrer Tuniken rieben. Diese Geste erinnerte mich an etwas Vertrautes und Mütterliches, aber es blieb verschwommen, ich konnte es nicht näher bestimmen. Nur hier an diesem Ort, in der feuchten Wärme der Wäscherei mit ihren beschlagenen Fenstern, fand ich zur Ruhe, konnte mich auf einen Haufen Decken fallen lassen und einschlafen. Eingelullt von dem beruhigenden Schwatzen der Krankenschwestern, konnte mir jetzt die Einsamkeit nichts mehr anhaben.

Immer zur selben Zeit, in der Helligkeit des frühen Nachmittags, gab der Kaplan mir Unterricht. Meine Hände waren ganz steif von der Kälte in der Sakristei. Aber das Singen wärmte mir das Herz, und wenn die Kälte einmal unerträglich wurde, öffnete der Kaplan die Tür eines mit gläsernen Knäufen versehenen kleinen Schränkchens, streckte seine Hand hinein und zog hinter einem Stapel Messbücher eine Flasche mit einer weißen Flüssigkeit hervor. Sie hieß Koskenkorva und war sehr stark. Das Magische an dieser Flasche war, dass sie trotz der wiederholten Schlucke daraus die ganzen Monate über immer halb voll blieb, wie am ersten Tag. Und es sollte das persönliche Geheimnis des Militärkaplans Olaf Koskela bleiben.

Dazu beflügelte dieses Heilmittel gegen die Kälte den Pastor noch zusätzlich bei seinen Abschweifungen, wenn er etwa Gedichte von Yrjö Jylhä rezitierte oder Geschichten aus der finnischen Mythologie erzählte. So wirkten die Figuren des *Kalevala* viel wahrhaftiger, wenn auf dem Tisch die Flasche Koskenkorva und unsere beiden dickwandigen Schnapsgläschen standen. Ganz rot wurden dann die Wangen des Kaplans, und mit einem Mal war dieser nüchterne Kirchenmann wie verwandelt. An die Stelle seiner sonst so hölzernen Gesten trat eine marionettenhafte, seltsam lässige Beweglichkeit. Auch das Gesicht verzog er zu Grimassen, die bei ihm in nüchternem Zustand nie zu sehen waren. Ob er dann auch andere Wörter gebrauchte, kann ich nicht beurteilen, doch hörte ich heraus, dass seine Aussprache verändert war. Durch den Alkohol gelöst, waren Zunge und Lippen kaum mehr in der Lage, gleichsam den Korken der Konsonanten draufzusetzen, und so flossen, nur von wenigen Stimmbandschwingungen moduliert, die Vokale in Strömen. Über die Seiten der alten finnischen Grammatik, die der Pastor mir verschafft hatte, legte sich zugleich meine ganz eigene, persönliche Grammatik, die aus dem buntesten und mannigfaltigsten Material zusammengesetzt war: von religiösen Lobgesängen bis zu Kriegsmärschen, von mythischen Märchenerzählungen bis zu Bibelstellen, vom Kampfgeschehen der Schlacht von Suomussalmi bis zu den Kindheitserinnerungen von Olaf Koskela, als er noch in der Stadt Vaasa lebte.

Dabei war der Pastor nicht irgendein Finne. Er gehörte vielmehr der schwedischen Minderheit an, die vor langer Zeit Finnland kolonisiert hatte. Dazu hatte er polnische Vorfahren, und das war vielleicht auch der Grund, weshalb die Russen ihm ein Dorn im Auge waren. Überhaupt hegte er eine starke Abneigung gegen alles, was aus dem Osten kam, einschließlich des Windes.

»Von Osten zu reden heißt noch gar nichts. In unserer Sprache muss man da genau unterscheiden. *Itä* ist der Osten im Allgemeinen, *Kaakko* dagegen bezeichnet genau den Punkt, wo die Sonne aufgeht. Wenn wir im Finnischen zwei verschiedene Wörter dafür haben, so deshalb, um nicht mit demselben Namen die Morgenröte und die Richtung, aus der die slawischen Invasionen kommen, bezeichnen zu müssen«, hatte er mir eines Tages erklärt. Auf einer Landkarte an der Wand verdeutlichte er mir seine Sicht der Völkerwanderungen in Europa. Dabei sprach er von Finno-Ugriern und Ural-Altaiern, als wären sie alle seine Freunde, von denen er jeden Einzelnen persönlich kannte. Die abenteuerlichsten Verbindungen stellte er her, geheime Intrigen, die er mir in den schillerndsten Farben ausmalte und bei denen ich instinktiv spürte, dass sie nicht ernst zu nehmen waren.

»Weißt du zum Beispiel, welchen Unterschied es zwischen Türken und Japanern gibt? Überhaupt keinen! Alle sind sie Altaier! Nur haben die einen den Weg nach rechts eingeschlagen und die anderen den nach links! Beide sind übrigens historische Feinde der Russen und hätten, gemeinsam verbündet, ganz Asien beherrschen können! Doch ihr großer Fehler war, dass sie in zwei verschiedene Richtungen geflohen sind, dabei eine breite zerfranste Spur von verstreuten und schwachen Völkern hinter sich lassend. Ah! Hätten die Seldschuken nur in Samarkand haltgemacht! Dann wären bis heute alle Slawen jenseits des Urals geblieben. Und Finnland würde sich bis Moskau hinunter erstrecken, was ursprünglich eh eine finnische Stadt war! Denn auch wir Finnen stammen von den Altaiern ab! Die Slawen waren es, die uns von unserem Ursprungsstamm getrennt haben und zur Wanderung in den Norden zwangen!«

Dabei begnügte sich der Pastor nicht etwa damit, mir die verschlungenen Wege der finnischen Grammatik zu enthüllen. Es war eine ihm ganz eigene Sprache, die er da benutzte, angereichert mit vielerlei Gesten und Bildern aus seinen Büchern, welche mir zugleich eine ganz neue Weltsicht illustrierten. Und auch er hatte sichtlich seine Freude an unseren täglichen Unterrichtsstunden. Vielleicht weil er vor dem Krieg selbst Lehrer gewesen war, schien es ihm jetzt unglaublich, einen Schüler ganz für sich allein zu haben, ja, eine Schule eigens für sich. Und so war die Sakristei hinter der Kirche die persönliche Akademie des Pastors geworden, eine unter den Schnee verlegte Schule der griechischen Philosophie, wo, anstatt im Schatten eines Olivenbaums oder auf den Stufen eines Tempels zu sitzen, man mit den Füßen gegen die Kälte anstampfte und bisweilen seinen eigenen Atem vor sich sehen konnte.

Diese Seiten sind mit Bleistiftzeichnungen versehen, primitiv, doch sorgfältig ausgearbeitet und reich an Einzelheiten. Meist handelt es sich um schwer zu identifizierende Landschaften. Zum Teil scheinen es Ansichten des Militärkrankenhauses zu sein, von der Straße aus gesehen. Auf einer ist die Kirche im Hof zu erkennen. Andere wieder zeigen Szenen aus dem Kalevala, *die zum Teil die Illustrationen aus dem Band von Pastor Koskela kopieren. Im weiteren Verlauf des Manuskripts werden die Zeichnungen dann immer seltener, als ob der Verfasser mit zunehmender Sprachbeherrschung den Bleistift zur Seite gelegt und mehr und mehr zum Tintenfederhalter gegriffen hätte. Die folgenden Seiten erzählen von einem Sprachunterricht des Pastors Koskela. Nie zuvor habe ich meine Sprache so gut und mit so viel Zuneigung beschrieben gefunden. Als ich nach all diesen Jahren nach Finnland zurückkehrte, hatte sich zwar schon manches in der Sprache geändert, aber in ihren wesentlichen Zügen war sie sich gleich geblieben. Wie einer alten Liebe ging ich ihr entgegen, voller Furcht, ich könnte der mit ihr verbrachten Zeit nachtrauern, oder, schlimmer noch, sie könnte mir inzwischen gleichgültig geworden sein. Mit Erleichterung entdeckte ich jedoch, dass ich immer noch in diese von Eis und Stille zerfressenen Wörter mit ihren gebrochenen Lauten verliebt bin. Auch meine Lippen sind immer noch in der Lage, sich von den Verzerrungen des Deutschen zu lösen und an ihrer Stelle die weichen und vollen Vokale meiner eigenen Sprache aufblühen zu lassen. Eine gelernte Sprache ist nichts anderes als eine Maske, eine geliehene Identität. Man sollte sich ihr mit dem gebotenen Abstand nähern und nie sich einbilden, sich ihr völlig angleichen zu können, indem man seine eigenen Laute verleugnet, um andere nachzuahmen. Wer dieser Versuchung nachgibt, riskiert den Verlust seines eigenen Gedächtnisses, seiner eigenen Vergangenheit, ohne diese gegen eine andere eintauschen zu können.*

Eines Abends nach der Messe legte Kaplan Koskela viel mehr Holzscheite, als erlaubt war, in den Ofen und winkte mir, ich solle mich neben ihn auf die Bank setzen.

»So saßen schon die *runoilijat*, die alten Sänger des *Kalevala*, zusammen, wenn sie ihre Geschichten erzählten. Einer gegenüber dem anderen und in ihrer Mitte der Koskenkorva«, begann er und stellte dabei gleichzeitig die Flasche aus dem Schränkchen mit den gläsernen Knaufen zwischen uns auf die Bank.

Dann fuhr er fort: »Schön ist der Gesang nur, wenn er auch zeitig zu einem passenden Ende kommt. Besser rechtzeitig aufhören, als mitten im Gesang unterbrochen zu werden, sagten die *runoilijat*. Das musst du wissen, wenn du die finnische Sprache erlernen willst, denn das Finnische ist ein einziger unendlicher Gesang. Eigentlich ist es eine Sprache, die ausschließlich gesungen gehört, das ist seine wahre Form und Bestimmung. Das Finnische zu sprechen ist wie die Prosaübertragung eines epischen Gedichts. Etwas für Wilde, die nichts von Poesie verstehen.«

So sprach und trank er, und nach jedem erneuten Einschenken hielt er das Glas zwischen zwei Fingern gegen das Licht und betrachtete es wie einen kostbaren Kelch. Hin und wieder hielt er inne, fasste mich mit einer Hand am Arm, beugte sich zu mir herüber und sprach einige Sätze mit halblauter Stimme. Dabei schaute er mit weit geöffneten Augen um sich, so als versuchte er hinter die sichtbaren Dinge zu blicken, als hörte er die Geräusche einer uns verschlossenen Welt, die nur wenige Millimeter außerhalb unserer Wirklichkeit existierte. Zwar konnte ich nicht jedes seiner Wörter verstehen, doch merkte ich, wie froh der Pastor war, so reden zu können, und das reichte, dass auch ich mich wohlfühlte.

»Ähnlich zahllosen Glasvasen enthalten die sprachlichen Formen den Saft der Wörter, der andernfalls ausrinnen und sich geräuschlos verlieren würde. Die Formen einer Sprache wirken sich unausweichlich auch auf den aus, der sie spricht, sie formen sein Gesicht, sein Haus, die Erde, auf der er lebt, seine Gewohnheiten und seine Nahrung. Lernt ein Fremder das Finnische, so tut er damit seinem eigenen Wesen Gewalt an, entfernt sich von sich selbst und läuft Gefahr, sich nicht mehr wiederzuerkennen. Das geschieht nicht bei der Erlernung anderer Sprachen, denn die anderen Sprachen sind nur provisorische Bedeutungsgerüste. Nicht so das Finnische, das nichts Erfundenes an sich hat. In der Natur ringsum umgaben uns bereits die Laute unserer Sprache, im Wald, in der Meeresbrandung, im Schreien der Tiere und im Geräusch fallenden Schnees. Wir brauchten sie nur aufzunehmen und auszusprechen. Als Gott die Menschen erschuf, hat er sich nicht darum geschert, auch welche zu uns heraufzuschicken. So mussten wir selbst sehen, wie wir aus der unbelebten Materie hinauskamen. Wir haben viel gelitten, um lebendig zu werden. Zuerst waren wir Bäume, Seen, Felsen, Wind. Aus eigenen Kräften zu Menschen zu werden war kein Kinderspiel. Das Finnische ist eine massige Sprache, an den Seiten etwas ausgebuchtet, mit schmalen Einschnitten anstelle der Augen, ebenso wie die Häuser in Helsinki und die Gesichter unserer Leute. Es ist eine weiche, wohllautende Sprache, weich wie das Fleisch des Barsches und der Forelle, die an Sommerabenden an den Seen gegrillt werden, deren Tiefen mit roten Algen bedeckt sind, wie die Holzhäuser der Jäger und die Sommerbüsche mit ihren Blutbeeren. Auf der Landkarte sieht Finnland aus wie ein Sepiaknochen, ein großer ausgehöhlter Felsen, in dessen sandigem Bauch die Bäume im ewigen Nordlicht schimmelgleich rasch wachsen. Vom Eis zernagt und in Tausende kleine Inseln zerrissen, neben dem fleischigen Russland und dem knöchrigen, doch auch robusten Skandinavien. Finnland ist, was übrig bleibt: Nimmt man die Slawen weg, die Skandinavier, die Orthodoxen, die Katholiken, das Salz aus dem Meer, die Birken aus den Wäldern, und kratzt noch einige Hunderttausend Tonnen Granit weg, der Restbestand, das ist Finnland. Bist du in deinem Leben einmal Finne gewesen, dann wirst du all das früher oder später in deinem Inneren wiederfinden, wo es nicht verloren gehen kann, denn nicht im Gedächtnis ist das alles aufgehoben, sondern vielmehr im Blut, in den Eingeweiden. Wir sind der Überrest von etwas sehr, sehr Altem, etwas, das uns übersteigt und nicht zu dieser Welt gehört.«

So plötzlich, wie Pastor Koskela seine Rede begonnen hatte, so unvermittelt verstummte er jetzt wieder und lehnte sich zurück. Die Stille aller Wälder des Nordens senkte sich in die Kirche. Im roten Lichtschimmer des Ofens wirkte das Gesicht des Pastors wie herausgeschnitten aus der Dunkelheit. Hinter den Dachfensterscheiben zog sich eisknisternd die Nacht zusammen. Und erneut vollzog sich vor mir das Wunder: Die Flasche Koskenkorva war wieder halbvoll.

Fast drei Monate waren nun vergangen seit meiner Ankunft in Helsinki, und ich hatte es inzwischen aufgegeben, nach Doktor Lahtinen zu fragen. Auch der Kaplan hielt weiteres Nachforschen für unnütz. Vielleicht war er ja versetzt worden und hielt sich wirklich in Karelien auf, vielleicht war er schon tot. Oder er existierte überhaupt nicht, wie ich weiterhin dachte, ohne es auszusprechen. Im Übrigen hatte auch niemand die Zeit, nach ihm zu suchen. Bei den Luftbombardierungen dieser Tage hatte man andere Sorgen im Krankenhaus. Die russischen Bombenflugzeuge kamen nachts. Schon von Weitem war ihr Dröhnen zu hören, dann die Explosionen der Bomben, die irrtümlich auch über Vuosaari abgeworfen wurden. Jeder Angriff dauerte lange Stunden. Die Menschen flohen entweder aus der Stadt oder suchten Schutz in den Luftschutzkellern. Kaum hörte das Heulen der Sirenen auf, als auch schon die ersten Rettungswagen in den Hof gefahren kamen und mit ihnen die neuesten Nachrichten über die Bombeneinschläge und die Anzahl der Toten. »Satama, Satama!« Der Hafen war dann das jedes Mal wiederholte Wort. Er lag im dicht bewohnten Herzen der Stadt und war immer wieder Ziel der russischen Luftwaffe, darauf aus, Menschenkörper in die Luft zu jagen.

In diesen Tagen war auch der Schnee wieder zurück. Gleichgültig hatte er sich über das Todesszenarium gelegt, die Finnen hoffen machend, das schlechte Wetter würde russische Angriffe verhindern. Aber schon wenige Abende darauf erhellte der flach über der Bucht aufgehende Mond die ganze Stadt wie ein Leuchtturm. Die russischen Bomben rissen breite Streifen aus Matsch und Geröll in die weiße Schneedecke. An Schlaf war jetzt nachts nicht mehr zu denken. Ich lag auf dem Bett und wartete nur auf das nächste Sirenengeheul. Dann kam meist der Pastor, und wir schlossen uns den Menschen an, die geordnet in die Schutzräume zogen. Selbst dort führte Kaplan Koskela dann manchmal seinen Finnischunterricht fort, der in dieser Atmosphäre der Angst etwas Apokalyptisches bekam. Dabei merkte ich, dass er sich nicht nur an mich wandte, sondern besonders laut sprach, damit es auch die verfrorenen Leute neben uns hörten. Und so kam es, dass der eine oder andere, zur Ablenkung von den Explosionen, welche den Boden erschütterten, auf einmal neugierig den sonderlichen Exkursen dieses halb schwedischen Pastors lauschte, der seine ganz eigene Vision von der Sprache und der Geschichte hatte.

Er sprach in Worten, die für mich so kompliziert wie faszinierend klangen und mich jeden Tag stärker mit meiner neuen (oder alten?) Identität verbanden.

»Der Name ist das Erste, was man von einer Sprache lernt. Denn Nennen heißt so viel wie *kennenlernen*. Aus diesem Grund kann man auch nicht den Namen Gottes nennen, da es ja anmaßend wäre, ihn kennenlernen zu wollen. Der Name ist der Inbegriff einer Sache und dient dazu, sie kennenzulernen. Im Finnischen sagt man *tietää* für kennenlernen, dabei heißt *tie* Straße, Weg. Denn für uns Finnen ist das Kennen der Weg, der uns aus dem Wald ins Sonnenlicht hinausführt, und wer in Urzeiten den Weg kannte, das war der Hexenmeister, der Schamane, der sich mit halluzinogenen Pilzen berauschte und über den Wald hinaus in eine jenseitige Wirklichkeit schauen konnte. Dabei ist solch eine Kenntnis nicht mehr als ein Weg unter vielen möglichen Wegen. In der finnischen Sprache ist der Name unfassbar versteckt hinter den vielfältigen Deklinationen seiner fünfzehn Fälle, und nur selten einmal trifft man ihn in der Nominativform an. Denn das Finnische mag nicht die Vorstellung eines tätigen Subjekts, welches eine Handlung ausführt. Niemand in dieser Welt führt irgendetwas selbstständig aus, sondern alles geschieht aus sich heraus, weil es so geschehen muss, und wir sind dabei nichts anderes als eines von vielen möglichen Geschehnissen. Im finnischen Satz gruppieren sich die Wörter um ein Verb herum wie Satelliten um einen Planeten, und zum Subjekt wird dann das Wort, welches dem Verb am nahesten kommt. In den europäischen Sprachen ist der Satz eine gerade Linie. Im Finnischen ist er ein Kreis, in dessen Innerem sich alles abspielt. So genügt in unserer Sprache jeder Satz sich selbst, während er in den anderen ein Redeumfeld braucht, ohne welches er sonst nichts bedeuten würde.«

Es war schon merkwürdig. Während unserer erzwungenen Unterrichtsstunden in den Luftschutzräumen erging sich der Pastor in weit ausholenden Ausführungen über Sprachen und Völker, ohne jegliches Bedenken, seine persönliche Auffassung von Gut und Böse öffentlich zu verbreiten. Dagegen waren seine Predigten während der Gottesdienste immer streng durchkomponiert und in dogmatischer Hinsicht tadellos. Da war keine Rede davon, etwa den Verlauf der Völkerwanderungen umzulenken oder die Schamanen in ihre Wälder zu begleiten. Wenn er vor dem Altar stand, war Koskela wie verwandelt, er nahm seinen angewiesenen Platz in der Kirche ein, und seine Reden waren nicht mehr als lehrhafte Ermahnungen, vorgefertigte Phrasen, die er mit leichtem Überdruss vortrug, wie den nur schlecht gelernten Part einer ungeliebten Komödie. Von seinem überschwänglichen Charakter blieben dann nur noch die weit ausholenden tragischen Gesten, seine Art, die Hände mit gespreizten Fingern in die Höhe zu schleudern. Wenn er über Gott sprach, tat er das in dem gleichen vertraulichen Ton, in dem er sonst über die Ural-Altaier redete. Aber das bemerkte nur, wer ihn, wie ich, gut kannte. Dabei schien er es immer eilig zu haben, nicht weil etwa andere Aufgaben auf ihn warteten, sondern weil für ihn alles möglichst rasch beendet werden musste. Als wäre das Leben ein Frondienst wie viele andere im ewigen Lauf des Universums: ein Lager, das schleunigst auszuräumen, ein Lastwagen, der zu entladen war. Und so waren es unbeschwerte Stunden, die ich in Gesellschaft des Kaplans verbrachte, auch wenn Krieg und Trostlosigkeit die Stadt immer mehr in die Zange nahmen. Es war uns nicht bewusst, aber indem dieser unendliche Winter uns vom Rest der Welt isolierte, schützte er uns zugleich vor Schmerz. Unter dem Eis eingeschlossen, konnte das Böse uns nichts anhaben.

»Solange es schneit, kann nicht gekämpft werden!«, sagte der Pastor resigniert, während er aus dem Fenster der Sakristei schaute. Beide warteten wir auf Tauwetter, doch jeder aus einem anderen Grund. Er, weil er vielleicht bereits den Tod auf sich zukommen spürte und, wie bei allen anderen Dingen, mit Ungeduld darauf wartete, dass er sich vollendete. Und ich, weil ich mir vormachte, zusammen mit der Natur würde auch jener Teil in mir wieder erwachen, den ich abgestorben glaubte. Sobald ich nicht mehr in Gesellschaft des Pastors war, stellte sich unverändert die Trostlosigkeit wieder ein, die mich seit meinem Erwachen auf der *Tübingen* nicht mehr verlassen hatte. Dabei konnte ich mich zunehmend besser ausdrücken, auch wenn es ein wenig holprig vonstatten ging. Ich lernte die einzelnen Wörter schon in ihrer deklinierten Form, für jeden Fall ein anderes Wort, und wenn ich sie nicht zu einem Satz verbinden konnte, sprach ich sie einfach durcheinander aus und versuchte die fehlende Satzordnung durch Betonung und unterstützende Gesten wettzumachen. Doch nach und nach grub sich die finnische Sprache, wenn auch noch unbefestigt, ein Bett in den Treibsand meines Geistes. Da flossen nun die Wörter, die ich mir angeeignet hatte und die mir langsam auch die Bedeutung immer weiterer Wörter erschlossen. Mit all ihren Verzweigungen und Verbindungen brachten sie die tausend Lauttropfen in Fluss, aus denen sich eine Sprache formt, durchtränkten, kräftigten und schärften mein Bewusstsein für die Umrisse ihrer Bedeutungen. Aber die Angst, nichts über meine Vergangenheit zu wissen, verschwand dadurch nicht. Manchmal hatte ich bei meinem Herumstreifen durch Helsinki unversehens das Gefühl einer Erinnerung. Dann kam mir etwa der Ausblick nach einer Wegbiegung plötzlich vertraut vor, und ich durchkämmte jeden Straßenmeter, las alle Namensschilder an den Klingelknöpfen der Wohnhäuser, ob sich nicht ein Karjalainen unter den Bewohnern befände. Mir träumte dann, das Haus vor mir, das wäre jetzt mein Zuhause, dort oben erwartete mich bereits jemand, dabei sehnsüchtig eine alte Fotografie hinter den Glastüren der Kredenz betrachtend. Wir, ich und Finnland, hatten uns zwar zusammengetan, waren aber nicht eins geworden. Irgendetwas in mir blieb unempfindlich gegen jede Vermischung, so als sträubte sich tief in meinem Innern eine verschüttete Identität gegen ihre Auslöschung und kämpfte wild dafür, endlich an die Oberfläche zu kommen.

Diese Seiten sind noch die lesbarsten im Tagebuch. Offensichtlich hat Pastor Olof Koskela an der Abfassung dieser Erinnerungen mitgewirkt, die wahrscheinlich lange Zeit nach Ankunft des Autors in Helsinki aufgeschrieben wurden. Einige Sätze weisen von anderer Hand geschriebene Korrekturen auf oder wurden am Seitenende in korrigierter Form nochmals wiederholt. Die zahlreichen eingefügten Konjugationsübungen und Übungen zur Silbenzergliederung der Substantive mit vokalischer Abstufung zeigen, mit wie viel Fleiß und Beharrlichkeit der Verfasser die finnische Sprache studierte, wenigstens solange er den Pastor an seiner Seite hatte.

Vor einigen Tagen lud mich Frau Koivisto ein, den Luftschutzkeller zu besuchen, in welchen sich die Krankenhausangestellten während der Bombardierungen flüchteten. Ich war neugierig, einen weiteren der im Manuskript erwähnten Orte zu sehen, in der vagen Hoffnung, dabei auf irgendeine Spur seines Verfassers zu stoßen. Von der Straße ging es durch eine Maueröffnung in einen düsteren Raum voller Schutt und Scherben hinab. Als ich dort unten dann beiläufig meine Laterne an die Mauerwand hielt, konnte ich, eingeritzt in die schwarzen Ziegelsteine, Namen und Schriftzeichen erkennen, die etwas in meiner Seele aufwühlten. Sogleich spürte ich das Bedürfnis, den Blick wieder ins Dunkle zu lenken, um nicht sehen zu müssen. Doch eine unbestimmte Unruhe trieb mich, jedes einzelne Wort zu lesen, als sei ein Geheimnis darin verborgen. Und beim neuerlichen Hinaustreten ins weiße Straßenlicht überfiel mich dann plötzlich die Erinnerung, als ich auf der gegenüberliegenden Seite die Polizeiwache wiedererkannte, zu der mein Vater am Abend seiner Verhaftung in der Universität gebracht worden war. Von Neuem sah ich in meinem Geist das schlecht beleuchtete Besuchszimmer, die ringsum aufgestellten Wachmänner, die von geschlossenen Fäusten glattgewetzten alten Holztische, in denen, wie frische Wunden, furchtbare Worte eingeritzt waren, und schließlich, hinter dem Gitter, meinen mich wortlos anblickenden Vater. Er versuchte mich zu beruhigen mit seinem Blick, aber das künstliche Vertrauen, welches er mir einflößen wollte, erlosch zusehends, und am Ende war ich allein und hilflos gegenüber dem ganzen Ausmaß seiner Angst. Es war das letzte Mal, dass ich ihn sah, und als wäre mir das bewusst gewesen, entsinne ich mich noch, wie verbissen ich meine Finger zwischen den Maschen des Drahtnetzes durchzuquetschen versuchte, um ihm ein letztes Mal die Hand zu drücken.

In jener Jahreszeit brach schon früh die Dunkelheit herein. Der Schnee reichte nicht, um die leere und verriegelte Stadt mit ihren verdunkelten Fenstern zu erleuchten. Die mit Holzlatten verkleideten Monumente sahen aus wie düstere Ungetüme einer längst vergessenen Religion. Die Gebäude des Zentrums waren leer, die Ministerien und öffentlichen Büros verlassen und in unterirdische Räume außerhalb der Stadt verlegt. Wenn auch noch nicht im Kriegszustand, war Helsinki doch eine belagerte Stadt, wo sich nur hastige Passanten und betrunkene Soldaten herumtrieben. Vom vereisten Golf her kroch die Angst in die Stadt und strich über Straßen und Plätze. Der Tod kam mit den Flüchtlingszügen und verbreitete sich bis in die verrauchten Unterschlupfe, wo die wenigen gebliebenen Bewohner Zuflucht suchten. Fiebrig wurden die neuesten Nachrichten von der russischen Front besprochen, von der Belagerung Leningrads und der Eisenbahnlinie bei Murmansk, die niemand so recht in die Luft jagen wollte. Einige verfluchten den Krieg. Von allen Seiten schien die Zukunft verstellt, wie der Horizont rings um uns. Jeder Tag hätte jetzt der letzte sein können. Mehr als sonstwo war diese Atmosphäre des Jüngsten Gerichts spürbar im verrauchten Presseraum des Hotels Kämp. Ich trat ein und setzte mich, ohne jemand zu kennen, an die Bar. Zusammen mit der Grammatik, die mir Pastor Koskela geliehen hatte, öffnete ich mein Notizheft und begann Wörter aus den Zeitungen abzuschreiben, während ich gleichzeitig den Unterhaltungen um mich herum lauschte. Wann immer ein höherer Offizier oder Beamter eintraf, bildete sich auf der Stelle ein Pulk von Fragen schreienden, dabei ihre Notizblöcke durchblätternden Journalisten. Ich mischte mich unter sie, hörte mir jede einzelne Frage genau an, als hätte ich sie selbst stellen wollen, und blickte dem Befragten in die Augen, während er antwortete. Ohne das Geringste zu verstehen, lachte ich mit, wenn die Reporter lachten, und schüttelte den Kopf, um ihren Missmut über ausweichende Antworten zu teilen. Sie boten mir Zigaretten und Cognac an, was ich ohne ein Dankeswort annahm, als wären sie es mir schuldig gewesen. Wenn sich dann die Aufregung legte und ein jeder wieder seinen Platz einnahm, ließ auch ich mich auf ein Sofa nieder, schlug die *Helsingin Sanomat* auf und tat, als würde ich lesen.

Im Hotel Kämp hatte ich mich schließlich mit einem deutschen Journalisten angefreundet, mehr eine Bekanntschaft als eine Freundschaft. Wir grüßten und trafen uns, ohne je viele Worte zu verlieren, als bräuchten wir nichts zu sagen, um uns zu verstehen. Aus den wenigen Worten, die wir miteinander wechselten, entnahm ich, dass er sich seine eigene Geschichte über mich zusammenreimte. Mir dagegen reichte es, zu wissen, dass er Journalist und Deutscher war. Ihn in seiner Sprache reden zu hören, sei es am Telefon oder mit einem Diplomaten, erinnerte mich an die einstigen Wochen an Bord der *Tübingen*, das nackte Blau des Meeres, so anders als die Eiswüste, welche sich vor Helsinki ausbreitete, den Anblick des strahlenden Triest und die zuneigungsvolle Behandlung von Doktor Friari. Wegen der großen Anstrengung, welche uns jeder Versuch eines Gesprächs kostete, waren wir wortlos darin übereingekommen, auf jede weitere Vertiefung unserer Freundschaft zu verzichten. Im Übrigen schien in dieser Endzeitstimmung nichts mehr eine Zukunft zu haben, und sowohl Freundschaft wie auch Liebe waren nur mehr Zeitvertreibe. Nicht reden zu müssen war für mich eine Erholung, zugleich aber gab mir seine Gegenwart Sicherheit und Wärme. Und so tat ich, als wäre es bloßer Zufall gewesen, wenn ich mich neben ihn setzte. Es gefiel mir, mit Notizheft, Zeitung und Bleistift ausgerüstet, mich selbst als Journalist auszugeben; aber es war ein Spiel, welches ich nur für mich spielte. Dabei blickte er mich forschend aus dem Augenwinkel an, so als wüsste er bereits alles über mich. Eines Nachts waren nur noch wenige in der Hotelhalle übriggeblieben; er saß etwas abseits neben dem Klavier an seiner Schreibmaschine, während ich in meinem Sessel die Rückkehr zum Krankenhaus so lange wie möglich aufzuschieben suchte. Ich hatte zu viel geraucht und getrunken und war kurz vor dem Einschlafen, als ich ihn unversehens ein Lied pfeifen hörte, welches ich schon einmal gehört hatte. Ohne es gewahr zu werden, begann ich zu singen: »*Davanti un fiasco de vin, quel fiòl d'un can fa le feste, perché xe un can de Trieste e ghe piàsi el vin!*, vor einer Weinflasche feiert der Hundesohn ordentlich, denn er ist ein Hund aus Triest, dem der Wein gefällt!« Neugierig drehte er sich um, wobei er den Rauch der gerade im Aschenbecher zerdrückten Zigarette durch die Nasenlöcher blies. Ich hob das leere Glas empor, das ich immer noch in der Hand hielt, und wiederholte die eine Strophe des Schlagers, welchen ich so oft in den Triestiner Bierstuben gehört hatte. Mit einem staunenden Lächeln streckte mir der Journalist eine Zigarette entgegen und sagte etwas auf Deutsch. Ich zuckte mit den Schultern und zeigte nur auf den Druck eines Schiffes, der an der Wand hing. Von da an nannte er mich »Triest« und stellte mich so auch seinen Kollegen vor. Er hatte inzwischen begriffen, dass ich kein Journalist war, aber außer einigen vagen Fragen zu Triest hatte er mich niemals etwas gefragt.

Respektvoll beobachtete er mich dabei, wie sorgfältig ich die zuvor im *Helsingin Sanomat* unterstrichenen Wörter in mein geheimnisvolles Heft übertrug. Ohne den geheimen Verbindungsfaden zwischen ihnen erahnen zu können, hatte er trotzdem verstanden, dass es sich nicht um beliebige Wörter handelte. Da er mich meist untätig herumstreichen sah, begann er, zunächst nur sporadisch, dann immer häufiger, mir Botendienste aufzutragen. Für ein paar Mark und Zigaretten trug ich Telegramme zur Post, lieferte Botschaften im Hotel Torni ab oder kaufte ihm Zeitungen. Dabei ließ er mich seine Wünsche durch eine Serie äußerst wirksamer Gesten verstehen, untermalt von einem ihm persönlich eigenen internationalen Deutsch: »Trieste, bitte, telegramm presto zum Post!«, sagte er, ohne die Zigarette aus dem Mund zu nehmen. Als er Anfang Juni zur Front aufbrach, wurden meine Dienste auch von anderen Journalisten beansprucht. Mit der Zeit kannten mich bald alle im Hotel Kämp, ohne irgendetwas über mich zu wissen. Das Kämp war mein zweites Zuhause geworden. Hier war meine Angst leichter zu ertragen, hier, wo meine Jacke nichts weiter als eine blaue Matrosenjacke unter vielen anderen war.

2

Neue finnische Grammatik

Sie suchen Leute für die Riesenfeuer. Noch heute Nacht!« Obwohl ich allein im Raum war, auf dem Bett liegend und zur Decke starrend, hatte Pastor Koskela auf Zehenspitzen das Gästehaus betreten und nur halblaut gesprochen.

»Die Riesenfeuer?«, fragte ich nach.

»Die Armee baut große Holzstöße im Norden der Stadt auf, die heute Nacht, wenn die russischen Bomber kommen, in Brand gesteckt werden sollen. Zur Täuschung. So glauben sie, Helsinki in Flammen zu sehen, und werfen schon dort ihre Bomben ab!«, erklärte er mir, indem er meine Jacke vom Nagel nahm und mir zuwarf.

Dicht gedrängt fuhren wir auf Lastwagen mit abgestellten Scheinwerfern über gefrorene, schneebedeckte Straßen zu den weiter landeinwärts gelegenen Wäldern. Es war pechschwarz, nicht der kleinste Widerschein auf dem Schnee. Der tiefdunkle Himmel schien uns zu erdrücken. Mitten in einem dichten Waldstück hielten wir plötzlich an; die ganze Wagenkolonne verharrte still, und wir alle spähten zum Himmel hinauf. Nicht einmal den Umriss des Pastors konnte ich erkennen, spürte aber zugleich seine Nähe und erkannte den unverwechselbaren Geruch seines Wintermantels, der nach Wachs und verschimmeltem Papier roch, ebenso wie die Sakristei. Wir machten uns wieder auf den Weg, bis wir zu einer weiten Lichtung kamen, wo schon viele Männer sich an großen Holzstößen aus gefällten Bäumen zu schaffen machten. Auch einige Traktoren und Zugpferde waren mit dabei. Die Lastwagen formierten sich zu einem Kreis. Wir sprangen hinunter und stellten uns in einer Reihe auf, um Beile und Sägen entgegenzunehmen. Man teilte uns in Gruppen, von denen jeder eine bestimmte Arbeit zugewiesen wurde. Stundenlang arbeitete ich, ohne ein Wort zu sprechen und ohne auch nur die Gesichter meiner Kumpane zu sehen. Allein an ihren Bewegungen erkannte ich sie, an ihrer Art, auf dem Schnee zu gehen. Pastor Koskela trug eine Mütze mit aufgeknöpften Ohrenklappen, die bei jeder Bewegung hin und her baumelten und ihm das Aussehen von einem der Zauberer aus dem *Kalevala* verliehen, wie er sie mir in seinem illustrierten Buch gezeigt hatte. Unsere Mannschaft hatte die Aufgabe, die von anderen Soldaten frisch aus dem Wald herausgehauenen und grob gesäuberten Stämme auf die Lichtung zu ziehen und in Stücke zu zersägen, welche dann von einer wiederum anderen Mannschaft zu Stößen aufgeschichtet wurden. Die Anstrengung, der Schweiß, die ganze

Lichtung durchzogen von weißem Atemnebel, die still arbeitenden Körper, all das gab mir ein Gefühl von Frieden und Eintracht. Ich war nicht mehr allein, und ich war kein Fremder mehr. Ich befand mich unter meinen Leuten, arbeitete zusammen mit ihnen, um unser Land zu schützen. Es war ein starkes Gefühl. Und es gab meinem Arm Stärke, während er die große gezahnte Klinge durch das bereitwillig nachgebende Fleisch des Holzes zog, so als wolle es selber das Seine beitragen zu dem vereinten Kraftaufschwung. Pastor Koskela musste etwas davon gemerkt haben, denn er kam auf mich zu, um mir mit der Hand auf die Schulter zu schlagen. Die Ohrenschützer baumelten, und ohne etwas zu sehen, konnte ich mir seinen Gesichtsausdruck vorstellen. Ein scharfer Pfiff ließ uns innehalten. Die Traktoren stellten ihre Motoren aus, und alle flüchteten sich in den Wald, um still abzuwarten. Wenig später hörten wir ein Grollen, gefolgt von mehreren Explosionen. Sie bombardierten Helsinki. Befehle wurden geschrien. Aus dem Wald kam ein Tankwagen und übergoss die Holzstöße mit Naphtha. Die Lastwagen bildeten eine Kolonne, bereit zur Abfahrt. Ich folgte den flappenden Ohrenschützern von Koskela und fand mich schließlich schwitzend und keuchend neben ihm sitzend wieder. Es wurde kein Wort gesprochen, nur das pochende Atmen meiner Kumpane war zu hören. Die Kolonne setzte sich in Bewegung. Noch bevor wir in den Wald einbogen, wurde die gesamte Lichtung plötzlich von einer himmelhoch züngelnden, gigantischen Stichflamme erleuchtet. Mit einem Mal sprangen die Gesichter meiner Kumpane aus der Dunkelheit hervor, jedes mit seiner Angst und seinem Staunen.

Wir fuhren nicht zurück nach Helsinki, sondern in südwestliche Richtung. Nach kurzer Zeit blieb die ganze Kolonne in einem Wald stehen und wartete. Ein Unteroffizier verteilte Zigaretten, auch eine Flasche *Koskenkorva* ließ er herumgehen. Viele der Soldaten waren von den Lastwagen abgestiegen und versuchten am Dröhnen der explodierenden Bomben auszumachen, wo sie gefallen waren. Da hörten wir mit einem Mal ein Grollen näher kommen, immer deutlicher und stärker. Die russischen Bomber waren direkt über uns. Fast hörte man das Schlagen der Kolben, das metallische Rauschen der Propeller. Dann ließen mehrere starke Explosionen den Erdboden erbeben. Die Soldaten wurden ganz unruhig, einige liefen die Kolonne entlang, auf der Suche nach einem Offizier. Dann machte es die Runde.

»Es funktioniert!«, schrie einer.

»Hurra!«, schallte es von allen Seiten zurück.

Da erhob sich ein Singen aus dem schwarzdunklen Wald. Hatten wir bisher unsere Stimmen zurückgehalten, ließen wir sie jetzt leicht und befreit heraus. Ganz Finnland schien zu singen; aus jedem Wald, jedem See, jedem noch so entfernten Haus dieses unendlich weiten Landes schien sich ein und derselbe Gesang zu erheben, zart wie ein Kristall. So verhalten und sanft schien er zunächst nicht recht in diese Kriegsnacht zu passen, doch dann durchströmte er immer kräftiger und überzeugter die Wälder, drang in jeden Ort, in jedes Herz. Hinter uns brannte der Himmel, die russischen Bomber flogen über unsere Köpfe hinweg, ohne uns zu sehen, und wir unten im Wald, die Mützen in der Hand, wir sangen. Immer lauter sangen wir, lauter als die dröhnenden Flugzeuge, lauter als das Brummen der Lastwagen, die langsam wieder anfuhren, und unsere Stimmen vereinigten sich zu einem einzigen Schrei, unser Gesang wurde zum Schlachtruf. Jetzt wurde das Prasseln der Bomben von einem ungestümen Marsch gedoppelt, skandiert von den schweren Stiefelschritten meiner Kumpane. Wir hatten keine Angst mehr, von den Russen überrascht zu werden, ja, wir wollten sogar, dass sie uns hörten, wir wollten ihnen diese Wörter voller Wut und Stärke ins Gesicht schreien. Ich kannte die Lieder nicht besonders gut, doch gelang es mir einigermaßen, ihre Laute zu verstehen und nachzuahmen. Ich öffnete den Mund, wie um diese Musik zu trinken, die auf mich einfloss, und an der Magie ihres Rhythmus teilzuhaben. Die Melodie pulsierte rund um mich herum genauso wie in meinen Adern, und selbst die Flammen in der Ferne schienen ihrem herzzerreißenden Tanz zu folgen.

Bei Morgengrauen waren wir wieder zurück in der Stadt. Wir erfuhren, dass Kotka getroffen worden war, aber auch, dass Helsinki keine schweren Zerstörungen erlitten hatte. Es waren nur wenige Stunden bis zur Morgenmesse, aber ich wie Koskela waren beide zu aufgeregt, um an Schlaf zu denken. Indes zogen wir uns in die Sakristei zurück und gönnten uns den Luxus, einige große Holzscheite zu verbrennen. Der Pastor fachte das Feuer an und kochte Tee. Der Wohlgeruch des brennenden Holzes durchzog den ganzen Raum.

»Das Feuer! Das Eisen und das Feuer! Das sind die beiden einzigen Dinge, die zählen im Krieg! Und du, der du Sampo heißt, weißt du überhaupt, dass du aus dem Feuer geboren wurdest? Sampo ist ein heiliges Wort für die Finnen. Die ganze Geschichte des *Kalevala* dreht sich um den magischen Sampo. Dabei kann niemand genau sagen, was er überhaupt war, niemand hat ihn je gesehen, denn er wurde zerstört. Vielleicht war er der Stützpfeiler der Welt, dessen Zusammenstürzen uns für immer von unseren Ursprüngen abgeschnitten hat. Nach der Legende hat der Sampo drei Deckel, welche aus der Spitze einer Schwanenfeder, der Milch einer sterilen Kuh, der Wollflocke eines fruchtbaren Schafes und dem Samenkorn einer Gerstenähre gefertigt werden. Allein Ilmarinen, der Schmiedegott, der schon das Himmelsgewölbe mit seinen Sternen und Planeten geschmiedet hatte, konnte ihn herstellen. Die Königin von Pohjola hatte ihre Tochter dem Dichtersänger Väinämöinen zur Frau versprochen, wenn dieser ihr den Sampo beschaffen würde; ein Angebot, worüber der schamanische *runoilija* lange nachdachte: Die Königin von Pohjola war die mächtige Herrscherin über das Land des Eises, und mehrmals schon hatte ihr Volk versucht, die fruchtbaren Ebenen des Kaleva zu besetzen. Eine Heirat mit der Tochter seiner ewigen Rivalin würde den beiden Völkern endlich Frieden bringen. Darüber hinaus würde die junge Prinzessin neues Leben in sein altes, mit den Jahren träge gewordenes Blut bringen. Der große *runoilija* wollte seinem Volk eine strahlende Zukunft garantieren, und dafür war er sogar bereit, den Sampo herzugeben. So beauftragt Väinämöinen schließlich Ilmarinen, in das Reich von Pohjola zu gehen und der Königin des Eislands diesen wertvollen Dienst zu erweisen. Der treue Ilmarinen gehorcht den Befehlen seines Herrn. Am Hof von Pohjola angekommen, macht er sich sofort an die Arbeit, und so entsteht am ersten Tag unter dem Wind seines Blasebalgs ein goldener Bogen mit Silberspitzen. Wundersam schön, aber das war nicht, was er wollte, und der Schmied wirft ihn wieder ins Feuer. Tags darauf taucht ein völlig rotes Boot aus dem Feuer auf, mit goldverziertem Heck und kupfernen Rudergabeln, aber offensichtlich ist auch das nicht der Sampo. Der Schmied lässt nicht locker, und nacheinander zieht er aus dem Feuer: eine Jungkuh mit goldenen Hörnern und sternengesprenkelter Stirn, auf dem Kopf das Rad der Sonne, dann einen Pflug mit goldener Schneide, kupfernem Schaft und silberner Spitze. Am vierten Tag endlich bildet sich der Sampo aus dem Feuer heraus. Ilmarinen jubelt. Dann schmiedet er drei Mühlen an die Seiten, eine für das Mehl, eine für das Salz und eine für die Geldmünzen. Und so war der magische Sampo, der den Menschen das Licht bringt, erschaffen worden. Als Belohnung gibt nun die Herrscherin von

Pohjola ihre wunderschöne Tochter nicht dem Väinämöinen zur Braut, sondern Ilmarinen. Denn die mächtige Herrin des Eises hatte längst verstanden, dass Väinämöinen ein Mann der Vergangenheit war, aus der Zeit, da die Welt aus Wasser bestand und die Menschen Fische waren. Die Zukunft gehörte dem Eisen, dem Feuer, welches es schmolz und es verwandelte in den magischen Sampo!

Also spürst du die Kraft und die Wahrheit in dieser Geschichte?«, fragte der Pastor, indem er den Tee einschenkte.

Ich nahm die Tasse in meine Hände, die noch ganz rot von der Kälte waren. Das Wesentliche hatte ich verstanden, auch wenn ein großer Teil der Erzählung mir entgangen war, vor allem jene seltsamen Wörter und fantastischen Gegenstände, welche der Pastor mir vergeblich mit seinen Händen zu verdeutlichen suchte: Ich hatte nie Derartiges gesehen. Gefesselt hingegen war ich vom Zuschauen, wie sich im Mund von Koskela die Sprachlaute formten, sich in Wörter verwandelten und sich gleich wieder in nichts auflösten. Wenn ich sie nicht verstehen konnte, lauschte ich ihnen, als wären sie Musik, fasziniert von ihrem flüchtigen Leben. Wie viele Wörter es doch brauchte, einen Menschen zum Leben zu bringen!

Inzwischen durchzog eine rauchige Wärme die Kirche. Über dem Ofen hingen der Wintermantel Koskelas und meine Jacke zum Trocknen, einen ausgeprägten

Naphthageruch von sich gebend. Ohne sich zu scheren, ob ich etwas verstand oder nicht, nahm der Pastor seine Rede wieder auf.

»Wenn du erst das *Kalevala* lesen kannst, wirst du ein echter Finne sein; und wenn du schließlich beim Hören des Rhythmus Gänsehaut bekommst, dann bist du wirklich einer von uns! Schau!«, fügte er hinzu, indem er das in schwarzes Leder gebundene Buch auf dem Tisch aufschlug. »Das sind nicht einfach nur Wörter! Das ist offenbarte Kosmogonie, die Mathematik, welche die ganze Schöpfung zusammenhält! Wir besitzen eine logarithmische Grammatik; je mehr du ihr auf die Spur kommen willst, desto mehr flieht sie vor dir durch endlose Zahlenkorridore, alle einander ähnlich, zugleich aber auch unmerklich verschieden voneinander, ganz so wie die Fugen von Bach! Das Finnische hat eine widerborstige, aber feinfühlige Syntax: Anstatt vom Zentrum der Dinge auszugehen, hüllt sie diese vielmehr von außen ein. Am Ende ist der finnische Satz ja wie ein undurchdringlicher, in sich geschlossener Kokon, wo die Bedeutung langsam heranreift und dann mit einem Mal farbenreich und ungreifbar davonfliegt und dabei jene, welche mit unserer Sprache nicht vertraut sind, immer mit dem Gefühl zurücklässt, nichts verstanden zu haben. Deshalb hat ein Fremder, der einem Finnen beim Sprechen zuhört, immer den Eindruck, dass etwas aus seinem Mund herausgeflogen kommt. Spielend leicht öffnen und schließen sich die Wörter, kreisen eine Weile in der Luft und lösen sich auf. Sie festhalten zu wollen ist zwecklos. Denn ihre Bedeutung liegt in ihrem Flug: Diesen gilt es zu fassen, mit Augen und Ohren. Die Hände helfen dabei nicht. Das ist mit das Schönste an der finnischen Sprache!«

Zwischen seinen Reden legte Koskela immer wieder lange Pausen ein, während der er plötzlich, wie hingerissen von seinen eigenen Betrachtungen, regungslos verharrte. Das gab mir dann genügend Zeit, die wenigen Dinge, welche ich verstanden hatte, zu ordnen und aufzuschreiben. Während ich meinen Tee trank, blätterte ich die Seiten des *Kalevala* durch und suchte die Wörter heraus, die ich zwar nicht kannte, aber doch aus der Erzählung des Pastors aufgeschnappt hatte, um sie mir dann von ihm erklären zu lassen. Dabei beschäftigten mich besonders die Abbildungen. Ich bemerkte, dass die Zeichen dieser alten Sprache mit den abgebildeten Figuren zusammenzustimmen schienen. In einer Weise, dass die zerzausten Helden, die mit Chinatusche – wie herausgemeißelt – so plastisch gezeichnet waren, sich nur gemeinsam mit den sie umgebenden Wörtern angemessen schienen ausdrücken zu können. In geometrischer Ordnung kompakt aufgestellt, verstärkt noch von dem Schema des Kreuzreims, marschierten diese Wörter über die Seiten. Ich konnte den Reim nicht lesen, aber ich sah ihn, wie eine beruhigende Stickerei aus den drei immergleichen Buchstaben, welche wie ein Eisennagel die Verszeilen zusammenschweißten.

Dank meiner persönlichen Kenntnisse unseres Nationalepos gelang es mir, einige unlesbare Passagen des vorstehenden Textes zu rekonstruieren. Der Autor hat hier wahrscheinlich Sätze zusammengestellt, die ihm der Pastor während seiner Unterrichtsstunden diktierte; und das bei dessen begeisterten Reden wohl oft auch zu schnell, woraus sich der manchmal unsichere und unzusammenhängende Schreibstil seines Schülers erklären lässt. Was die eingehenden linguistischen Überlegungen Koskelas betrifft, an dieser wie auch anderen Stellen, so konnte ich sie dank der ausführlichen Notizen auf den Rückseiten der Illustrationen in seiner Kalevala*-Ausgabe rekonstruieren, welche dem Manuskript beigelegt war. In einem Umschlag, der in die innere Einbandklappe eingeklebt war, fand ich neben Heiligenbildchen und alten russischen Briefmarken außerdem noch regelrechte theologische Abhandlungen des Pastors, die ich dort ins Manuskript einfügte, wo die Notizen des Verfassers auf sie hinzuweisen schienen. Auch ich hätte gern den Militärkaplan Olof Koskela kennengelernt und mit ihm über den* Kalevala *und Gott gesprochen. Oft genug überraschen mich seine Betrachtungen: Wenn viele seiner Gedanken deutlich von einer religiösen Ausbildung zeugen, gibt es wiederum andere, an denen ich eine für einen lutheranischen Pastor eher seltene Unverblümtheit erkenne. Ich weiß nicht, wie alt er war, aber am Erscheinungsdatum seiner* Kalevala*-Ausgabe glaube ich ablesen zu können, dass er wenig jünger als mein Vater war. Und so muss ich mich wirklich fragen, auf wessen Seite er eigentlich stand während des Bürgerkriegs. Denn seine Abneigung gegen die Russen erklärt noch nicht alles. Vielleicht war Olof Koskela ja tatsäch-*

lich ein Schamane. Aber sicherlich einer der wenigen damals übriggebliebenen Freigeister in diesem Land.

Die folgenden Seiten geben eine Serie von Dialogen wieder, welche zu den am schwersten entzifferbaren des Manuskripts gehören; voller Durchstreichungen, Rechtschreibfehler und falsch deklinierter Wörter. An bestimmten Stellen ist nicht einmal klar, wer da überhaupt spricht, und oft sind die Antworten des Gesprächspartners unvollständig und von Leerstellen unterbrochen. Zweifellos handelt es sich hierbei um einen Teil des Manuskripts, der nie von Pastor Koskela korrigiert worden ist. Nur dank der Hilfe von Frau Ilma Koivisto war es möglich, diese Dialoge zu vervollständigen. Sie ist es überhaupt, die sie auch niedergeschrieben hat. Auch die Rekonstruktion der Landschaftsbeschreibungen und persönlichen Betrachtungen des Verfassers geht auf ihre Rechnung. Die die Dialoge einleitenden und abschließenden Abschweifungen finden sich im Manuskripttext nur grob skizziert in Form von plump aufgeschriebenen und unterstrichenen Satzfragmenten und einzelnen Wörtern. Wie Bojen auf dem Meer der Seiten haben sie mir die Wrackteile jener Gespräche angezeigt, die ich im Herbst 1943 an Bord der Tübingen *mit dem Verfasser hatte. Auf diese Weise habe ich, von Algen und Muscheln überzogen, Gedanken wiedergefunden, die einst meine eigenen waren.*

Es schneite stark, als ich an einem Abend im Spätmärz aus dem Krankenhaus heraustrat. Ich ging, so schnell ich konnte, die Esplanadi entlang, und auf einmal glaubte ich durch das Schneegestöber hindurch

Klaviermusik zu hören. Sie kam aus dem Hotel Kämp. Als ich die Tür öffnete, bot sich mir der einladende Anblick eines Chores aus Krankenschwestern in Uniform, vor einem geordneten Publikum, das zudem einmal auch still war. Ich schüttelte mir den Schnee von den Kleidern und setzte mich in eine der hinteren Reihen dazu. Der Saal war heller erleuchtet als gewöhnlich, auf den Tischen brannten Kandelaber, die ich noch nie gesehen hatte. Das kleine Podium, vor dem einige Zierpflanzen aufgestellt waren, verzierte ein roter Teppich, der das Wappen der *Lotta-Svärd* trug. Das Klavier war in die Saalmitte geschoben worden und wurde von einem Unteroffizier der Grenztruppe bespielt, in einer viel zu weiten Uniform. In den ersten Reihen saßen größtenteils Offiziere in Galauniform und Botschafter in Frack. Dahinter kamen die Journalisten und schließlich eine Gruppe Soldaten in dunkelgrauen Uniformen mit Abzeichen, die ich nicht kannte. Sie hatten von der Kälte ganz rissige Haut im Gesicht, typisch für Soldaten, die gerade von der Front kamen. Neben einen von ihnen hatte ich mich hingesetzt. Er lauschte dem Chor, so als folgte er einer Messe, mit gesenktem Kopf und die Hände fest auf die Knie gelegt. In seinem Nacken war zwischen den bürstenkurz geschnittenen Haaren eine rotfleckige Narbe zu sehen. Der schwere Stoff seiner Uniform gab den Geruch von Desinfektionslösung von sich, vermischt mit Seifengeruch, was mich an die Stapel Decken in der Wäscherei erinnerte. Seine Stiefel und sein Gürtel rochen nach frisch aufgetragener Schuhcreme. Die Kellner servierten einen heißen hochprozentigen Drink, und ich ließ keins der herumgehenden Tabletts aus, um mir ein neues Glas zu nehmen. Schon nach kurzer Zeit war ich stockbetrunken, und mir war ganz heiß, was aber zugleich auch meine düstere Stimmung ein wenig aufhellte. Währenddessen ging die Vorstellung im voll besetzten Saal weiter. Die Stille vor jedem Einsatz wurde immer gespannter, immer feierlicher; so reglos still, dass man im Saal selbst die Bäume von der Esplanadi draußen im Wind rauschen hörte. Die Krankenschwestern sangen mit sanft modulierenden Stimmen, etwas ganz anderes als die martialischen Rhythmen, die ich gewohnt war. Einnehmend lang gezogen stiegen sie harmonische Tonleitern hinauf, um darauf wieder in geometrischen Spiralen abzusinken. Und doch schienen diese Gesänge im zuhörenden Publikum die gleiche patriotische Begeisterung hervorzurufen wie ein Militärmarsch. Beim letzten Gesang entbrannten die Soldaten um mich herum geradezu in einen Applaus voller Freude, aber auch Angst. Diesmal war es keine der sanften bis dahin gesungenen Melodien, sondern ein Marsch, dessen Rhythmus alle kannten. Ich wusste nicht mehr, wo, aber auch ich hatte ihn schon gehört. Gleich bei den ersten Noten warf einer seine Mütze in die Luft, andere umarmten sich und riefen sich Wörter zu, die ich nicht verstand; am Ende erhoben sich alle zusammen, und sich an den Schultern haltend, mischten sie ihre tiefen Stimmen unter jene der Schwestern. In diesem Moment erkannte ich auch die Melodie wieder: Mit einem Mal sah ich die Nacht mit den Riesenfeuern wieder vor mir, die vereiste Straße und meine unbekannten Kumpane, die im Dunkeln sangen. Vielleicht waren es ja hier dieselben Männer, von denen ich in jener Eisesnacht nichts als ihre brennenden Zigaretten gesehen hatte. Auch die Gerüche waren die Gleichen: Koskenkorva, Tabak und Schweiß. Und ohne die Wörter zu kennen, bewegte auch ich dann meine Lippen, gerade so wie der neben mir Stehende; auch ich klatschte und drängte mich mit der Menge um die Soldaten herum. Einer unter ihnen weinte. Die Schwestern auf der Bühne sangen auf einmal nicht mehr und hörten jetzt ganz gerührt den Soldaten zu. Sie sahen müde und überhitzt aus, mit glasigen Augen, blieben dabei jedoch gefasst. Hand in Hand, mit geschlossenen Füßen eng zusammenstehend, verharrten sie in ihrer Aufstellung. Als die Stimmen der Soldaten verstummten und auch der Applaus verebbte, kehrte der Saal langsam wieder zu seinem alten Zustand zurück, so wie ich ihn kannte. Während die Leute still ihre Mäntel anzogen und das Hotel verließen, stellten die Kellner wieder die Stühle um die Tische und rückten die Sessel an ihren Platz neben den Fenstern. Nach gegenseitigem Händeschütteln und Austauschen von militärischen Grüßen nahmen auch die Soldaten ihre Mäntel und gingen. Ich sah noch, wie sie auf einen Militärlastwagen stiegen, der beim Manövrieren vor dem Hotel mit seinen Scheinwerfern den ganzen Saal erhellte. Auf die Offiziere in Galauniform und die Botschafter hingegen warteten schon

Limousinen. An den Tischen im hinteren Teil des Saales saßen die Journalisten, die wieder ihr übliches Gerede über Militärstrategien aufgenommen hatten. Der eine oder andere lehnte an der Bar und trank sein letztes Bier aus. Auch die gewohnten Koskenkorva-Gläschen und Aschenbecher tauchten wieder auf. Einige Krankenschwestern waren geblieben und saßen nun in Gesellschaft von ein paar Offizieren ein wenig abseits an einem Tisch, wo anstelle des Koskenkorva Tee mit Keksen serviert wurde. Sie sprachen mit leiser Stimme, während sie die Krümel von der Tischdecke aufklaubten.

Ich hatte mich im ersten freien Sessel neben dem Fenster niedergelassen und schaute hinaus auf den schimmernden Schnee. Die plötzliche Ruhe nach all den begeisterten Gesängen hatte mich ganz traurig gemacht. Nachdem ich mich den Soldaten angeschlossen, mich ihnen schon fast zugehörig gefühlt hatte, ganz durchdrungen von ihrer Rührung, fühlte ich mich jetzt umso einsamer. Der gewohnte Betrieb im Hotel war nicht mehr ausreichend, um meine ständige Angst fernzuhalten. Da sah ich meinen Journalistenfreund in der Gruppe seiner Kollegen stehen. In einer mir unbekannten Sprache vertrat er leidenschaftlich seine Meinung, während ein anderer ihm widersprach. Ich wollte mich nicht mehr in die üblichen Diskussionen der Journalisten stürzen und so tun, als verstünde ich Sätze, die mir in Wirklichkeit völlig rätselhaft blieben; jeder Silbe hinterherlaufen, bis ich sie endlich festmachen konnte an einer anderen, schon bekannten und sie so verstehen.

Mir war, als würde ich überhaupt niemals mehr die Kraft dazu haben. Und ich spürte ein unwiderstehliches Verlangen, mich einfach in die Stille und in meine Einsamkeit zu ergeben, sie mit mir machen zu lassen, was sie wollten; mich langsam begraben, indem sie mich ohne Schmerzen sterben ließen, so wie ich es von Soldaten gehört hatte, die im Schnee einschliefen. Als ich dann meine Jacke zusammenfaltete, um sie auf die Knie zu legen, fiel mein Blick auf das Etikett mit der Aufschrift »Sampo Karjalainen«, und zerstreut fuhr ich mit dem Finger darunter. Ein kleines Stück Stoff, mit vier schwarzen Baumwollstichen so fest angenäht wie die Nähte einer Wunde: vier Stiche, die mein ganzes Leben zusammenhielten. Alles, was ich war, war in diesen sechzehn Buchstaben enthalten. Vielleicht war es ja dieser Militärmarsch gewesen, der mir die Tage in Triest wieder in Erinnerung brachte, und diese verängstigten Soldaten, die so sehr meinen einstigen Kumpanen auf der *Tübingen* ähnelten wie auch jenen anderen in den Wäldern. Ich hatte sie nicht vergessen, die Worte von Doktor Friari. Seit meiner Ankunft in Helsinki hatten mir seine Ratschläge als Lebensregeln gegolten und mir gutgetan. So schien zunächst auch alles nach ihrem Sinn zu funktionieren. Wie er mir geraten hatte, hatte ich mich systematisch und gewissenhaft dem Studium des Finnischen gewidmet, hatte mich überzeugen lassen, dass dies mein Land sei, die Menschen hier meine Landsleute und dieser Klang hier der meiner eigenen Sprache. In Augenblicken der Verzweiflung, wenn ich nur schwarzen Gedanken nachhing, hatte ich mich an dieses Fünkchen Hoffnung geklammert und mich so gerettet. An den seltenen klaren Tagen hatte ich mich von Pastor Koskela zur Landspitze von Katajanokka führen lassen, um dem Schauspiel der aufgehenden Sonne beizuwohnen, und mir dann dabei vorgestellt, selber an einem solchen Tag geboren zu sein. Es war nicht schwierig, dem Wunsch nach Zugehörigkeit nachzugeben, wie wir ihn alle haben. Doch blieb meine neue adoptierte Identität künstlich.

Jeden Tag musste ich von vorn anfangen. Kaum war ich einmal verwirrt, kaum ließ einmal meine Geisteswachsamkeit nach, verflogen auch schon die erreichten Fortschritte. Mochten die Wörter auch bei mir bleiben, meine Sprachkenntnisse sich weiter verfestigen, meine Überzeugung jedoch, zu diesem Land zu gehören, war ganz verschwunden. Ich wurde den Verdacht nicht mehr los, Hals über Kopf den falschen Weg eingeschlagen zu haben. Im Innersten meines Unterbewusstseins plagte mich das Gefühl, dass in meinem Gehirn noch ein anderes pulsierte, lebendig begraben. Mir kam der Gedanke, dass meine ständige Wachsamkeit, mein Unvermögen, mich blindlings in mein neues Leben zu stürzen, von einem einzigen, jedoch schwerwiegenden Mangel herrührte. Denn da gab es den einen Rat von Doktor Friari, den ich versäumt hatte zu befolgen: mich zu verlieben, mich hinzugeben. In mir hatte sich eine steinharte, undurchdringliche Schale gebildet. Ich fühlte sie unter meiner Haut, so als könnte ich sie anfassen. Das war der Kern meines neuen Daseins. Ihn öffnen und jemand anderem anbieten würde nur bedeuten, das bisschen, was ich mir aufgebaut hatte, zu gefährden und zusehen zu müssen, wie die sechzehn Buchstaben meines Namens in alle Richtungen weggeblasen würden. Wie konnte ich mich jetzt schon weggeben, wo ich doch nicht einmal wusste, wer ich war? Wem konnte ich so vertrauen?

Da saß ich nun, von schmerzhaften Gedanken umgetrieben, gebeugt über mein blaues Stoffbündel, dumpf vor mich hin starrend, als mit einem Mal eine bekannte Gestalt in meinem verwässerten Blickfeld Form annahm. Ich erkannte ihren Gang, wie sie zuerst auf dem rechten Bein zögerte, Körper und Hals leicht nach vorn geneigt, fast als wolle sie um Erlaubnis bitten, in meine Gedanken eintreten zu dürfen. Es war die Krankenschwester, die mich am Tag meiner Ankunft im Krankenhaus empfangen hatte, mich dann auch Koskela vorstellte, und die ich seitdem nicht mehr gesehen hatte.

»Guten Abend! Sind Sie es wirklich? Von Weitem war ich mir nicht sicher«, sagte sie, indem sie schüchtern näher kam und sich zu lächeln bemühte.

»Guten Abend!«, erwiderte ich und stand auf. Ich wusste nicht, ob ich ihr die Hand schütteln sollte, und sie war sich unsicher, sie mir zu reichen. Am Ende deuteten wir einander eine Art Verbeugung an. Mir drehte sich der Kopf, und wahrscheinlich wankte ich auch vom vielen Alkohol. Sie musste es bemerkt haben und zeigte sich leicht verlegen.

»Wo sind Sie die ganze Zeit gewesen?«, fragte ich etwas unbeholfen.

»Wir wurden mobilisiert und nach Mikkeli geschickt. Wir sollten ursprünglich noch woandershin verlegt werden, aber die Bombardierungen haben uns dort festgehalten. Jetzt geht es nach Viipuri, gleich morgen mit einem Truppenzug. Dort sollen wir das Aufnahmezentrum neu organisieren und … Oh! Entschuldigen Sie … wie dumm ich bin! Ich dachte nicht daran, dass … Ich vergaß …«

Darauf setzte sie noch einmal an zu reden, aber jetzt langsam, indem sie deutlich jeden einzelnen Buchstaben aussprach: »Mikkeli ist eine Stadt, eine wichtige Stadt, eine große Stadt, und … wir waren in dieser Stadt, aber …«

Zur Verdeutlichung nahm sie ihre Hände zu Hilfe.

Mit einem Lächeln unterbrach ich sie: »Machen Sie sich keine Sorgen, mit dem Finnischen geht es jetzt viel besser. Ich kann zwar nicht gut sprechen, ich spreche sogar sehr schlecht, aber ich verstehe schon viel mehr.«

Sie nickte erstaunt.

»O ja! Aber wirklich, Kompliment! Ich habe nicht aufgepasst! Sie haben sogar einen leichten Helsinki-Akzent angenommen!« Sie presste ihre kleinen Hände zusammen, während sie angestrengt überlegte, was sie noch sagen konnte.

»Und Sie? Immer noch im Gästetrakt?« Ihre Wangen waren noch leicht gerötet von der ersten Verlegenheit, und während sie redete, schob sie eine Haarsträhne zurück unter ihr Häubchen, die ihr über die Augen gefallen war.

»Ja, da bin ich immer noch. Bett Nummer 6 neben dem Fenster!«, antwortete ich mit einem falschen Ton in der Stimme. Dabei sah ich vor mir die sechs weißen Betten auf dem rot verfliesten Boden als sechs schneebedeckte Gräber.

Sie warf mir einen betrübten Blick zu, als fühlte sie sich persönlich verantwortlich für mein Schicksal. Ihre grünen Augen überzogen sich mit einen leichten grauen Schleier, und auch ihre Stimme verdunkelte sich, als sie mich dann fragte: »Ist Doktor Lahtinen noch nicht zurück?«

Hinter ihrer Frage witterte ich noch eine andere.

»Nein. Es heißt jetzt, er sei in Petsamo«, antwortete ich ohne viel Überzeugung.

»Vielleicht ist es ihm ja nicht möglich zurückzukommen. Bei den Bombardierungen sind die Verbindungswege oft unterbrochen...«, versuchte sie zu erklären, ohne selber wirklich daran zu glauben.

»Ja, sicher. Vielleicht kommt er auch gar nicht mehr wieder«, gab ich mit einem bitteren Lächeln zurück. Doch ich wollte über etwas anderes reden oder vielleicht auch überhaupt nicht mehr reden. Ich zwang mich, gesellig zu sein, aber es fiel mir schwer. Zu gern wäre ich rasch von dieser Begegnung geflohen, und gleichzeitig drängte mich etwas zu bleiben.

»Warum setzen wir uns nicht?«, schlug ich vor, indem ich auf einen Tisch zeigte.

»Gerne«, erwiderte sie gleichmütig, ohne zunächst einen Schritt zu tun. Sie war von Neuem errötet, und damit ich es nicht merkte, schaute sie hinunter auf ihre Schuhe. Ich hatte den Eindruck, sie bereute es, auf mich zugegangen zu sein.

Sie war sehr zierlich, von zerbrechlichem Aussehen. Anders als die meisten Krankenschwestern, die eher Haltung und Aussehen von korpulenten Bäuerinnen hatten. Sie nahm ihr Käppi ab, faltete es auf ihrem Schoß und strich sich mit einer Hand die Haare zurecht. Die schillernde Farbe ihrer Augen übertrug sich auf ihr ganzes Gesicht: jetzt das eines schüchternen Mädchens, das ich mir kaum neben von Bomben zerrissenen Körpern vorstellen konnte, und zugleich das einer reifen Frau, die den Anblick von Leiden gewohnt war. Draußen hatte sich der Wind gelegt, die Schneeflocken flogen sanft gegen die Fenster und hefteten sich an die Spinnweben aus Eis, mit denen die Scheiben überzogen waren. Erwärmt vom gelben Schimmer der Kerzen, gab dieser weiße Schleier ein Gefühl von Frieden, dem man sich bereitwillig überließ.

»Was für schöne Stimmen!«, sagte ich, indem ich auf ihre Mitsängerinnen deutete.

»Danke! Das ist sehr nett von Ihnen. Aber das liegt vor allem an der Musik selber!«, antwortete sie. Ich bemerkte, dass ihr Blick ruhelos umherirrte und nicht wusste, woran er sich festhalten sollte. Wenn sich unsere Blicke dann kreuzten, schwenkten ihre Augen nervös ab, wie verschreckte Insekten. Auch ich schaute um mich herum und überlegte, was ich machen konnte, damit sie sich wohlfühlte. Denn jetzt wollte ich, dass sie blieb, und hätte am liebsten mit meinen eigenen Händen ihr Unwohlsein vertrieben.

»Es tut so gut zu singen. Die Lungen füllen sich mit Luft, das Blut zirkuliert rascher, und auch das Gehirn läuft besser. Auf diese Weise werden traurige Lieder zu fröhlichen!«, sagte ich mechanisch, indem ich über jedes Wort stolperte. Aber ich war nicht sicher, dass sie richtig verstanden hatte, denn oft verwechsle ich *surullinen* mit *iloinen* – traurig mit fröhlich.

»Der Gesang ist die natürlichste Musikform und die älteste!«, erwiderte sie mit distanzierter Stimme. Ich dachte an meine einsamen Abende in Triest zurück, wo ich, ohne sie zu verstehen, mir Strophen von Liedern vorsang, die ich in den Osterien gehört hatte – nur um ein paar Wörter in den Kopf zu bekommen, die mich von meinen zermürbenden Gedanken ablenkten. Jetzt hatte ich Gesellschaft, hatte eine Person neben mir, die ich kennenlernen und mit der ich mich anfreunden wollte. Aber es war nicht einfach, meine mürrische Einsamkeit abzuschütteln.

»Singen Sie?«, fragte sie beherzt.

»Ja. Aber so wie die Kinder singen, um mir Mut zu machen, wenn ich Angst habe.«

»Und wann haben Sie Angst?«

»Häufig. Vor allem, wenn ich allein bin und es zu still ist. Dann fürchte ich, es könnte für immer so sein.«

Sie musste lächeln bei meinen Worten. Offensichtlich hatten sie ihr gefallen. Um ihre Hände zu beschäftigen, nahm sie sich ihr Käppi vor, rollte es zusammen und schaute dann zu, wie es sich wieder aufrollte.

»Auch die Stille ist Musik. Im Internat sagte uns die Gesangslehrerin, die Stille in der Musik sei wie das Weiß im Aquarell. Es ist keine Farbe, aber es ist notwendig für das Malen. Die Stille ist, was um die Tonkleckse herum bleibt, und jedes Gemälde ...«

Ich hielt weiter meine Augen auf sie gerichtet, aber ich sah sie nicht. Meine Gedanken trieben ziellos umher, ohne je zusammenzufinden. Da verblasste ihre Stimme, und sie betrachtete mich voller Zögern und erneuter Verlegenheit.

»Vielleicht ist das zu kompliziert, was ich sage? Entschuldigen Sie ... Es ist nur, dass Sie jetzt so gut sprechen können, und dann vergesse ich ...«

»Nein, nein«, unterbrach ich sie, »machen Sie sich keine Sorgen, ich verstehe schon. Nicht alles, aber ich verstehe. Und wenn ich nicht verstehe, erfinde ich mir dazu, was ich hören möchte!«

Da musste sie lachen, und ihr Lachen zündete wie ein Streichholz im dunklen Zimmer meines Gedächtnisses. Mir war, als hätte ich ein identisches Lachen schon einmal gehört. Doch es war nur ein Gefühl.

Dann fuhr ich fort: »Das ist schön beschrieben von Ihrer Gesangslehrerin! Wer weiß, vielleicht können ja auch Gemälde so wie Symphonien gespielt werden, wir wissen es nur noch nicht!«

»Auch Ihre Worte sind sehr schön«, erwiderte sie. Und weiter: »Jetzt, wo Sie sie besser kennen, was gefällt Ihnen eigentlich am meisten an unserer Sprache?«

»Was mir am meisten gefällt?«

»Ja. Ein Wort, ein Satz …«

»Nun gut, Sie werden es merkwürdig finden, aber mir gefällt der Abessiv!«, antwortete ich zögerlich.

»Der Abessiv? Aber das ist doch ein Fall bei der Deklination!«, erwiderte sie vergnügt.

»Ja, ein Fall, der das Fehlen von Dingen bezeichnet: *koskenkorvatta*, *toivotta*, ohne *koskenkorva* wie ohne Hoffnung, beide werden im Abessiv dekliniert. Das ist herrlich, wie Poesie! Und dazu ist es auch sehr nützlich, denn im Allgemeinen fehlen uns mehr Dinge, als wie wir sie besitzen. Alle schönen Wörter dieser Welt sollten im Abessiv dekliniert werden!«

Da lachte sie laut los und hielt sich die Hand vor den Mund. Aber es half nichts, denn ihre Augen waren schon ganz nass vor lauter Fröhlichkeit. Ich genoss den Erfolg meines Schmähs und fühlte eine neue Wärme in mir aufsteigen.

Ich warf einen Blick durch das Fenster hinaus. Die Journalisten, die nicht im Kämp übernachteten, machten sich langsam auf den Heimweg durch den Schnee, umhüllt von ihren weißen Atemwolken, laut redend und die Arme um sich schlagend, um sich warm zu halten. Um diese Zeit ging gewöhnlich auch ich zurück ins Krankenhaus, und dabei musste ich an mein leeres und kaltes Zimmer denken.

»Was ist mit Ihnen?«, fragte sie besorgt, während sie meinen plötzlichen Stimmungseinbruch bemerkte.

»Nichts, nichts«, versicherte ich ihr, indem ich den Kopf schüttelte. »Wir sprachen ja gerade über Musik!«

Sie schien beruhigt.

»Ja, die Musik! Welche Musik gefällt Ihnen denn am meisten?«

»Nun, ich bin ja kein Musikkenner. Ich mag vor allem leichte Musik. So hat mir von den Liedern vorhin besonders das letzte sehr gut gefallen.«

»Der *Porilaisten marssi*? *Pojat kansan urhokkaan*? Aber das ist ein Kriegsmarsch!«

»Das mag sein. Aber das Publikum war jedenfalls begeistert. Es ist eine fröhliche Musik.«

»Die Musik vielleicht schon. Aber nicht der Text!« Sie wirkte wieder vergnügt und rollte ihr Käppi jetzt immer lockerer zusammen.

»Wovon redet der Text?«

»Von Vaterland, Blut und denen, die bereit zum Sterben sind«, erklärte sie mit ernster Stimme.

»Können Sie mir ihn beibringen?«

»Da gibt es aber schönere Lieder!«, warf sie ein.

»Aber ich will genau dieses«, beharrte ich. »Wenn Sie langsam sprechen, kann ich auch die Wörter mitschreiben.« Dabei zeigte ich ihr mein Heft und fügte hinzu: »Ich werde es auswendig lernen, dann kann ich es singen, wenn es zu still ist um mich herum!«

Sie lächelte. In ihren Augen lag jetzt etwas Zärtliches. Sie ließ das Käppi wieder in ihren Schoß fallen und legte die geöffneten Hände auf den Tisch. Sie hatte sehr kurze Fingernägel, an den kleinen Fingern sichtbar abgekaut.

»Wie Sie wollen!«, sagte sie zustimmend, indem sie um sich blickte, wie um sicherzugehen, dass niemand zuschaute.

»Ich habe Sie noch gar nicht nach Ihrem Namen gefragt«, fuhr ich fort und öffnete mein Heft.

»Ilma«, antwortete sie mit dünner Stimme. »Das heißt Luft.«

»Luft?«, wiederholte ich belustigt.

»Ja, wie die, welche wir einatmen. Oder auch wie das Wetter gerade ist.« Dabei zog sie ihre Finger wieder ein, als wolle sie sie verstecken.

»Und wenn schlechtes Wetter ist, kann man dann sagen, heute gibt es schlechte Ilma?«

Das schien ihr bisher noch niemand gesagt zu haben.

»Ja, warum nicht!«, erwiderte sie überrascht. »Aber vor allem bedeutet der Name ›Ilma‹ Freiheit. Weil er einem die Freiheit lässt, so zu sein, wie man will; zu gehen, wohin man will. Wie die Luft eben. So hat es mir mein Vater erzählt. Die Eeva oder Helena oder Noora heißen, teilen ihren Namen mit vielen, vielen anderen; Namen, die etwas Verschlossenes haben. Ilma hingegen ist jedes Mal wieder neu, jedes Mal von Neuem rein.«

Diesen letzten Satz hatte ich nicht verstanden. Ich hatte verfolgt, wie er aus ihrem Mund herauskam, hatte einen Moment lang seinem Klang nachgehört. Und mit einem Mal, ohne dass ich es merkte, hatte mein Blick sich in ihren Augen verloren. Ich spürte, wie sich meine Gesichtsmuskeln lösten und alles in mir nachgab.

Ich schrieb den Text des *Porilaisten marssi* auf, beinahe ohne etwas zu verstehen, als wäre er die geheime Formel eines Zaubers; was ihn dann nur noch magischer erscheinen ließ. Und ich fragte mich, welche Wörter von all denen, die ich mit dem Bleistift in mein Heft geschrieben hatte, wohl kurz vorher die Soldaten zum Weinen gebracht hatten. Dass sie mit Krieg zu tun hatten, war ganz offensichtlich. Es waren lange Wörter darunter, voll von wiederholten Vokalen mit Umlauten wie Helme und dem *h* wie ein umgehängtes Gewehr. Andere, ganz kurze, von einem Apostroph abgebrochene Wörter, schienen wie mit ihrem Armstumpf vor einer leeren Zeile herumzufuchteln. Andere Großbuchstaben standen für berühmte Kriegsschauplätze, die ich jedoch nicht identifizieren konnte. Ich erkannte das Wort für Flagge, und es schien wirklich zu flattern, während es zwischen den Lippen herausknallte.

»Jetzt müssen Sie das Lied auch singen!«, schlug Ilma vor, von neuer Begeisterung beflügelt, die Ellbogen dabei auf den Tisch gestützt und die Hände etwas linkisch ineinander verschlungen.

»Ich würde es gern mit Ihnen zusammen singen«, erwiderte ich schüchtern.

»In Marschrhythmus und bis zum Sonnenaufgang?«, fragte sie mit überraschend scherzhafter Stimme.

»Bis zum Sonnenaufgang!«, antwortete ich, wobei ich aufstand, um mir die Jacke überzuziehen. Ganz trunken von einer nie zuvor empfundenen Euphorie, ließ ich diese letzten Worte aus meinem Mund heraus, ohne einen Moment an die Konsequenzen zu denken. Und doch spürte ich, wie weit sie mich noch führen könnten.

Ilmas Gesicht strahlte. Die feinen Sommersprossen auf ihren Wangen und Backenknochen traten kräftiger hervor, ihre Augen schienen mit einem Mal wie nackt. Im selben Moment befiel mich ein seltsames Schamgefühl, und ich musste den Blick von ihr abwenden. Plötzlich hatte ich die Gewissheit, nicht zu wollen, was da jetzt gerade geschah.

»Warten Sie draußen auf mich«, sagte sie, indem sie ihren Stuhl wegrückte. Von draußen sah ich dann durch die vereiste Fensterscheibe, wie sie zum Tisch ihrer Freundinnen ging und ihr Umriss sich schließlich unter ihnen verlor. Hier in der Stille der Straße brachte die beißende Kälte mich wieder zu mir. Ich fühlte mich in einer absurden Weise belästigt und wollte nur noch weglaufen, zurück in meine Einsamkeit eintauchen, so schmerzhaft und tröstlich zugleich wie eine nicht lebensbedrohende Krankheit. Allein die Vorstellung, auch nur die vageste Verbindung mit dieser Frau einzugehen, ließ mir jetzt den Atem stocken. Wie hatte ich nur einer solchen Versuchung nachgeben können? Zweifellos war der Alkohol schuld daran. Immer mehr schnürte es mir den Magen zusammen bei dem Gedanken, mich auf einmal neben dieser Unbekannten wiederzufinden, die Wärme und Aufmerksamkeit von mir erwartet hätte. Ich hätte mich auf ein anderes Leben einlassen müssen, mit all seinen Banalitäten und Niedrigkeiten, hätte Neugier vorgeben müssen für eine Person, die mir völlig fremd war, hätte meine Ängste mit ihr teilen und dazu noch mich mit ihren eigenen Ängsten abgeben müssen. Vor allem aber hätte ich ihr zuhören müssen, ihre Geschichte anhören und an ihr mitleiden, mich ihrer Gefühle annehmen, mich in Schmerzen hineinziehen lassen, die nicht meine sind, und sie zugleich darüber trösten müssen; und jeden Tag dieses Gesicht vor mir, das Verständnis von mir erwartet, Hilfe, Mitleid, mir dabei Freuden versprechend, nach denen mir gar nicht verlangt, Zuneigung, die mich nur stört. Zusehen, wie meine Zeit sich mit ihrer vermischt, meine Langeweile sich hinter ihrer versteckt; ihren Geruch in meinen Kleidern, ihren Umriss auf der Straße wiedererkennen; in ihrem Bett schlafen und jeden Morgen als Erster aufwachen, allein im grauen Dämmerlicht, darauf wartend, dass wieder ein neuer endloser Tag zusammen mit ihr beginnt, der immer wieder eigenhändig aus der Stille herausgegraben und bis zum Abend im Herzen getragen werden wollte, bis zu dem Augenblick, da die Dunkelheit wieder meine und ihre Einsamkeit überströmen würde. Das alles widerte mich an. Das ganze Leben widerte mich an, und die verbohrte Hartnäckigkeit, mit der alle Menschen um mich herum an ihm festhielten und, wie neu geboren unter den Trümmern, unverdrossen alles wieder aufbauten, was die Bomben zerstörten, Opfer des unauslöschlichen Willens neu anzufangen, welcher der eigentliche Fluch der menschlichen Rasse ist. Mein instinktives Bestreben ging darauf, möglichst schadlos, ohne mich zu beschmutzen und mit dem geringsten Engagement, durch dieses mir verbliebene Leben zu kommen. Denn ein Leben war das nicht mehr, eher ein übrig gebliebener Rest, aufgelesen von der Straße. Meine Vergangenheit aufzufinden war unmöglich. Für mich eine Zukunft zu finden eine furchtbare Anstrengung. Doktor Friari hatte recht: Die Sprache ist Mutter, und von der Mutter wird man in diese Welt geboren. Doch ich hatte beide für immer verloren. Für mich war jede Neugeburt ausgeschlossen. Das Beste, was ich tun konnte, war, den Rest an Leben zu Ende zu leben, wie man den Rest einer Zigarette raucht, sie eilig fertig zu rauchen, dabei schon Ausschau haltend, wo man die Kippe dann hinwirft. Entschlossen, diese drohende Liaison nicht einzugehen, wollte ich gerade in der Dunkelheit der Esplanadi verschwinden, aber da war Ilma auch schon neben mir. Sie legte ihre Hand auf meine blaue Jacke, und instinktiv hielt ich sie fest.

Es hatte zu schneien aufgehört. Vom Meer her kam jetzt ein anderer, weniger kalter Wind. Es roch nach Algen, aber auch nach Harz, als hätte dies sich, vom Meer kommend, noch vor Erreichen der Stadt, irgendwo in den Wäldern verloren und sich mit Erdgeruch vollgesogen. Die Esplanadi war vollkommen mit Schnee bedeckt.

Nur die kahlen Baumreihen auf beiden Seiten ließen den Straßenverlauf erahnen.

Schließlich erreichten wir die Mannerheimintie, sie war völlig leer und dunkel, überragt nur von den düsteren Umrissen der anliegenden Gebäude, deren Fensterscheiben zum Schutz oft noch mit Klebeband versehen waren. Wir begegneten einer Gruppe Soldaten, die glücklicherweise gleich in die Aleksanterinkatu abbog. Vielleicht waren sie gerade aus dem Capitol gekommen. Sie gingen mit schnellen Schritten und redeten so laut, dass es uns auf die Nerven ging. Aber sie hatten sich rasch entfernt, und wir tauchten wieder in die Stille der Avenue ein, bezeichnet durch die Reifenspuren im dreckigen Schnee. Dann bogen wir in den Bulevardi und gingen weiter Richtung Meer. Ilma ging ohne ein Wort an meiner Seite, aber mir war, als könnte ich spüren, wie ihre Gedanken sich regten. Vielleicht legte sie sich die Wörter zurecht. Ich betrachtete den Himmel über dem Gewirr der kahlen Äste. Er hatte einen eigentümlichen Glanz. Weit oben in der Höhe musste der Wind blasen, hin und wieder fuhr ein Windstoß durch die Bäume herab, dass der Schnee von den Ästen fiel. Ich sah, wie die Wolken auseinandertrieben und weiß aufschienen im fahlen Licht der Sterne, zu weit entfernt, um einen noch zu ergreifen.

»Jetzt können wir singen!«, flüsterte Ilma.

Im Dunkeln konnte ich ihr Gesicht kaum erkennen, und ich war erleichtert bei der Vorstellung, dass es ihr mit mir genauso ging. Jetzt, da wir sangen, gingen wir auch schneller, vorbei an schneebedeckten Schutthaufen, entlang der finsteren Straße, welche sich bei unserem Gesang mit einem Mal zu beleben schien. Um uns herum die regungslose Stadt, zusammengekauert wie ein gehetztes Tier. Unsere Stimmen schlugen feist gegen die Häusermauern, von denen sie in Splittern wieder auf uns zurückprallten. Ganz außer Atem war ich schon vor lauter Singen und Marschieren. Aber je mehr ich sang, desto leerer wurde auch mein Kopf. Am Ende jeder Strophe rief mir Ilma dann vor dem Weitersingen den Text der folgenden Strophe ins Gedächtnis zurück. Ich folgte ihr nach, so gut ich konnte, und mir war, als marschierte ich jetzt der Front entgegen, bis hinter den Horizont, wo die russischen Batterien sich versteckt hielten. Oder hinaus aufs Schlachtfeld, das ich selber geworden war. Als Ilma mich über ein kompliziertes Wort stolpern hörte, lächelte sie sanft und drückte mich noch fester am Arm, und es war in diesem Griff, dass ich mich zugleich an das Leben geklammert fühlte, welches ich nun festzuhalten entschlossen war. Wie viele Male schon hatte ich es zu meinen Füßen vorbeifließen sehen, ohne den Mut zu finden, hineinzuspringen und darin herumzuwaten. Jetzt ließ ich mich einfach mitreißen, singend die Straße entlang, weit weg von der Einsamkeit, weg von der Stille, weg von mir selber.

Am Ufer der Bucht von Hietalahti blieben wir stehen. In der Stille hörte man, wie schwere Regentropfen von den Bäumen hinabfielen, und auch ich war jetzt Tropfen, auch ich Baum. Ich war Schnee und fürchtete mich nicht mehr davor, dahinzuschmelzen, mich als Rinnsal ins Meer zu verlieren und mich dem unaufhaltsamen Gärungsprozess aller Dinge anheimzugeben, die sich ewig verwandeln und nie sterben. Zum ersten Mal war ich mutig genug, aus meinem belagerten Selbst auszubrechen und mich mit jemand anderem zusammenzutun. Ich war in den Schlamm des Lebens hinabgestiegen. Meine Füße erspürten seine unangenehme Konsistenz. Das Bewusstsein dieses Durcheinandergemenges machte mich so euphorisch wie bestürzt. Mit einem Mal war ich verwundbar geworden. Nichts schützte mehr mein zerbrechliches Gedächtnis, das ich wie unter Glas unter tausend Schutzmaßnahmen aufgezogen hatte. Jetzt konnten Parasiten und Schimmel zuschlagen und in kurzer Zeit das so mühevoll Erreichte wieder zerstören. Jetzt, da ich lebte, konnte ich gleichwohl auch sterben. Dieses weit aufgestoßene Tor vor mir verängstigte mich. Hindurchzugehen hieß ins Leben eintauchen, hieß jede einzelne Zelle sich mit Millionen anderer vermengen lassen, sie Teil jenes Durcheinandergewimmels von Organismen werden lassen, welches das ganze Leben bedeutet, wo das Einzelne nichts zählt und wo Leben und Sterben nur bloße Momente darstellen, Übergangsmomente hin zu einem anderen Ort, zu einem Punkt im Universum, wo alles hineinstürzt und verschwindet. Auf der einen Seite war ich wie berauscht von dieser neuen Empfindung von Hingabe und Zugehörigkeit, andererseits machte mir die Vorstellung Angst, die Kontrolle über meine Individualität zu verlieren. Ich bedauerte es, diesen Abend nicht noch einmal von vorn beginnen zu können, von dem Augenblick an, wo ich durchfroren das Hotel Kämp betrat und mich zu den Soldaten in den unbekannten Uniformen setzte.

»Das Tauwetter kommt«, sagte Ilma, indem sie das Ohr in den Wind hielt. Sie wendete ihr Gesicht um, kniff die Augen zusammen und fuhr fort: »Der Wind hat gedreht, spüren Sie es? Er kommt jetzt vom Meer.«

Wir blickten beide zusammen zurück auf die dunkle Masse der Stadt, dann wendeten wir uns der weißen Weite des Meeres zu.

»Heißt das, es wird nicht mehr schneien?«, fragte ich.

»Es wird regnen, sehr viel regnen. Überall wird Matsch sein.«

»Aber die Bäume bekommen wieder Blätter.«

»Bis dahin wird noch viel Zeit vergehen. Bei uns hier ist der Frühling die hässlichste Jahreszeit. Erde und Himmel saugen sich voll mit all dem Schlamm, den der Regen aufweicht. Auch die Möwen besudeln sich damit, wenn sie in den Pfützen nach Abfallresten suchen. Was während des Winters stirbt, beginnt erst im Frühling zu verfaulen, denn durch das Eis bleibt es monatelang konserviert. Von den Wäldern kommt dann der Gestank von faulendem Holz, toten Tieren und stehendem Gewässer. Es ist wie auf den Schlachtfeldern. Und viele Mütter beweinen erst jetzt ihre Toten. Denn erst jetzt ist die Erde weich genug, um Gräber auszuheben. Auch dazu dient der Sommer: uns von den Toten zu befreien.«

Vor uns knirschte das Eis, von den Bäumen tropfte es, und oben im Dunkel des Himmels wurden die Wolken von stürmischen Winden zerrissen, wovon jedoch am Boden kaum etwas zu spüren war. Ilma schwieg, ließ meinen Arm los und blickte hinaus auf das offene Meer. Jetzt konnte ich ihre Haare riechen, sie rochen nach Lack und Rauch; nach Leben. Ich spürte das Verlangen, sie an den Schultern zu nehmen und dieses mir so ähnliche Wesen fest zu umarmen. Doch irgendetwas hielt mich zurück. Unser beider Einsamkeiten, einander so nahe, berührten sich zwar, konnten aber nicht wirklich verschmelzen, wie zwei Tropfen verschiedener Flüssigkeiten. Wir gingen weiter die Bucht entlang Richtung Kaivopuisto. Aus einem Wolkenstreifen am Horizont schien ein Mondfetzen hervor, dessen gleißendes Licht plötzlich über die Landschaft fegte wie eine Maschinengewehrsalve. Von den Bäumen fielen pechschwarze Schatten auf die Hausmauern und schnitten finstere, Angst einflößende Spalten in den Schnee. Je näher wir dem Hügel des Kaivospuisto-Parks kamen, desto weiter lagen die Häuser auseinander. Ilma ging einige Schritte voraus, als hätte sie Eile anzukommen.

»Ich möchte Ihnen ein Geheimnis zeigen«, sagte sie.

Sie stieg flott den Hügel hinauf, nur hin und wieder schaute sie sich nach mir um. Ich hörte ihren Atem und das dumpfe Klatschen unserer Schritte im Schnee. Immer wieder blies der Wind ihr Haarsträhnen ins Gesicht, wie lange Kratzer. Ich konnte ihr kaum folgen und musste mehrmals stehen bleiben, um nach Luft zu schnappen.

An ihrem Eifer und dem entschlossenen Gang spürte ich, dass sie sich etwas Bestimmtes vorgenommen hatte. Auf einer weiten Schneewiese blieb sie endlich stehen, am Rand eines Hanges, der zu einer Kiesstraße hin abfiel.

»Da sind wir!«, rief sie außer Atem, indem sie auf einen großen knorrigen Baum zeigte. Vor mir sah ich einen selbst entlaubt noch gewaltigen Baum, der ein paar Dutzend Zentimeter über dem Boden sich in zwei Stämme teilte. Einer von ihnen war gerade in die Höhe gewachsen, während der andere zunächst einige Meter seitlich abging und somit eine lange Sitzbank bildete. Ilma setzte sich hinauf, nachdem sie einen Rest Schnee vom glatten Stamm fortgewischt hatte. Dabei warf ihre Silhouette einen furchterregenden Schatten auf den Schnee, der eher von einem vorgeschichtlichen Tier zu kommen schien.

»Das ist der magische Baum, der Baum der schönen Erinnerungen! An ihm hängen all die schönen Dinge, die ich in dieser Stadt erlebt habe. Sicher sieht er mit Blättern fröhlicher aus. Am liebsten komme ich an den Sommerabenden hierher, wenn das Licht sich rot färbt und die Luft sich strafft wie ein Segel. Dann strahlt er seine Magie aus. Soll ich Ihnen erklären, wie das vor sich geht?«

Ich nickte nur und setzte mich neben sie auf den Stamm.

»Wenn ich jemandem begegne, in dessen Gegenwart ich mich wohlfühle, dann führe ich ihn hierher, spreche mit ihm und warte, dass der Baum etwas von unseren

Erzählungen aufnimmt, und damit nimmt die Magie ihren Lauf. Jedes Mal, wenn ich dann zurückkomme, erneuert sich die Erinnerung. So sind diese Augenblicke und dieser Mensch für immer mein, bleiben hier im magischen Baum für mich aufbewahrt!«

»Und haben Sie einen Erinnerungsbaum an jedem Ort, wo Sie gewesen sind?«

»Nein, nur hier.«

»Und warum nur hier?«

»Weil man im Leben nur auf einen einzigen Erinnerungsbaum ein Anrecht hat. Sonst wäre es zu einfach, und die Leute würden nur noch von einem Baum zum nächsten rennen, um niemals wieder etwas zu vergessen und nicht einen Erinnerungsfetzen irgendwo herumliegen zu lassen. Nichts würde dann mehr vergessen werden, und es gäbe überhaupt keine Erinnerungen mehr.«

»Aber ohne Erinnerung würde es auch kein Sehnen mehr geben«, wandte ich ein.

»Das stimmt. Aber wer würde so noch leben können? Denn im Grunde leben wir doch in der Hoffnung, dass eine Erinnerung zurückkehren möge und sich am Ende als Vorahnung erweist.«

Daraufhin blieb ich lange Augenblicke stumm und lauschte nur dem pfeifenden Wind, der die Äste erzittern ließ. Hätte doch sie bloß an meiner Stelle weitergeredet, denn ich hatte nichts mehr zu sagen.

Aber dann musste ich doch nachhaken: »Und warum wollen Sie sich an mich erinnern?«

Ich empfand eine fast schmerzhafte Lust beim Aussprechen dieser Wörter, und ich versuchte auch nicht, einen ihren Sinn mildernden Ton in meine Stimme zu legen. Mitten im Gewirr der lärmenden Gedanken, die in dieser Nacht durch meinen Kopf schossen, erkannte ich das Gesicht meiner eigenen Einsamkeit. Sie war meine Verdammnis und zugleich mein Daseinsgrund. Und jetzt rief sie mich, und ich musste ihrem Ruf folgen. Ilma senkte ihren Kopf. Sie hatte verstanden.

»Um diese Nacht nicht zu verlieren, um sie nicht im Dunkel der vergangenen Dinge verschwinden zu sehen«, antwortete sie mit Bitterkeit.

»Dann hoffen Sie also, dass diese Nacht zurückkehren und eine Vorahnung von etwas anderem sein möge?«

Meine Frage war schlecht formuliert, eher auf die Schnelle zusammengeschustert, ohne die Wörter richtig zu verbinden. So musste Ilma einige Augenblicke nachdenken, bevor sie meine Frage verstand.

»Das weiß ich noch nicht. Ich habe nicht den Mut, auf irgendetwas zu hoffen. Ich begnüge mich zunächst damit, Dinge auf die Seite zu legen, auf welche ich hoffen könnte! Die Zeit sagt mir dann, worauf ich weiter hoffen darf und was davon ich besser aufgebe«, erwiderte sie mit einem gezwungenen Lächeln. Aber es war nur mehr der Hauch von einem Lächeln.

Ich hatte ihre Antwort nicht verstanden, doch genauso wenig verlangte es mich nach einer Erklärung. Es interessierte mich einfach nicht mehr. Für einige

Augenblicke schwieg Ilma. Ihr Atem ging schwer. Vielleicht musste sie Tränen hinunterschlucken.

»Und Sie, hoffen Sie gar nichts mehr? Haben Sie denn überhaupt keine Wünsche?«, wobei sie nur noch unter Anstrengung diese Worte hervorpressen konnte.

»Doch ja, ich wünsche mir, bei jemandem eine Erinnerung an mich zu finden. Jemand, der mir etwas auch nur über einen einzigen Tag in meinem vergangenen Leben erzählen könnte: ein Sommernachmittag in meiner Kindheit, ein Ausflug, meine Spiele. Ich werde ja wohl gespielt haben? Auch ich bin bestimmt auf irgendeinem staubigen Hinterhof einem Ball hinterhergelaufen.«

Ich hatte erregt gesprochen, beinahe wütend. Doch die stumme Nacht hatte meinen Ausbruch rasch verschluckt.

»Aber vielleicht ist das ja falsch«, schloss ich bitter. »Vielleicht ist es nicht das Richtige, wonach ich suche.«

»Morgen wird das schon eine Erinnerung sein, ein kleiner Schatz«, sagte Ilma nach einem langen Seufzer.

Ich stieß sie zurück, während sie mich weiter zu trösten suchte. »Will man eine Erinnerung aufbewahren, muss man auch einen Ort dafür haben«, erwiderte ich harsch.

»Sie können sie in Ihr Erinnerungsalbum zusammen mit dem *Porilaisten marssi* einkleben. ›Nacht mit Ilma‹ könnte der Titel lauten!«

Ihr gezwungenes Lächeln nervte mich inzwischen.

»Ich habe kein Gedächtnis, noch habe ich eine Vergangenheit. Mein Erinnerungsalbum ist schon abgeschlossen, noch bevor es überhaupt beginnen kann«, wand ich ein.

»Wer macht sich schon Gedanken darum, wie ein Märchen anfängt? Es ist doch nur, um das Ende zu erfahren, dass Kinder bis spät abends wach bleiben, mit dem Buch unter der Decke im Kerzenschein zusammengekauert und bei jedem unbekannten Geräusch zusammenzuckend.«

Ihre Stimme hatte dabei einen gekünstelt heiteren Ton und verstummte so schnell, wie sie aufgelodert war. Auf all meine Einwände hatte sie mit den denkbar schönsten Worten geantwortet. Ich hingegen hatte ihr die grausamsten ins Gesicht geschleudert. Mit ihrem Schweigen jetzt schien sie mich nach dem Warum zu fragen. Wir schwiegen lange Augenblicke, und beide spürten wir, dass die Leere zwischen uns nicht mehr aufzufüllen war, mochte sie auch noch so klein sein. Für immer würden wir sie nun in uns tragen, bis zum letzten aller Tage. Aufgrund einiger weniger verpatzter Augenblicke würden unsere Gefühle für immer im Ungleichgewicht sein. Immer würde ein Rest übrigbleiben, mit dem nichts mehr anzufangen war. Ich hatte die Zuneigung dieser Frau gesucht, hatte sie dazu gebracht, auf mich zuzugehen, nur um sie dann wegzustoßen. Ohne Grund, nur aus der raffinierten Lust heraus, die ich dabei empfand, sie zu enttäuschen, und mir damit selber zu beweisen, dass jeder Versuch, meine Einsamkeit zu durchbrechen, unnütz war. Ich gefiel mir in meiner Qual, und indem ich mir einbildete, sie zu bekämpfen, verstärkte ich sie nur. Mein verlorenes Gedächtnis war zum Alibi geworden, das jeden Verzicht auf das Leben rechtfertigte. Im Mondlicht hätten wir uns jetzt ins Gesicht sehen können, aber beide blickten wir nur gerade vor uns hin. Wie in der Bucht unter uns hatte sich auch in mir das Eis zusammengeschlossen.

»Ich werde Ihnen schreiben, wenn ich in Viipuri bin«, sagte Ilma, indem sie sich geradezu an ihre eigene Stimme klammerte.

»Und was werden Sie mir schreiben?«

»Erinnerungen!«, antwortete sie mit einem lauten Lachen, beinahe schon vorwurfsvoll.

»Versprechen Sie mir wenigstens, dass Sie antworten werden?«

»Versprochen«, murmelte ich halbherzig.

Wir waren zurück auf der Mannerheimintie angelangt und gingen mit gesenkten Köpfen müde und schweigend nebeneinander her. Ein grauer Streifen weit über dem Meer signalisierte die beginnende Morgendämmerung. Bald würde langsam das erste Licht durch die engen Maschen des Himmels sickern und mit seinem Schimmer den verbliebenen Schnee wie die schlammige Erde aufleuchten lassen. Weiter unten krochen schlangengleich schwarze, Dampf ausstoßende Konvois über den Schnee, mal auseinandergerissen, dann wieder zusammengesetzt. Ein schrilles Pfeifen durchriss die Stille, die Lichter des Bahnhofs kamen näher, in der Ferne Motorengeräusch. Da nahm mich Ilma unversehens wieder am

Arm und stimmte erneut den *Porilaisten marssi* an, wobei sich ihre Worte vor Erregung beinahe überschlugen. Ich wollte sie nicht allein lassen und versuchte mitzusingen, sie gar zu übertönen. Aber mein Kopf war zu beschäftigt, und alle Wörter schienen mir auf einmal endlos kompliziert. Vor dem Postgebäude auf der anderen Straßenseite blieb ein alter Mann stehen und schaute zu uns herüber. Er war vornehm gekleidet und trug eine Fellmütze. Er zog die Handschuhe aus, hängte sich den Gehstock über den Unterarm und klatschte. Das Echo seines einsamen Applauses, das von den Mauern des Postgebäudes zurückhallte, wurde noch verstärkt von der Stille, die den Platz mit jener martialischen Traurigkeit anfüllte, in welcher sich eine kommende Niederlage ankündigt. Sie begleitete uns noch bis unter die Laternen, welche die beiden kolossalen Statuen an der Bahnhofsfassade in ihren bronzenen Händen halten. Der Zugkonvoi nach Viipuri stand schon am Bahnsteig. Ringsum hektisches Treiben. Mit den Stiefeln stampfend bestiegen scharenweise Soldaten in neuen Uniformen und glänzenden Helmen den Zug. Kleinere Gruppen von Krankenschwestern, die um ihr Gepäck herumstanden, suchten einander und gaben sich Handzeichen. Aus einem Lautsprecher ertönten Namen und Fahrtziele. Ich verabschiedete mich von Ilma, noch bevor sie den Zug bestieg, denn ich hätte es nicht ertragen, sie aus dem Fenster herausgelehnt zu sehen. Mitten im Gemenge zog ich mir rasch die Handschuhe aus, nahm ihre Hand und drückte sie fest und lief dann gleich davon, ohne mich umzudrehen.

Der *Porilaisten marssi* ist tatsächlich ein Lied über Krieg und Fahnen, die auf den Schlachtfeldern wehen. Ich summte es von Neuem, als ich wieder, diesmal allein im schneebedeckten Kaivopuisto-Park, vor mir die zugefrorene Bucht, bewegungslos neben dem Erinnerungsbaum stand. Und ich sang es dann mit lauter Stimme noch unter der kalten Bettdecke, bis endlich Alkohol und Müdigkeit auch meine Angst besiegten.

An dieser Stelle bleibt das Manuskript merkwürdigerweise leer: Es finden sich nur ein paar unzusammenhängende Sätze, die Adresse von Fräulein Koivisto in Viipuri und der Text des Porilaisten marssi, *den ich mich verpflichtet fühlte hier einzufügen. Nicht bloß aus Gründen dokumentarischer Vollständigkeit, sondern auch wegen seiner Bedeutung für mich: Exil, gefährliche Begeisterung, Absurdität des Krieges, persönliche Niederlage. Auf der Blattrückseite aufgeklebt fand ich zudem auch das Programm des Benefizkonzerts, abgehalten am 24. März 1944 vom Chor der Lotta-Svärd im Hotel Kämp. Zum Repertoire gehörten neben dem* Porilaisten marssi *auch die folgenden Stücke:* Oi kallis Suomenmaa, Jääkärimarssi, Isanmaalle, Suomalainen rukous, Laps' Suomen, Siniristilippumme, Terve suomeni maa, Vala, Olet maamme armahin Suomenmaa. *Der Pianist in der zu weiten Uniform war der Unteroffizier Veijo Vihanta von der Grenztruppe. Die unbekannten Soldaten gehörten zu der einheimischen karelischen Brigade, die im Juni 1944 am Ladogasee dezimiert wurde.*

Nach dem Lesen dieser Seiten bin auch ich zum Baum der schönen Erinnerungen gegangen. Und auch ich fand dort meine Erinnerungen wieder. Als Kind kam ich zum Spielen hierher, in das nahe gelegene Wäldchen neben dem Observatorium. Nach der Schule begleitete mich meine Mutter zusammen mit einer Freundin zum Park, und während die beiden dann plauderten, vertiefte ich mich in meine Spiele. Auf der Esplanade am Hafen erfand ich mir meine eigenen Abenteuerwelten und versteckte mich hinter den Hecken, von wo aus ich dann den Parkwächter ausspähte, der sich dort an Sommermittagen zum Heringsmahl auf eine Bank setzte. Er nahm seinen Hut mit Glanzlederschirm ab – wie sehr ich ihn darum beneidete –, stellte den Kaffeethermos auf eine Serviette und legte dann die Packung Heringe und eine Tüte mit Beeren dazu. Ich bildete mir ein, er wäre ein fürchterlicher Wikinger, der soeben an Land gekommen war, um die Stadt zu plündern. Ich würde ihn gefangen nehmen und in Ketten zum Präsidentenpalast bringen, wie die Sklaven von Sigtuna auf den farbigen Illustrationen in meinem Lesebuch. Darauf lief ich zum Hafen, um die feindlichen Schiffe zu versenken. Aber unten am Hügel traf ich dann auf meine Mutter, die mich verärgert am Arm festhielt, denn sie hatte schon eine ganze Weile nach mir gerufen. Meine ersten Liebesbegegnungen hingegen spielten sich woanders ab, in den Straßen hinter dem Hafen Pohjoissatama, zwischen Kruununhaka und Tervasaari, wo ich mich in den Hauseingängen versteckte und unersättlich Körper an mich drückte, von denen ich glaubte, sie würden allein schon durch meine wiederholten Umarmungen in meinen eindringen. Aber dort bin ich dann doch nicht hingegangen. Ich möchte mir die ungetrübte, von der Zeit besänftigte und von jedem Schmerz befreite Erinnerung an diese Orte bewahren. Aber vielleicht werden eines Tages ja auch diese Bilder im Gedächtnis verblassen und sich ganz in Vergessenheit auflösen. Darin stimme ich mit dem Fräulein Koivisto überein: Niemals etwas zu vergessen wäre unerträglich.

Porilaisten marssi

Pojat kansan urhokkaan,
mi Puolan, Lützin, Leipzingin
ja Narvan mailla vertaan vuoti,
viel'on Suomi voimissaan,
voi vainolaisen hurmehella peittää maan.

Pois, pois, rauhan toimi jää,
jo tulta kohta kalpa lyö
ja vinkuen taas lentää luoti.
Joukkoon kaikki yhtykää,
meit'entisajan sankarhenget tervehtää.

Kauniina väikkyy muisto urhojemme,
kuolossa mekin vasta kalpenemme.
Eespäin rohkeasti vaan,
ei kunniaansa myö
sun poikas milloinkaan!

Uljaana taistolippu liehu,
voitosta voittohon

sä vielä meitä vie!
Eespäin nyt kaikki, taisto alkakaa,
saa sankareita vielä nähdä Suomenmaa!

Trotz unseres vertraulichen Umgangs miteinander hatte Pastor Koskela mich nie etwas Genaueres über meinen Unfall gefragt, genauso wenig wie über meine kurze Vergangenheit, obwohl er sie kannte; schließlich wusste ich ja, dass er den Brief von Doktor Friari gelesen hatte, welcher in einer grauen Mappe im Archiv der Rezeption aufbewahrt war, immer noch ohne Namen. Koskela war bemüht, mir gegenüber möglichst ungezwungen aufzutreten. Aber mich so wie seinesgleichen zu behandeln schaffte er doch nicht. Dazu war meine Geschichte einfach zu abstrus, meine Situation zu ungewöhnlich. So behandelte er mich am Ende wie eine Art finnischen Lehrling, dem er einen Intensivkurs über Finnischheit zu erteilen beauftragt war. Mit pädagogischer Gewissenhaftigkeit versuchte er meine Aufmerksamkeit auf die einfachen Dinge eines gewöhnlichen Tages zu lenken. Er wollte mir zeigen, dass die nüchterne Gegenwart, mit der sich mein Geist ohne Elan abmühte, das Einzige ist, dessen der Mensch sich sicher sein kann. Doch so ganz überzeugt davon, was er da predigte, war er selber nicht. Denn auch seine eigene Gegenwart war ohne Zukunft. Jeder Tag wurde ihm zum lästigen Frondienst, als wäre es der letzte in seinem Leben, und alles wäre schon auf den Tod hin ausgerichtet. Wahrscheinlich hatte Olof Koskela die aufrichtige Absicht, mir wirklich dabei zu helfen, selber den notwendigen Antrieb zu entwickeln, um eines Tages selbstständig leben zu können, ohne mich weiter in jener stummen Verzweiflung einzuschließen, die nur zum Wahnsinn führt. Aber sein ihm eigener Zynismus schien überall durch. Und das Vermeiden jeglichen Bedauerns, wozu der Pastor mich als Geistesübung anhielt, gepaart mit seiner blinden Erwartungshaltung auf ein Ende, all dies verwandelte mein Leben zu einem Lauf ins Nichts. Dabei war jede Stunde mit dem Militärkaplan so intensiv, so voller Gedankenanstöße, dass es keinen Raum für gleichwelche Irrwege mehr gab. Auf meinem kleinen Stück Gedankenland, welches ich dem Pastor anvertraut hatte, konnten keine Zweifel wachsen. Gar nichts wuchs da mehr. Ohne es zu merken, geleitete ich ihn seinem eigenen Ende zu, indem ich an seiner Seite ging.

An diesem Tag kam er in den Speisesaal und setzte sich mir gegenüber. Noch nie hatte ich ihn im Speisesaal essen sehen. Ich glaubte immer, er nähme seine Mahlzeiten am Tisch in der Sakristei ein. Ohne ein Wort begann er systematisch und in gewohnter Hast seine Suppe hinunterzuschlürfen. Als sein Suppenteller blank ausgeleert und auch das letzte Stück Brot weggeputzt war, schob er das Blechtablett weit von sich und erhob seine Augen.

»Das Eis schmilzt! Und die Deutschen sind in Uhtua!«, sagte er vorsichtig, als enthüllte er mir ein Geheimnis. Ich schaute ihn fragend an.

»In kurzer Zeit sind auch wir wieder dran!«, fügte er hinzu, indem er die Augen weit aufriss. »Und dann werden wir das tun müssen, was schon der große *runoilija*, der große Dichter Väinämöinen, getan hat: die richtigen Wörter finden, um den Zauber zu brechen. Denn im Grunde ist es immer derselbe Kampf, den wir Finnen seit unserer Geburt kämpfen, derselbe, den wir schon vor so langer Zeit gegen die Herrin von Pohjola, die Königin der Finsternis, aufgenommen haben. Sprechen und singen, lauter als alle anderen. Das sollst gerade du wissen, der du unsere Sprache studierst. Singen heißt *laulua*, was zugleich *bezaubern* bedeutet. Dabei waren für die alten finnischen Dichter *singen* und *bezaubern* dasselbe. Denn wer singen konnte, der konnte auch durch die magische Kraft der Wörter bezaubern. Nicht umsonst beginnt das *Kalevala* mit einem Sängerwettstreit zwischen zwei Sängern, den *runoilijat*. Der so hochmütige wie naive Joukahainen fordert den alten Väinämöinen zum Duell im magischen Gesang heraus und unterliegt ihm hoffnungslos. Väinämöinen bringt ihn durch seine ureigene Kunst zum Schweigen, zaubert ihm Schuhe aus Stein an die Füße, Hosen aus Holz um die Hüften, einen Felsblock auf die Brust, Steinhaufen auf die Schultern, Steinhandschuhe über die Hände und eine Granithaube auf den Kopf. So steht es im *Kalevala* geschrieben. Das alles vermag die Magie des Gesangs. Doch nur wer eine intime Kenntnis der Macht des Wortes besitzt, sollte es wagen, auch ihre Magie einzusetzen!«

Der Speisesaal leerte sich langsam. Schwache Sonnenstrahlen drangen durch die hohen Fenster und ließen den violetten Rauch der letzten Zigaretten sanft aufleuchten. In den goldenen Lichtstreifen tummelte sich der Staub. Einige Krankenschwestern hatten damit begonnen, den Boden aufzuwischen. Sie zogen schwere Eimer mit dampfendem Wasser hinter sich her, in welche sie seifige Lappen hineintauchten. Immer wieder übertönte das metallische Geräusch der schleifenden Eimer auf dem Boden dabei die Wörter des Pastors, der dann verärgert die Stimme erhob. Wenn es kompliziert wurde, was er sagte, wiederholte Koskela geduldig die schwierigsten Sätze noch einmal und zerlegte sie zu meinem besseren Verständnis in ihre Einzelteile. Aber mit der Zeit hatte er sich derart an diese Methode gewöhnt, dass er sie schließlich ohne Unterschied jedes Mal anwandte, wenn er zu mir sprach. So tat er es auch an diesem Tag im Speisesaal, ohne weiter auf die Schwestern zu achten, die ihn dabei unauffällig beobachteten und sich komplizenhafte Blicke zuwarfen.

»Väinämöinen war vor allem ein Schamane, ein Zauberer. Und die Schamanen berauschten sich! Ja, mit besonderen halluzinogenen Pilzen, und nur sie wussten, wo die zu finden waren. Sie versetzten sich damit in eine Ekstase, die sie aus dieser Welt herauskatapultierte. Sie verließen ihre Körper, um in einer Sphäre zu schweben, wo sie Zeichen sahen, Offenbarungen empfingen, Heilmethoden gegen Krankheiten, Formeln zur Vertreibung wilder Tiere oder zum Schutz vor Verletzungen. Die Welt der Visionen, des Traumes, ganz andere Welten öffneten sich ihnen. Der größte Schamane von allen ist der Riese Antero Vipunen. Er entfernte sich so weit von seinem Körper, dass er nicht mehr zurück in ihn hinein konnte. Seine Wörter waren so mächtig, dass sie den Lauf der Natur veränderten. Noch heute irrt seine Seele, beim vergeblichen Versuch zurückzukehren, um das Brombeergestrüpp herum, zu dem sein verlassener Körper geworden ist. Und es ist ebendieser Antero Vipunen, den Väinämöinen dann um die drei Wörter bittet, welche ihm noch fehlten zur Fertigstellung seines magischen Bootes, das ihn ins Land von Pohjola bringen sollte. In jener primitiven Welt war alles neu und grenzenlos, auch der Schmerz. So können die Helden des *Kalevala* das ewige Eis mit einem einzigen Fußtritt aufbrechen, ganze Wälder mit einem Säbelhieb abholzen, mit einem Schrei die Störche auf Wanderung schicken. Aus diesem Grund sind wir Finnen bis heute auch so endlos widerstandsfähig und zäh. Bald werden die Russen angreifen. Und um sie aufzuhalten, wird alle Kraft gebraucht werden, die wir haben, all unsere Widerstandsfähigkeit, alle Wörter des Antero Vipunen. Aus dem Osten ist noch nie etwas Gutes zu uns gekommen. Nur Invasionen. Unaufhaltsam überfluten immer neue Wellen von Slawen unser Land. Der Krieg gegen sie wird erst aufhören, wenn sie uns ausgerottet oder vertrieben haben. Denn durch einen dummen Zufall in der Geschichte mussten wir ausgerechnet ihnen in die Quere kommen. Ach, wären die Türken doch bloß in Samarkand stehen geblieben!«, rief der Kaplan und riss vor Wut den Arm in die Luft.

Die Besen der Schwestern streiften bereits unsere Füße. Der Fußboden dampfte vom kochend heißen Wasser. Im ganzen Saal hatte sich der Geruch von Ammoniak über den der Rübensuppe gelegt. Ich musste an den Riesen Antero Vipunen denken, der aus seinem eigenen Körper ausgeschlossen war, und fühlte mich ein wenig wie er. Die Geschichte mit dem Boot hatte ich nicht verstanden, aber es war zu kompliziert, danach zu fragen. Stattdessen fragte ich nach der Bedeutung des Wortes *kattohaikarat*. Koskela sprang mit einem Ruck auf und mimte einen großen Vogel mit langem Schnabel und ausgebreiteten Flügeln. Die Schwestern schauten ihn mit einem Grinsen an.

»Heute kein Unterricht, ich erwarte Besuch«, sagte er hastig. Dabei blitzte es in seinen seltsam verschleierten Augen. Ich nahm meine Jacke vom Ständer und folgte ihm mit wenigen Schritten Abstand durch den Korridor und über den Hof. Wie gewöhnlich hatte ich die Nacht nicht viel geschlafen und wollte in den Gästetrakt gehen, um mich hinzulegen. Doch dann sah ich Koskela in die Kirche eintreten, und instinktiv ging ich ihm nach. Ich konnte gerade noch hören, wie der Schlüssel sich im Schloss der Sakristeitür drehte. An diesem Tag entdeckte ich, dass der Militärkaplan Olof Koskela Rauschmittel nahm. Ich konnte ihn dabei durch das Fenster der Sakristei beobachten. Vor dem leeren Tisch sitzend, rieb er sich eine Prise grünliches, schimmelähnliches Pulver unter die Zunge, welches er einer kleinen Tabaksdose entnommen hatte. Dann stützte er die Ellbogen fest auf den Tisch, spreizte seine Finger über die Maserung des Holzes, die ganz der seiner Hände ähnelte, und verharrte unendlich lange Augenblicke bewegungslos in dieser Position, die Augen starr auf die Mauer vor sich gerichtet, als sähe er dort etwas. Etwas unendlich Kleines oder aber etwas so Großes wie die ganze Wand, was jedenfalls nur aus diesem bestimmten Abstand erkennbar zu sein schien. Er musste es gesehen haben, denn mit einem Mal verwandelte sich sein Gesicht in eine Maske mit leeren Augenhöhlen und weit aufgerissenem Mund. Das war kein Mensch mehr, dieses Wesen, das da in dem kahlen Raum saß. Eher ein Totem mit harter hölzerner Haut. Zunächst fühlte ich mich verraten nach dieser Entdeckung, jetzt würde mich also auch der Pastor verlassen. Seine seelische Kraft, die immer Licht und Trost für mich gewesen war, erschien mir jetzt als bloße chemisch herbeigeführte Exaltiertheit, nichts weiter als meine gelegentlichen *Koskenkorva*-Räusche. Aber dieses Gefühl dauerte nur kurz. Viel lieber war mir der Gedanke, dass der Pastor, wie einst Antero Vipunen, auf der Suche nach dem richtigen Wort, der richtigen Antwort auf den ganzen Schmerz, in sein Unbewusstes hinabstieg. Indem er sich so verwundbar zeigte, fühlte ich mich ihm näher. Mir wurde klar, dass seine äußerliche Härte nicht gegen die ihm Nahestehenden gerichtet war, sondern gegen sich selbst. Sie half ihm dabei, das in ihm brodelnde Magma am Ausbrechen zu hindern. Die

Ordnung, welche er seinem Tagesablauf auferlegte, war eine Art Selbstbestrafung für die überzogenen Fantastereien seines Geistes. Ebenso diente die methodische Strenge, die er bei seinen täglichen Verrichtungen anwandte, ihm zum Schutz vor dem Irrationalen, in welches er sich immer wieder vorwagte. Auf diese Weise wurden mir seine Wahnvorstellungen verständlicher. Ich wusste, hinter seinem verbissenen Bestehen darauf, dass jeden Abend die Messbücher weggeräumt, der Kerzenleuchter gesäubert, die Stifte gespitzt und die Messingnummern der zu lesenden Psalmen zurück an ihren Platz gestellt wurden, verbarg sich die Angst vor den dunklen Kräften, die er selber in sich entfesselte. Dann dachte ich aber auch, wer weiß, ob er nicht beim Durchkämmen all seiner narkotischen Welten am Ende auch auf eine Spur meiner eigenen Vergangenheit stößt.

Nach der Abreise Ilmas fand mein Leben wieder zu seiner ungewissen Normalität zurück. Ich stürzte die Tage in einem Zug hinunter, wie die Gläser *Koskenkorva*. Auch hatte ich wieder meine regelmäßigen Besuche im Hotel Kämp aufgenommen, wo ich erneut das Mädchen für alles spielte. Hin und wieder begleitete ich meinen Journalistenfreund auf seinen Streifzügen durch Stadt und Umgebung, zusammen mit einem ihm befreundeten exzentrischen Botschafter. Wir besuchten zerstörte Dörfer und verlassene Gefangenenlager. Wie Ilma vorausgesagt hatte, versank jetzt alles in einem gelblichen Schlamm. Die Straßen waren schlammige Kanäle, wo unser Auto hindurchschlitterte, dass der Matsch hochspritzte. Die Natur nahm sich Zeit, wieder aufzuwachen. Die kahlen Bäume auf den Feldern schienen für immer abgestorben. Die Hütten der Flüchtlinge ließen die trostlose Landschaft noch trostloser aussehen. Dass die Tage inzwischen länger geworden waren, schien ohne Wirkung zu bleiben. Woche um Woche hing der verrauchte Himmel so tief und bleiern über der Erde, als wolle selbst er sich mit Schlamm durchtränken. In der Zeit, da ich nicht anderwärtig beschäftigt war, lief ich durch die Stadt und suchte all die Karjalainen auf, die ich im Telefonbuch gefunden hatte. Meistens bekam ich keine Antwort, wenn ich klingelte. Oder ich betrat dunkle Eingangshallen, wo ich ein paar bewegungslos am Fenster sitzende Alte antraf oder verängstigte Familien, die mich aus Furcht vor schlechten Nachrichten ganz alarmiert anschauten. Ich stieg Treppen in wie ausgestorbenen Wohnhäusern hinauf und wiederholte meinen Namen vor teilnahmslosen Gesichtern. Ich störte kleine staubige Welten von Menschen auf, die in ihrem eigenen Haus begraben lebten, mit nichts als einem Bett, einem Tisch und dem mit einem Fetzen Sackleinen bedeckten Kartoffelkasten. Ich traf auf erschlaffte Körper mit abwesenden Augen und gedämpften Stimmen, deren kriechende Bewegungen lang währendes Eingeschlossensein verrieten. Auf meine Fragen antworteten sie mit unverständlichen Wörtern, die sie mir nochmals identisch wiederholten, wenn ich ihnen kopfschüttelnd erklärte, nichts verstanden zu haben.

An einem späten Aprilnachmittag wagte ich mich bis in die neuen Viertel von Vallila vor, wo sich jenseits der Bahngleise die immer spärlicher bebauten Straßen in den Feldern verloren. Es war ein milder und windiger Tag. Der Himmel war mit dünnen weißen Streifen geädert. Seit Tagen regnete es nicht mehr, und der Wind hatte getrocknete Schlammkrusten zurückgelassen. Die trockenen Erdpisten durch die Felder ähnelten versteinerten Schlangen. Hin und wieder war ein Militärlaster auf ihnen zu sehen, der dann eine Lunte aus Staub entzündete, die in der Ferne aufglühte. Ich ging die Teollisuuskatu entlang, auf der Suche nach der Nummer 456. Beinahe am Ende der Straße fand ich sie schließlich, nahe den Ziegelbahnhofsgebäuden. Es war ein großer moderner Wohnblock mit Steinbalkonen und kleinen Fenstern. Ein Rasenstreifen trennte die Straße von der Eingangstür. Ich trat in einen mit Kies aufgeschütteten Innenhof, auf den ringsum verriegelte Fensterläden gingen. An einer Mauer war ein rothaariger Mann gerade dabei, sein Motorrad zu reparieren, die Werkzeuge neben sich auf einen Lappen gelegt. Auf dem Boden kniend, untersuchte er das offene Getriebe.

»Entschuldigen Sie, ich suche die Familie Karjalainen. Heikki Karjalainen«, fragte ich.

»Im zweiten Stock«, antwortete er und deutete auf einen Treppenaufgang. Im Hinaufsteigen hörte ich meine Schritte im gesamten Hof widerhallen. Als ich über einer braun lackierten Tür das Schild mit dem

Namen H. Karjalainen entdeckte, blieb ich stehen und lauschte. Von unten stieg schimmeliger Kellergeruch hoch. Irgendwo war ein Radio zu hören. Ich drückte auf die Messingklingel. Die Tür öffnete sich einen Spalt, und ein älterer Mann zeigte sich.

»Was wünschen Sie?«

»Sind Sie Herr Karjalainen?«

»Ja.«

»Ich muss mit Ihnen sprechen. Darf ich reinkommen?«

Der Mann schaute mich musternd über seine Brille an und zögerte einen Moment, bevor er mich hereinließ. Ich betrat ein ärmliches halbdunkles Wohnzimmer. Das einzige Fenster ging auf den Hof. Auf einem abgenutzten Sofa lagen eine zerknitterte Zeitung und eine Decke. Vor der Wand gegenüber dem Fenster stand eine dunkle Anrichte, auf der eine mit Hirschen verzierte Holzuhr tickte.

»Wenn es wegen Sampo ist, so wissen wir schon alles«, flüsterte der Alte.

»Sampo?« Ich zuckte zusammen. Erst jetzt bemerkte ich in einer Ecke des Zimmers ein Konsoltischchen, das mit Heiligenbildern vollgestellt und von einem Öllämpchen erhellt war, in dessen flackerndem Licht ich das schwarz umrandete Porträt eines Matrosen in Uniform erblickte. Ich nahm das Foto und ging damit zum Fenster. Die Jacke war identisch mit meiner eigenen. Der gleiche Kragen, nur die Knöpfe waren aus Metall. Der Alte schlappte mir durchs Zimmer hinterher.

»Es war schon der Leutnant Manner hier. Er sagte uns, es sei am 23. August passiert.«

Verbissen forschte ich in diesem Gesicht nach irgendeiner Ähnlichkeit mit mir. Die Augen, der Mund, die Haare. Konnte ich das sein?

»Am 23. August«, wiederholte ich gedankenverloren.

»Ja, gerade an dem Tag, als ich und meine Frau zum Essen ins Kappeli gegangen sind, um unseren Hochzeitstag zu feiern. Ich entsinne mich genau. Wir hätten es nicht tun sollen, ich ahnte es schon, als wir am selben Abend den Bus bestiegen. Irgendetwas stimmte da nicht. Es passte etwas nicht mit der roten Sonne über dem Meer, mit unseren langen Schatten auf dem Kiesplatz. Wenn der eigene Sohn im Krieg ist, geht man nicht ins Restaurant. Wir haben gebratenen Lachs und Reiskuchen gegessen, während unser Sohn starb. Und was haben dann überhaupt noch ein Vater und eine Mutter auf dieser Welt zu suchen, wenn ihr Sohn stirbt?«

Der Alte ließ die Frage in der bedrückenden Stille des Zimmers hängen. Er schaute zum Fenster, und das blasse Licht aus dem Hof spiegelte sich in seinen dicken Brillengläsern; seine Augenhöhlen dahinter erschienen wie in Formalin eingelegte Reptilien.

»An jenem Tag hat Leena den Verstand verloren«, flüsterte er, indem er auf die angelehnte Tür des Nebenzimmers zeigte. »Seitdem ist sie wie einer jener Soldaten, die auf eine Mine getreten und dabei unverletzt geblieben sind. Ich hab sie mit meinen eigenen Augen gesehen, wissen Sie. Die bleiben da einfach sitzen, wie versteinert, scheinbar gesunde Menschen, wie Sie und ich. Aber sie sehen und hören nichts mehr. Sie sind tot, und doch bewegen sie sich noch!«

Unruhig schaute ich um mich herum und ließ meine Augen über die Anrichte, das Sofa, den Marmortisch, durch das ganze Zimmer ließ ich sie fegen auf der Suche nach einem vertrauten Gegenstand.

»Und Sampo? Was genau ist mit ihm passiert?«, fragte ich.

»Der Leutnant sagte, es sei alles blitzschnell geschehen. Ein Torpedo. Die *Riilahti* hat sich auf die Seite gelegt, Feuer gefangen und ist untergangen. Alle tot, aber Sampo haben sie nie gefunden.«

»Sie haben ihn nie gefunden?«, hakte ich brüsk nach.

Er bemerkte meine plötzliche Unruhe, und zum ersten Mal schaute er mir jetzt geradewegs in die Augen.

»Kannten Sie ihn? War er etwa ein Freund von Ihnen?«

»Ich … ich heiße Sampo Karjalainen!«, rief ich aus, indem ich mit beiden Händen fest das Porträt des Matrosen umfasste.

Im selben Augenblick zerriss ein Schrei die Stille des Zimmers, und eine alte Frau erschien auf der Schwelle zum Wohnzimmer. »Sampo! Sampo!« schreiend kam sie mit weit aufgerissenen Augen auf uns zu. Verängstigt zog ich mich hinter den Tisch zurück.

»Leena! Beruhige dich! Leena!«, wiederholte der Alte mit sanfter Stimme und versuchte die Frau zurückzuhalten, die sich schließlich auf das Sofa fallen ließ, von wo aus sie mich wimmernd und völlig entsetzt anstarrte.

»Leena! Was ist in dich gefahren? Das ist ein freundlich netter Herr, er ist auf Besuch zu uns gekommen!«

Darauf drehte er sich wieder zu mir, zog einen Stuhl unter dem Tisch hervor und sprach: »Aber setzen Sie sich doch, sie müssen doch nicht stehen bleiben! Wie dumm von mir, ich habe Ihnen noch nicht einmal einen Stuhl angeboten! Wissen Sie, wir bekommen hier ja nie Besuch. Wir sind es gar nicht mehr gewohnt. Aber jetzt kochen wir Tee! Nicht wahr, Leena? Eine gute Tasse Tee für den Herrn! Eine Tasse Tee, die brauchen wir jetzt«, schloss der Alte, wobei er die Anrichte öffnete und Tassen und Teekanne durcheinander auf den Tisch stellte.

»Sprechen wir also über Sampo. Und Sie erzählen uns, was Sie wissen«, redete er weiter, während er in die kleine Küche ging, wo ich ihn ein Streichholz anzünden hörte.

»Sampo trank gern Tee mit uns, wenn er von der Arbeit zurückkam. Ach, er war immer so gut gelaunt, der Junge! Er saß genau da, wo Sie jetzt sitzen, und erzählte uns die letzten Neuigkeiten.«

Wie festgenagelt an meinem Platz musste ich ständig zur Alten hinüberschauen. Den Kopf hin und her wiegend, starrte sie mich direkt an. Ohne ihn auszusprechen, wiederholte sie immer wieder denselben Namen. Ich konnte es an ihren Lippen ablesen, wie sie sich lautlos unaufhörlich öffneten und schlossen.

»Dann ging er sich waschen, setzte sich aufs Motorrad und fuhr in die Stadt. Er hatte es sich von seinen Ersparnissen gekauft, wissen Sie. Ein deutsches Motorrad, ausgezeichnete Maschine! Das war seine ganze Leidenschaft. Jetzt haben wir es einem Nachbarn verkauft. Was sollten wir mit einem Motorrad anfangen!«

Damit trat der Alte mit der dampfenden Teekanne aus der Küche und stellte sie auf den Tisch. Ein eingetrockneter Geruch verbreitete sich im Zimmer, wie von abgestandener Suppe oder Zigaretten, die auf der Kante eines lackierten Möbelstücks vergessen wurden.

»Er arbeitete als Dreher, müssen Sie wissen. Und er hatte eine gute Stelle, gleich hier in der Nähe bei Abloy, der Firma, die Schlösser herstellt.«

Ich nahm zerstreut meine Tasse und stellte sie neben das Foto von Sampo Karjalainen, das der Alte auf dem Tisch liegen gelassen hatte.

»Aber seine wirkliche Leidenschaft war das Motorrad. In jeder freien Minute ging er hinunter, um es zu polieren. An Sommerabenden ließ er es auf dem Rasenstück vor dem Haus an, lauschte versunken dem Motor und beobachtete den bläulichen Rauch aus dem Auspuff. Dann fuhr er los und ward nicht mehr gesehen! Nicht wahr, Leena?«

Der Alte hatte sich auf das Sofa neben seine Frau gesetzt, in der Hand die dampfende Tasse Tee, den er langsam umrührte und dann ihren halb geöffneten Lippen einflößte. Doch kaum war ihr Mund einmal frei, nahm sie gleich wieder ihr endloses Gestammel auf.

»Leena trinkt auch Tee mit uns. Nicht wahr, Leena? Wie früher, als Sampo noch da war und er uns immer zum Lachen brachte. Und wie er uns zum Lachen bringen konnte, unser Sampo! Wenn er uns von seinen Freunden in der Firma erzählte, jene zwei Brüder, entsinnst du dich?«

In den Stillemomenten zwischen den abgebrochenen Sätzen des Alten war das Ticken der Uhr auf der Anrichte zu vernehmen. Im Hof unten konnte man das Motorrad hören, das nicht anspringen wollte.

»Allein Sampo verstand es, dies Motorrad zum Singen zu bringen! Nicht wahr, Leena?«

Mir wurde mit einem Mal speiübel, ich brauchte augenblicklich frische Luft, Licht.

»Jetzt muss ich aber wirklich gehen!«, rief ich aus und schob die Tasse weit von mir; dann bewegte ich mich rückwärts bis zur Tür und ergriff die Klinke.

Der Alte kam mir in seinen Pantoffeln hinterhergeschlappt, doch versuchte er nicht, mich aufzuhalten. Er kniff die Augen hinter seinen Brillengläsern zusammen und starrte zum Balkon auf einen leeren Punkt.

»Bitte pass auf mit dem Motorrad. Fahr nicht zu schnell und komm nicht zu spät zurück. Und trink nicht so viel, Sampo! Das ist gefährlich!«

Ich ging hinaus, ohne die Tür hinter mir zu schließen, und lief rasch die Treppen hinunter. Unten im Hof mühte sich der Rothaarige mit dem Treten des Kickstartpedals am Motorrad ab. Der Motor drehte, sprang kurz an, soff aber gleich wieder ab. Ein Sonnenstrahl fiel durch das Eingangstor und erleuchtete den Staub und violetten Rauch, der auf halber Höhe in der Hofschlucht hing. Draußen auf der Straße in der untergehenden warmen Sonne konnte ich endlich wieder durchatmen, dann rannte ich los, bis ich weit genug entfernt war, erst in den Trümmern einer ausgebombten Fabrik blieb ich stehen. Ich setzte mich auf einen Mauerrest, schloss halb die Augen und holte tief Luft, bis sich mir der Kopf zu drehen begann.

Am Fuß der Seite wurden die Adresse: Teollisuuskatu 456, das Datum des 23. August 1943, der Name des Leutnants Manner und des Schiffes Riilahti *in Blockschrift geschrieben und eingerahmt. Neben* Riilahti *wurde in Bleistift noch das Wort* »Minenleger« *hinzugesetzt und mit einem Fragezeichen versehen.*

Im Ministerium der Militärmarine habe ich erfahren, dass der Minenleger Riilahti *am 23. August 1943 im offenen Meer vor Tiiskeri von den Russen versenkt wurde. Das in zwei Hälften zerbrochene Wrack hat man in 70 Meter Tiefe orten können. Alle vierundzwanzig Besatzungsmitglieder sind tot geborgen worden, nur der Matrose Sampo Karjalainen wird bis heute vermisst. Seiner Familie wurde eine Medaille zu seinem Angedenken verliehen.*

Der Angestellte im Ministerium bestand darauf, mir ein Foto der Riilahti *zu zeigen, das im Sommer 1940 während einer Marineparade aufgenommen wurde. Das Bild des Schiffes an der Mole mit der gehissten finnischen Flagge an der Mastspitze und den am Bug aufgereihten Matrosen er-*

innerte mich an die finnischen Frachtschiffe, die in den Hamburger Hafen einliefen. Jedes von ihnen war damals für mich ein Stück Finnland gewesen. Ihre Ankunft jedes Mal ein Ereignis, welches den Rhythmus der Tage in meinem Kalender bestimmte, den Wechsel der Jahreszeiten anzeigte. Im Frühjahr war es die Pyhä Henrik, die Holz von Oulu nach Hamburg transportierte und auf der Rückfahrt Werkzeugmaschinen geladen hatte, im Sommer der Öltanker Pietarsaari und im Dezember schließlich die Petsamo, welche die Häfen von Kemi und Pori mit Getreide belieferte. Ohne all die anderen Schiffe aufzuzählen, die in Hamburg Station machten mit Kurs auf weiter entfernte Ziele. Oft gesellte ich mich zu den Matrosen, die sich allabendlich in der finnischen Kirche versammelten, so als gehörten sie alle zu meiner Familie. Allen wollte ich dann die Hand schütteln, und ich musste mich zurückhalten, um nicht zu offenherzig auf diese eher reservierten und einsamen Männer zu wirken. Es war herzerhebend, sie zu betreuen, wenn sie meine Hilfe brauchten. Indem ich ihnen das Fieber linderte, glaubte ich etwas zum Wohl meines Landes beitragen zu können, eine Schuld wiedergutzumachen, die ich dabei gar nicht hatte, und mir schließlich auch die Möglichkeit einer Rückkehr zu verdienen. Einige Schiffe befuhren seit Jahren dieselbe Route, und die Kapitäne kannten mich gut. Mit der Zeit hatte sich ein vertraulicher und respektvoller Umgang zwischen uns entwickelt. So brachten sie mir immer ein ganzes Paket von Zeitungen mit, ohne dass ich weiter danach fragen musste. Und in der Weihnachtszeit hatten die Schiffsbesatzungen immer Geschenke dabei. Möbelstücke und Zimmermanns-

werkzeug für den Pastor und für mich Spirituosen oder Zigarren, welche ich zwar nicht rauchte, dafür aber wie kostbare Reliquien aufbewahrte. Der Kapitän der Rosvo Roope, *die alle drei Monate, mit Eisenerzen beladen, zwischen Helsinki und Hamburg hin und her fuhr, brachte mir regelmäßig Bücher mit, um welche ich ihn gebeten hatte, und auch für meine Mutter war dann immer eine Zeitschrift oder Schallplatte dabei. Mit diesen finnischen Stimmen in unserer Hamburger Wohnung gaukelte ich mir auf grausame Weise vor, zu Hause zu sein. Was jedoch meine Mutter nicht zu beunruhigen schien. Sie war zur Hälfte Deutsche, kultivierte aber zugleich mit hartnäckiger Hingabe die finnische Seite in ihr. Mithilfe der Zeitschriften und Schallplatten hielt sie sich auf dem Laufenden über die neuesten Moden und das finnische Gesellschaftsleben, mit nur drei Monaten Verspätung. Mich jedoch verärgerte dieses künstliche Finnland nur. Die Musik, die meine Mutter unablässig auf dem Grammofon abspielte, weckte unliebsame Erinnerungen in mir. Wenn ich mir heute wieder diese Stücke anhöre, kommt mir dabei vielmehr meine Mutter in den Sinn, und für die Dauer eines Liedes ersteht dann in den leeren Zimmern ihr einstiges Wohnungs-Finnland zu neuem Leben.*

3

Der Erinnerungsbaum

Die folgenden Briefe sind vom Autor selber in sein Heft übertragen worden. Obwohl sich verschiedene Teile mehrmals wiederholt finden und andere unterstrichen sind oder an anderer Stelle des Manuskripts wieder auftauchen, kann man annehmen, dass der Text hier vollständig wiedergegeben wurde. Auch wenn das Fräulein Ilma Koivisto, die Verfasserin dieser Briefe, mich autorisierte, sie zu veröffentlichen, so hat sie zugleich den Wunsch geäußert, ich möge nicht die Originalbriefe lesen, und bat mich darum, diese bei sich behalten zu dürfen. Ich respektiere ihren Wunsch und danke ihr für die Hilfe beim Verstehen der dunklen Passagen dieser Briefe, indem sie mir die persönlichen Bezüge und Anspielungen erhellte, die einem Außenstehenden sonst verschlossen geblieben wären. Es ist nicht meine Absicht, mich näher bei den Gefühlen von Fräulein Koivisto aufzuhalten, doch muss ich sagen, dass mich die Aufrichtigkeit und Leidenschaft, die in ihren Worten durchscheinen, tief bewegt haben. Hätte der Verfasser dieser Memoiren auf die sinnlose Suche nach seiner Vergangenheit verzichtet und stattdessen die Gegenwart umarmt, so wäre vielleicht sein Schicksal ein anderes gewesen. Das menschliche Denken verliert sich manchmal in den Windungen seiner Logik und macht sich zum Sklaven einer selbstgerechten Geometrie, die nicht mehr darauf aus ist, die Wirklichkeit zu verstehen, sondern bloß eine vorgefertigte Mutmaßung zu nähren. Wir sind so kolossal egoistisch, dass wir uns lieber im Verfolgen unserer falschen Wahrheiten vernichten, nur um uns nicht eingestehen zu müssen, im Irrtum zu sein. Zur Abschottung gegen ein solches geistiges Abdriften flüchten sich viele Menschen in den Glauben an ein höchstes Wesen, welches den Schlüssel zu allen Mysterien und das Heilmittel für alle Schmerzen besitzt. Im Tausch gegen Demut verspricht uns Gott umfassendes Wissen und setzt gegen unsere schmerzhafte Vielfältigkeit seine versöhnende Einheit. Aber würde Gott existieren, er hätte uns anders gestaltet, entweder vollständig gefangen in der Materie, aus der wir kommen, oder vollständig befreit von der Sklaverei des Geistes, entweder zu Seinesgleichen oder zu seinen Sklaven. Er hätte seine Geschöpfe nicht verlassen in diesem Zwischenbereich zwischen Verdammung und Glückseligkeit; dazu gezwungen, nach göttlicher Vollkommenheit zu streben mit den unvollkommenen Mitteln des menschlichen Wissens. Wenn Gott unsere Unvollkommenheiten und Begrenzungen nötig hat, dann taugt er nicht mehr als wir selber. Er ist nicht Gott, sondern Dämon, und alles rührt von seiner wesenhaften Boshaftigkeit her. In diesen Zeiten ist es wahrlich einfacher, an den Dämon zu glauben als an Gott. Ich, die ich durch die Augen von sterbenden Soldaten einen heimlichen Blick ins Jenseits werfen konnte, habe dort nur tiefste Finsternis gesehen. Eher als mich einem Geist des Bösen ausgeliefert zu sehen, glaube ich vielmehr, dass das Universum nicht von einem allmächtigen Willen bewegt wird, sondern von dem Zufallsspiel der Chemie. Die Tausende von Substanzen, aus denen dies sich zusammensetzt, prallen aufeinander und vermischen sich bei jeder Begegnung, und ihre Reaktionen können so maßlos entfesselt sein wie bei einer Sternenexplosion oder aber so winzig wie bei einer Elektrolyse, überwältigend wie die Atomspaltung oder erhebend wie eine Kirschblüte. Erst wenn sich alles vermischt und vermengt haben wird, alle Reduktionsoxidationen abgeschlossen, wenn die Materie aus Kernen bestehen wird, so klein wie Sandkörner, doch zugleich so schwer wie unser ganzer Planet, und jedes Elektron sich auf festen Bahnen bewegt, erst dann wird es Frieden im Universum geben. Tod und Frieden.

Viipuri, 12. April 1944

Lieber Sampo,

ich möchte den ersten ruhigen Nachmittag seit unserer Ankunft hier nutzen, um Dir diesen Brief zu schreiben. Es waren anstrengende Tage bisher. Unser Eintreffen hier in Viipuri verlief, gelinde gesagt, dramatisch. Wir haben mehrere Tage gebraucht, um das Lazarettlager wieder in Ordnung zu bringen. Alles war völlig verwahrlost. Es fehlt an allem im Lazarett, und es gibt kein ausreichendes Personal. Wir erwarten eine Nachschublieferung von Sanitätsmaterial, aber wir bräuchten auch Decken und Feldbetten, Brennstoffe und Baumaterial. Wir leben hier in ständiger Angst. Die Front ist nicht weit entfernt, und das Militärkommando befürchtet einen russischen Angriff. Es gibt bereits einen Evakuierungsplan. Mit dem Tauwetter sind auch einige evakuierte Bauernfamilien zurückgekehrt und wieder in ihre Höfe eingezogen, die sie nach dem Winterkrieg verlassen hatten und welche sie sich nun weigern von Neuem zu verlassen. Aus Furcht, man könnte sie im Lazarettlager zurückhalten, kommen sie nicht einmal mehr, um ihre Essensrationen abzuholen. Sie sagen, die Russen hätten keinen Grund anzugreifen, da Viipuri sie gar nicht interessiere. Vor einigen Tagen haben wir die letzten Divisionen der Deutschen auf dem Rückzug vorbeiziehen sehen. Eine stumme Menschenmenge säumte ihren Durchzug durch die Stadt. Es heißt, die Deutschen bezögen jetzt Stellung bei Uhtua. Allerdings zu weit von hier, um die Russen zu beunruhigen. Gestern ist auf dem Durchzug hier in Viipuri das zweite Regiment der Küstenartillerie eingetroffen. Die Soldaten kampieren ganz in der Nähe des Lazaretts. Sie haben den *Porilaisten marssi* gesungen. Da musste ich auch an Dich denken. Ich bin so frei und sage jetzt einfach Du zu Dir, sonst könnte ich gar nicht weiter ehrlich sein. Ich habe mich dumm verhalten in der Nacht, als wir uns im Kämp trafen. Der Krieg bläht alle Dinge auf, verzerrt die Wirklichkeit. Alles erscheint uns flüchtig, vorläufig. Vielleicht deswegen wollte ich Dir unbedingt Worte sagen, die ich unter normalen Umständen für später aufbewahrt hätte, wenn unsere Freundschaft weiter gereift wäre, falls es freilich überhaupt dazu gekommen wäre. Ich war egoistisch, habe nur an mich selber gedacht. Du kanntest ja kaum meinen Namen, und schon habe ich Dich mit Geschichten von meinen dummen Kinderspielen überfallen. Schuld daran ist natürlich auch mein unverbesserlicher Rotkreuzschwester-Instinkt. Ich kann einfach meinen Ehrgeiz nicht bremsen, helfen zu wollen. Weißt Du, gleich am Tag Deiner Ankunft, als ich Dich an jenem Januarmorgen zu Deinem Feldbett im Gästehaus begleitete, hat mich etwas tief berührt: die Angst in Deinen Augen. Denn das war nicht die Angst, die ich zu sehen gewohnt war, wie jene der tödlich verletzten Soldaten oder des Vaters, der seinen Sohn verloren hat. Das war eine grenzenlose Angst ohne Maß, wie nicht von dieser Welt. Noch jetzt entsinne ich mich, wie Du mich auf dem Bett sitzend ansahst, als ich wieder in den Korridor hinausging. Ich spürte Deinen Schmerz und wollte Dir helfen; meine gewöhnliche Manie, anderen zu helfen, koste es, was es wolle. Deshalb bin ich auch zu Pastor Koskela gegangen, um ihn zu bitten, nach Dir zu schauen. Als ich Dich dann im Hotel Kämp wiedersah, war ich beruhigt. Ich dachte, Du fühltest dich besser, hättest Dich inzwischen eingelebt und Deinen Platz unter uns gefunden. Aber noch hatte ich nicht Deine Augen gesehen. Und als ich dann näher kam, erkannte ich in Deinem Blick dieselbe Angst wieder, unverändert wie am ersten Tag. Ich war vermessen genug, mir einzubilden, dass vielleicht eine Geste der Zuneigung die Schmerzkruste aufbrechen könnte, in der Du gefangen warst. Ich hatte noch nicht begriffen, dass Dein Leiden von anderer Art war. Ich habe in diesen Tagen darüber nachgedacht. Es muss schrecklich sein, keine Vergangenheit zu haben, keine Erinnerung an die eigene Kindheit. Und noch schlimmer, solch ein Leiden mit niemandem teilen zu können. Denn niemand ist je von dort zurückgekommen, wohinein Du gestürzt bist. Für mich ist meine Kindheit ein altes Foto, das ich immer bei mir trage, nur eine Nahaufnahme, die mich als zahnlückiges zehnjähriges Mädchen zeigt. Jedoch das Kleid, welches ich auf diesem vergilbten alten Bild trage, der unscharfe Hintergrund mit unserem großen Landhaus, die sind eine wahre Goldgrube an Erinnerungen, die mich jedes Mal anlächeln, wenn ich es anschaue. Ich verstehe, wie schmerzvoll dieser Mangel für Dich sein muss und wie schrecklich es sein muss, diese Leere im Rücken zu spüren. Aber vielleicht ist es ja ein Fehler, weiter hartnäckig nach einer Vergangenheit zu suchen, die mittlerweile endgültig verschwunden ist. Denn im Grunde ist die Vergangenheit doch die einzige Wunde, welche immer heilt, sie vernarbt und schließt sich von selbst, auch ohne unser Eingreifen. Ist der Drang, Dich täglich auf die Suche nach Deinen eigenen Spuren zu machen, wirklich so mächtig? Wäre es nicht nützlicher, geduldig die wahre Zeit auszufüllen, die Zeit, die Dir jetzt Tag für Tag zum Leben bleibt, und Dir so Stein um Stein ein neues Gedächtnis aufzubauen? Auch eine aufdringliche Freundin kann helfen, Dich von der obsessiven Suche nach etwas Verlorengegangenem abzulenken. Schreib Du mir bitte auch. Erzähl mir, wie Deine Tage sind. Erzähl mir von den Predigten von Pastor Koskela. Regt er sich immer noch so auf? Erzähl mir von Helsinki, jetzt, wo der Frühling da ist. Wächst schon neues Gras? Ist die Esplanadi schon wieder ganz grün? Im nächsten Monat werden die Beeren im Wald reif sein. Wenn sie mich zurückkehren lassen, werden wir sie gemeinsam pflücken gehen.

Alles Liebe,
Ilma

Diesen Brief fand ich auf dem Bett, als ich nach dem Essen in den Schlafsaal zurückging, um mein Heft für die Lektion mit dem Pastor zu holen. Es war das erste Mal, dass ich meinen Namen auf einem Umschlag sah. Das erste Mal, dass ich überhaupt einen Brief bekam. Er sah schön aus, mein Name, so in schwarzer Tinte geschrieben; so schön, dass ich den Umschlag beinahe gar nicht öffnen wollte. Ich verstand nicht gleich alles, was ich da las. Aufgeregt hastete ich durch die Zeilen, zunächst nach Wörtern suchend, die ich schon kannte, um mich dann auf jene zu konzentrieren, die ich glaubte entschlüsseln zu können. Dabei genügten manchmal schon wenige Buchstaben, um auf die Spur eines Verbs zu kommen, und mit einem Mal entriegelte sich dann eine komplette Zeile, die Wörter öffneten sich, eins aus dem anderen, und setzten ihre Bedeutungen frei. Oft aber blieben mir ganze Sätze dunkel, verschlossen von klein-kleinen Wörtern, die den Fluss der Bedeutungen absperrten. Ich las, so viel ich konnte, dann kauerte ich mich auf dem Bett zusammen, das gefaltete Blatt fest in meiner Hand haltend. Bleiches Sonnenlicht fiel durch das Fenster und kroch über den Boden bis an die Betten. Eine perfekte Stille, gleich einem ruhenden Gewässer, hatte den Raum überflutet. Und langsam stieg in diesem Wasser mein Körper an die Oberfläche. Jeder Teil von mir füllte sich mit Leben und dehnte sich aus unter dem Vergrößerungsglas dieser Wörter. Ilma hatten meinen Schmerz beim Namen genannt, und er hatte auf den Ruf geantwortet.

»Ich habe schon auf Sie gewartet. Fühlen Sie sich nicht gut?«

Es war Pastor Koskela. Er war in der Tür stehen geblieben.

»Nein, nein. Ich war nur kurz eingedämmert. Bin schon da.«

Ich stieg aus dem Bett, nahm mein Heft und zog die Decke zurecht. Der Pastor tat so, als hätte er den Brief nicht gesehen, den ich rasch in die Jackentasche stopfte. Und ohne auch nur einmal nachzuhaken, beantwortete er darauf bereitwillig meine Fragen zu den Briefstellen, welche ich nicht verstanden und in mein Heft abgeschrieben hatte.

»Heute werden wir unsere Lektion draußen abhalten. Ich möchte Ihnen etwas zeigen«, sprach er mit seinen Händen in den Taschen und ging los. Wir gingen hinaus auf die Straße, erreichten bald die Suurtori und gingen von dort zum Anlegehafen von Katajanokka hinunter.

Es war ein milder und farbloser Tag. Der weiße Himmel verbreitete ein perlfarbenes Licht ohne Schatten.

»Schauen Sie, die Grenze, auf der dieser Krieg ausgefochten wird, trennt nicht nur zwei Völker voneinander, uns und die Russen. Sie trennt auch zwei unterschiedliche Seelen. Gewiss, es sind zwei Geschwisterseelen, die aber tragischerweise in einem wesentlichen Punkt unversöhnlich bleiben: die Auffassung vom Jenseits. Und für den Menschen als sterbliche Kreatur, die nur vorübergehend auf dieser Erde lebt, bedeutet das Jenseits alles.«

Wir hatten, vorbei am Präsidentenpalast, den Kanal von Katajanokka überquert und stiegen nun den Hügel hinauf zur massigen orthodoxen Uspenski-Kathedrale. Beim Anstieg auf dem steilen Weg bemühte ich mich, dicht an der Seite des Pastors zu bleiben, um besser seine Worte verstehen zu können.

»So sind sie, die Russen«, sagte der Kaplan, indem er vor dem Portal stehen blieb. Zum Glück war er außer Atem, und das verlangsamte ein wenig seinen Redefluss.

»Schauen Sie, wie kompakt und solide alles gebaut ist. Ihre Wahrheit ist so schwer wie der Stein, so auffällig wie diese vergoldeten Kuppeln, ganz irdisch und stofflich. Sie haben diese Kirche nach dem Entschlafen der Heiligen Jungfrau benannt: ein ihnen ganz eigener mythischer Glaube, welcher, um der Gottesmutter die Gewaltsamkeit des Hinscheidens zu ersparen, den Tod zu einem unumkehrbaren Schlaf macht. Wahrlich eine erhabene List. Aber wenn der Tod ein Schlaf ist, dann ist das Jenseits nur mehr ein Traum, eine flüchtige Vision.«

Ich wusste nicht, was *Katoavainen* bedeutete, doch neben *näky* – Vision – bekam es einen Sinn. Ich wiederholte mir die Wörter, um sie gemeinsam in meinem Gedächtnis zu verankern. Dann betraten wir den Tempel. Die mit Bildern übersäten Wände, der kunstvoll gearbeitete Boden und die dicht mit vergoldeten Armleuchtern bestückten Altäre ließen das von oben hereinfallende kalte Licht wärmer und sanfter erscheinen. Wir waren von einem Kreis von Heiligen umgeben, die wohlwollend auf uns herabblickten. Unter jedem Heiligenbild schienen Kerzen, deren Ständer so fein wie Blumenstängel waren. Die Stufen zu den Nischen waren mit roten Teppichen ausgelegt. An den Marmorsäulen hingen Lampen aus intarsiertem Messing. Wir taten einige Schritte, ohne zu reden. Der Pastor ging vor mir her, machte mich auf dies und jenes Bild aufmerksam und lenkte meinen Blick schließlich hoch zum Kuppelgewölbe, das mit farbigen Mosaiken ausgekleidet war, welche Szenen aus dem Alten Testament darstellten. Als wir wieder aus der Kathedrale hinaustraten, tat mir das gleißende Licht in den Augen weh. Unwirtlich und wie durchsichtig erstreckte sich unter uns die Stadt. Dann gingen wir zurück Richtung Marktplatz.

»Sehen Sie, in der orthodoxen Welt ist man nie allein. Am Ende glaubt man, dass man beim Übertritt in das Jenseits von einer Menge festlich gestimmter Heiliger und Engel empfangen wird, die nur auf uns gewartet haben. Und die leisten uns dann Gesellschaft bis zum Jüngsten Gericht, das für die Orthodoxen nichts Furchterregendes hat. Nichts weiter als eine Weihe, ein wenig wie der Tag der Vereidigung bei den Soldaten, mehr nicht. Danach beginnt ein neues Leben, ganz ähnlich dem irdischen, nur ohne Schmerzen, in einem glänzend bunten irdischen Paradies. Für die Orthodoxen existiert der Tod nicht, und das Paradies gleicht dieser unserer Welt, nur mit einigen Korrekturen.«

Vom Meeresufer schauten wir noch einmal zurück zur Uspenski-Kathedrale, bevor wir in die Esplanadi einbogen. Mein Verstand tat sich schwer damit, Wort für Wort aufzunehmen, was Koskela sagte. In den Pausen dazwischen hörte ich ihnen zu, wie sie dahinschwanden. Ich sah ihnen dabei zu, wie sie sich über die Stadtlandschaft ringsum verstreuten, und merkte mir die Stelle, wo sie hinfielen, damit ich sie später dort wieder aufsammeln konnte. So erinnerte mich dann ein Kirchturm an ein bestimmtes Verb, für ein einziges Adjektiv verschwendete ich ein ganzes Schiff, und für das kostbare Subjekt musste eine Straßenbahn herhalten. Alle Gedankengänge des Pastors waren so über Helsinki verteilt, und wann immer ich wollte, konnte ich sie dort nachlesen.

»Für uns hingegen gibt es keine Erlösung. Wir wachsen mit dem Gefühl der Buße auf, und das ganze Leben hindurch bestrafen wir uns nur. Ohne Hoffnung und ohne Forderungen zu stellen. Denn wir sind nichts als

Klumpen reiner Boshaftigkeit, und das Beste, was wir tun können, ist, uns aufzulösen, uns zu verschleißen, ohne Aufsehen und ohne Klagen. Nur im Jenseits ist es einigen von uns vergönnt, Heil zu finden. All unsere Taten sind unnütz, eine Belohnung wird ihnen nicht beschieden. Denn unser Schicksal ist uns vorbestimmt. Unsere Verdammung oder unsere Begnadigung schon beschlossen seit dem Tag, an dem wir das Licht der Welt erblickten. Aber das erfahren wir erst nach dem Tod. Deshalb ist das Leben für uns nichts als ein angstvolles Warten.«

Lunastos, Erlösung, das ist ein sehr schönes Wort. Ich habe es immer gern ausgesprochen und dabei seinen geheimnisvollen Hauch zwischen den Zähnen gespürt, so als ströme von diesen Lauten tatsächlich ein Geist aus und erhöbe sich zu höheren Welten. Wir hatten jetzt inzwischen die Mannerheimintie überquert und waren vorbei am Hotel Torni in die Lönrotinkatu eingebogen. Wir betraten einen dicht mit Bäumen bestandenen Park, in dessen Mitte ein weißes Gebäude mit kupfergrünem Dach aufragte. Im bauchigen Schatten der jahrhundertealten Bäume blieb der Pastor mit einem Mal stehen.

»Da haben wir jetzt hingegen unsere Seele. Sehen Sie die Grabsteine? Sie finden sie überall im Park.«

Ich schaute um mich und bemerkte die Marmorplatten im dicken Gras. Manche standen schräg da, andere zur Hälfte versunken, unauffällig waren sie über die weite Wiese verstreut.

»Es sind lauter Gräber, das hier ist ein Friedhof. Aber zugleich auch ein Park, wo die Lebenden mitten unter den Toten spazieren gehen. So ist halt unsere Vorstellung des Jenseits: einen halben Meter unter der Erde, nicht etwa eine fröhliche Heiligenschar. Nichts Himmlisches oder Erhabenes. Stattdessen eine schauerliche farblose Vorhölle, wo die Abwesenheit von Reue an die Stelle der Seligkeit tritt. Die Reue ist die Triebfeder, welche uns Leben gibt. Worüber Reue, das wissen wir nicht mehr, wir haben es vergessen, und im Grunde hat das auch keine Bedeutung mehr. Vielleich ist es einfach die Reue darüber, überhaupt auf die Welt gekommen zu sein. Der ewige Frieden ist die Befreiung von der Reue. Oder, wenn man so will, vom Leben.«

Ein Windstoß fuhr durch die Baumkronen und verlor sich darauf im Gras. Das Wetter schlug um. Ein Gewitter war im Anzug. War der Himmel zum Meer hin noch weiß und unbewegt, so zogen im Westen schwarze Wolken auf, die jetzt unversehens den Park verdunkelten. Unter den Bäumen verbreitete sich ein Dämmerlicht, und die ersten Tropfen prasselten schon auf die Blätter, welche einen altsilbernen Olivfarbton angenommen hatten.

»Kommen Sie, gehen wir ins Trockene in die Kirche«, sprach der Pastor, indem er auf das weiße Gebäude zeigte. Wir rannten bis zum Portalvorbau und betraten dann die lutheranische Kirche. Sie war ganz aus Holz gebaut, mit einem einzigen Hauptschiff. Kaum eingetreten, blieb Koskela unter der Orgeltribüne stehen und zeigte auf eine Bekanntmachung an der Wand. Umrahmt von einem schwarz-roten Rand, hatte sie etwas Feierliches. Ich versuchte zu lesen. Es gab viele Wörter, die ich nicht kannte. In jedem Satz verstand ich nur ein paar Bruchstücke, die mir aber doch eine vage Vorstellung von der allgemeinen Bedeutung des Textes gaben. Da war von Müttern die Rede, von Leiden und von Vaterland. Auch die Titelwörter waren lang und wirkten zunächst entmutigend, voll gespickt mit Umlauten. Aber durch Betrachten jedes einzelnen Buchstabens für sich gaben schließlich die Schrauben nach, welche sie so fest zusammenhielten, und ließen einige Bedeutungstropfen durchsickern.

»Das ist eine Bekanntmachung von Feldmarschall Mannerheim: der Vater Finnlands, der Mann, der uns aus Russland herausgeführt hat wie Moses die Hebräer aus Ägypten. Es heißt, dass er allen Müttern von Finnland das Freiheitskreuz verleiht, als Wiedergutmachung des Schmerzes über die im Krieg verlorenen Söhne. Schauen Sie, was für ein rätselhafter Titel. ›*Ylipäällikön päiväkäsky*‹: Tagesbefehl des Obersten Kommandanten! Aber für den, der zwischen den Zeilen lesen kann, ist es vor allem eine Kriegsbekanntmachung. Und in keinem anderen Land der Welt werden Sie eine Kriegsbekanntmachung in einer Kirche finden. Diese Bekanntmachung wurde vor zwei Jahren, am 10. Mai 1942, ausgegeben, also in den Tagen, als Finnland den Durchzug deutscher Truppen für eine neue Angriffsoffensive auf Leningrad durch sein eigenes Territorium akzeptierte. Das war der Beginn unserer Revanche; oder unserer endgültigen Niederlage. Am Ende der kriegerischen Auseinandersetzungen mit Russland im Jahre 1940 hatten wir sehr harte Kapitulationsbedingungen hinnehmen müssen. Ohne auch nur eine einzige Schlacht verloren zu haben, mit weiterhin intakter Armee, wurde Finnland damals gezwungen, ausgerechnet jene Kampfgebiete zu übergeben, wo seine kleine Armee dem großen sowjetischen Russland standgehalten hatte. Aber wir hatten keine Wahl. Eine Weigerung hätte unsere totale Vernichtung bedeutet. So mussten große finnische Gebiete und Städte evakuiert werden. Es gab eine massive Auswanderung aus Karelien. Viipuri, die zweitgrößte Stadt Finnlands, wurde vollständig von seinen Bewohnern evakuiert und den Russen überlassen. Wir haben sie zurückerobert. Aber wie lange werden wir sie halten können? Mit den Russen haben wir immer alles auf eine Karte gesetzt, immer hoch gewettet, ohne etwas in der Tasche zu haben. Und bis jetzt hat sich das für uns ausgezahlt. In der Zeit der Bolschewikenrevolution ist der Bürgerkrieg auch zu uns herübergeschwappt. Die *roten* und die *weißen* Finnen haben sich derart niedergemetzelt und vernichtet, dass das Land für Jahrzehnte verwüstet blieb. Noch heute spricht man nicht über jene Jahre, beweint nicht seine Toten, und viele Gräber sind namenlos geblieben. Noch heute fürchtet das Militärkommando, unter die Soldaten, die aufbrechen, um unsere Grenzen zu schützen, könnten sich verkappte Rote mischen und sich mit den Sowjets verbrüdern! Wir haben viel riskiert. Alles! Der Sieg der Weißen bedeutete das Überleben unserer Nation, unserer Lebensart, unseres Gottes. Wenn die Roten den Bürgerkrieg gewonnen hätten, und wenn wir 1940 den Friedensschluss abgelehnt hätten, dann wäre dieser Ort hier heute ein Armeedepot oder ein Sitz der Kommunistischen Partei. Und die Grabsteine, die Sie draußen gesehen haben, hätten ihr Ende schließlich in einem Straßenpflaster gefunden. In Wirklichkeit ist diese Bekanntmachung ein Aufruf an unser Volk, einmal mehr sein Leben aufs Spiel zu setzen im endlosen Kampf gegen die Russen. Die Hilfe Hitlers akzeptieren hieß zugleich eine Zornesreaktion Russlands provozieren und die tatsächliche eigene Vernichtung riskieren. Den Müttern von Finnland das Freiheitskreuz zu verleihen war gleichbedeutend damit, ihnen das größte Opfer abzuverlangen, nämlich dem Vaterland auch noch die Söhne zu geben, die gerade erst den Winterkrieg überlebt hatten. Das Vaterland rief sie von Neuem, ein weiteres Mal. Marschall Mannerheim ist der Väinämöinen unserer Tage. Er hat aus Finnland ein freies Land gemacht und uns gleich zweimal gerettet: von den Roten und von den Russen. Für uns kommen seine Worte gleich nach denen der Bibel. Sehen sie den Unterschied? Die Orthodoxen verbeugen sich vor vergoldeten Bildern, wir verbeugen uns vor einem maschinengeschriebenen Tagesbefehl! Begreifen Sie jetzt, weshalb wir zwei verschiedene Rassen sind?«

Ich staunte über mich selbst, dass ich beinahe alles verstanden hatte, was Pastor Koskela gesagt hatte. Ich meine die Wörter. Denn bei den politischen Fragen konnte ich mir kein Urteil erlauben, und ich kannte ja die visionären Ausbrüche des Pastors. Wie in einem unbekannten Wald hatte mein Verstand sich seine eigenen Wege eröffnet. Wenn ich so den Pastor bei seinen frenetischen Abschweifungen einmal aus den Augen verlor, war es mir immer wieder gelungen, gleichsam auf Umwegen, ohne große Verluste, zu ihm aufzuschließen. Während unserer Gespräche hatte ich mir inzwischen einen recht guten Wortschatz zu den wenigen immer wiederkehrenden Themen angeeignet, wobei ich bei Verständnisproblemen, so gut es ging, die gleichsam hinkenden Wörter sich auf die gesunden stützen ließ und so weiter vorankam. Bewundernd warf ich noch einen letzten Blick auf die nüchterne Wesenhaftigkeit der Bekanntmachung, während Koskela zur Mitte des Kirchenschiffs vorausging. Kein einziges Bild, nicht eine Verzierung an den kalkgeweißten Wänden. Nur hinten in der Mitte der Apsis hing ein gerahmtes Gemälde: ein Jüngstes Gericht, auf dem ein Gott mit weißem Bart von einem schwefelfarbenen Himmel herabsteigt, um die Menschen in zwei Gruppen zu trennen. Rechts die Verdammten, schon vom Höllenfeuer umzüngelt, und links die Seligen, eine unförmige, in weiße Tuniken gekleidete Menge. Der Pastor hatte jetzt den Altar erreicht und öffnete weit seine Arme, bevor er zu sprechen begann.

»Hier gibt es niemanden, der Sie empfangen könnte. Weder Heilige noch Cherubim. Nichts weiter als schwarze Messbücher auf den Bänken und die Nummer des Tagespsalms an der Wand. Schon das Mobiliar zeigt den Weg unserer Kirche: das Gebet und das Wort. Denn am Ende ist es das Wort Gottes, welches freispricht oder verurteilt. Das finnische Wort für Bibel ist *Raamattu*, das heißt Grammatik. Das Leben ist eine Gesamtheit von Regeln. Jenseits dieser Regeln herrschen Irrtum, Unverständnis und Verdammnis.«

Draußen wütete das Gewitter. Der Regen donnerte auf das Kupferdach und übertönte die Worte des Pastors. Eine unheimliche Dunkelheit machte sich in der verlassenen Kirche breit.

»Im Grunde sind wir immer Lutheraner gewesen. Noch bevor wir zu Christen wurden. Die Helden des *Kalevala* sind bereits auf die gleiche Weise Lutheraner, wie Achilles und Odysseus zu ihrer Zeit schon Orthodoxe waren. Die Täuschungen des Odysseus richten sich an eine überfeinerte und skeptische Gesellschaft, der hinterlistiges Argumentieren vertraut war. Die Sprache von Väinämöinen dagegen ist wie Höhlenmalerei, unmittelbar und einfach wie der erste Meißelschlag auf rohen Stein. Die griechischen Götter mischen sich unter die Menschen, streiten und verhandeln mit ihnen. Der Gott Ukko aber steigt niemals auf die Erde herab: Er richtet unsere Taten und schickt uns dann entweder Licht oder Schatten, Strafe oder Belohnung. Das Fatum der Griechen ist launenhaft, durchdrungen von Ironie. Aus einfachen Schäfern macht es große Krieger. Es weist sich als unerbittlich aus, doch in Wirklichkeit lassen sich seine Verdikte auch immer wieder umgehen oder abschwächen. Das Schicksal der finnischen Helden hingegen ist brutal, unwiderruflich. Aus großen Kriegern macht es einfache Schäfer, die ihre Strafe bis zum letzten Tag abbüßen müssen.«

Koskela begeisterte sich an seinen eigenen Worten. Mit seinen geschlossenen Fäusten auf dem Holz hatte er vom Altar Besitz ergriffen, nur um eine weitere seiner persönlichen Predigten zu halten. Ein kaltes, leidenschaftliches Leuchten ging jetzt von seinem Gesicht aus. Oder war es wahnsinnig? Ich verstand ihn nicht mehr, war aber wie angenagelt von seinem Blick, und der Ton in seiner Stimme verlangte Aufmerksamkeit.

»Genau von solch einem Sturm wie dieser jetzt wurden auch Väinämöinen und seine Gefolgsleute überrascht, als sie aus dem Land von Pohjola flohen, nachdem sie den *Sampo* geraubt hatten. Die Wut der Wellen hatte sie bis an die Ränder der Welt verschlagen. Tage und Tage waren sie über ein Meer ohne Horizont gesegelt; immer nur stückweise tauchte er mit jedem Ruderschlag aus dem düsteren Nebel hervor. Dann hatten sie schließlich zur Heimroute zurückgefunden. Die grüne Küstenlinie geleitete sie zum Land von Kaleva. Doch wussten sie nicht, dass die Herrscherin von Pohjola sie auf ihrem von hundert Ruderern angetriebenen Schiff verfolgte, bemannt mit tausend bewaffneten Männern. Als der unsterbliche *runoilija* bemerkte, dass jener Schatten mitten im Meer nicht bloß eine weitere, unversehens aus den Fluten aufgetauchte Insel war, sondern das mit Lanzen und Schwertern gespickte Schiff Pohjolas, da fürchtete er wahrlich, nun hätte seine letzte Stunde geschlagen. Voller Schrecken sahen ihn seine Gefährten an und warteten auf ein Wort, eine Entscheidung. Vom nebelverschleierten nahen Ufer flogen tausend verängstigte Fasane auf. Alle Fische im Meer suchten Schutz in den tiefsten Wassern, wo auf warmen Felsen die rote Alge wächst, von der sich die Ungeheuer ernähren, die unter der Erdkruste leben.«

Schließlich fand ich den richtigen Faden zum besseren Verständnis der landläufigen Geschichten in der finnischen Mythologie. Es fiel mir jetzt leichter, Koskela zu verstehen, wenn er sein Fabelbuch öffnete. Denn während er die Figuren des *Kalevala* beschrieb, nahm er deren Züge an, mimte ihre Stimmen. Und auch wenn mein Verstand nicht so schnell mithalten und sich all die unbekannten Wörter merken konnte, so halfen mir doch Koskelas Gesicht und Gesten dabei, die Figur zu erkennen, von der er gerade sprach. Klar und deutlich sah ich dann die Seite im Buch vor mir, wo der jeweilige Held dargestellt war, und auch die umliegenden Dinge nahmen dieselben Farben wie im Buch an. Was die Schiffe und Waffen anging, so imitierte Koskela sie derart gut, dass ich mich nicht einmal mehr bemühte, dem entsprechenden Wort dafür nachzulaufen. Denn ich wusste ja, wenig später würde ich es in den Gesten des Pastors wiedererkennen.

»Väinämöinen, die Hände fest am Ruder, sah das Boot näher kommen, die Schwerter blitzen. Schon waren die Schreie der Krieger zu hören. Der alte *runoilija* schloss die Augen, damit ihm die richtigen Wörter zum Singen in den Sinn kämen, dann erhob er sich, zog aus seinem Quersack einen kleinen Flintstein, tat ein wenig Zunder dazu und warf ihn ins Meer mit den Worten: ›Möge aus diesem Stein eine schwarze Klippe entstehen, ein Felsen unter Wasser, und das Schiff von Pohjola zerstören, seinen Rumpf aufschlitzen wie ein Messer den weißen Bauch einer Kröte!‹ Da begann das Wasser zu kochen, die Fluten öffneten sich zu einem gigantisches Strudel, aus dem gleich einem Seeungeheuer ein Felsgrat emporstieg, über welchem augenblicklich wieder die Wellen zusammenschlugen. Väinämöinen tat einen Seufzer der Erleichterung. Seine Urmutter, das Meer, war ihm ein weiteres Mal zu Hilfe gekommen. Die drei Helden hörten auf zu rudern und hielten ihre Ohren in die Stille. Mit knarrenden Spanten durchschnitt das Boot von Pohjola zielstrebig und kraftvoll die Fluten unter den antreibenden Rufen des Steuermanns, als es plötzlich von solch einem Stoß erschüttert wurde, dass die Masten krachend ins Meer stürzten. Die Schiffsplanken zerbarsten am Felsen, das eisige Wasser drang in seinen warmen Bauch und versenkte es.«

Das Knallen des Donners und das Leuchten der Blitze, das durch die hohen Fenster in die Kirche eindrang, gaben der Erzählung Koskelas einen spektakulären Hintergrund. Bei dem Getöse gingen für mich kostbare Wörter verloren, die ich am Anfang noch von seinen Lippen abzulesen versuchte. Doch dann konnte ich ihm nur noch gebannt dabei zusehen, wie er durch die wild aufschäumenden Fluten ruderte, welche Väinämöinen mit seiner Zauberei entfesselt hatte. Ich bildete mir ein, dass in einem der vielen Leben, die einem Schamanen vergönnt sind, Pastor Koskela tatsächlich an Bord dieses Bootes gewesen war. Vielleicht waren das also gar keine Märchen, was er mir da erzählte, sondern seine eigenen Jugenderinnerungen.

»Am Felsen festgeklammert, musste die Herrscherin von Pohjola entsetzt zuschauen, wie ihr Schiff unterging und ihre Krieger gleich unnützen Blechstücken in den Wellen verschwanden. Da nahm sie fünf verrostete Sicheln, fünf krumme Widerhaken, und machte daraus Krallen, die sie sich in die Hände rammte. Dann sammelte sie die Schiffsplanken zusammen und machte riesige Flügel daraus, aus den Segeln schnitt sie sich einen Schwanz heraus, und mit den zerborstenen Masten formte sie sich einen spitzen Schnabel, dem sie scharfe Nägel einpflanzte. Auf den einen Flügel stellte sie tausend Bogenschützen, auf den anderen tausend schwer bewaffnete Krieger und stürzte sich so auf das Boot von Väinämöinen. Als Väinämöinen diesen grausigen Riesenvogel auf sich niederdonnern sah, hob er die Augen gen Himmel und rief: ›Mächtiger Ukko, nur du kannst uns retten!‹ Aber da stand schon der tapfere Lämminkäinen auf, zog sein Schwert, und mit einem einzigen Hieb schlug er dem Ungeheuer die Krallen ab, zersäbelte die Flügel, und die tausend Bogenschützen, die tausend Krieger stürzten ins Meer und verschwanden in den schwarzen Fluten. Die Herrin von Pohjola, die sich an das Boot der drei Helden geklammert hatte, stürzte sich jetzt auf den magischen Sampo und riss ihn an sich, aber er glitt ihr aus der Hand und fiel ins Meer. Vergeblich versuchte sie, ihn wieder zu fassen zu kriegen; doch sie konnte nur noch einen Deckel ergreifen. Wie ein Berg so schwer versank der Sampo im Wasser und zersplitterte in tausend Stücke an dem warmen Felsen in der Tiefe, dort, wo die rote Alge wächst. Da erstarrten plötzlich die Wellen des Meeres zu Eis, die Fische wandelten sich zu nichts als weißen Gräten, und vom rauchigen Himmel fielen Vögel aus Stein. Nichts bewegte sich mehr. Das Leben war von der Oberfläche der Erde verschwunden. Der Gott Ukko hatte es wieder vollkommen in sich hineinverschluckt. Der magische Sampo war zerstört, die Finsternis hatte wieder Besitz von der Erde ergriffen.«

Er hatte in einem einzigen Atemzug gesprochen. Jetzt schaute er ganz verstört im dunklen Kirchenschiff herum, so als wüsste er nicht mehr, wo er sich befand. Er stieg vom Altar herunter, strich sich die Haare zurecht, die ihm über die Augen gefallen waren, und setzte sich neben mich auf die Bank. Draußen fiel weiter der Regen. Die gegen das Fensteroval über der Tür prasselnden Wassermassen warfen einen brodelnden Schatten auf den Boden.

»Das richtige Wort. Das allein macht den entscheidenden Unterschied aus zwischen Leben und Tod. Das Erinnerungsvermögen ist untrennbar an das Wort gebunden. Erst das Wort zieht die Dinge aus dem Schatten heraus. Erlern das richtige Wort, und du erlangst das Gedächtnis zurück«, schloss er, bevor er in eine Steinesstille verfiel. Den Kopf auf seine verschränkten Hände gebeugt, schien er nicht einmal mehr zu atmen. Ich bin nicht ganz sicher, aber mir scheint, er starrte mit weit aufgerissenen Augen in die Dunkelheit. Berauscht von den vielen Worten und ermüdet vom langen Gehen, dämmerte auch ich schließlich ein. Mir träumte, ich wäre von allen Seiten von einer stillen und zugleich ruhelosen Menschenmenge umringt, die mich in ihrem blinden Umherirren mit sich herumschob. Dabei klammerte sich jemand, mitgerissen von der Menge, an meinen Hals, um nicht niedergetrampelt zu werden. Ich spürte seinen Würgegriff, seine Nägel in meine Haut gebohrt. Dann wachte ich mit einem heftigen Krampf im Nacken auf. Zur Seite eingeknickt, war ich auf der Bank zusammengesackt. Mit Schmerzen überall und eingeschlafenen Gliedern raffte ich mich auf. Der Pastor stand direkt vor mir.

»Gehen wir, das Gewitter ist vorüber«, sagte er wie unbeteiligt und bewegte sich in Richtung Eingangstür, die Hände hinter dem Rücken verschränkt.

Es ist das erste Mal, dass ich hier die Ereignisse unseres Bürgerkriegs von einem Finnen beschrieben lese. Ich verlor meinen Vater in diesem Krieg und habe heute nicht einmal ein Grab, an dem ich ihn beweinen könnte; daher tue ich mich auch schwer, gewisse Mythen unseres Patriotismus zu teilen, und es schmerzt und macht mich zugleich wütend, dass ich deshalb schon als ein Verräter gelten soll. Oft, sogar innerhalb ein und desselben Volkes, verleugnet die Vaterlandsvorstellung der einen jene der anderen. Hier hat der Wahnsinn seinen Ursprung, der Europa heute zu Schutt und Asche vernichtet hat. Als Patrioten verkleidete Despoten wollen uns mit leeren Phrasen ihre Mythen weismachen und verkünden, dass es außerhalb dieser keine Vaterlandsliebe geben kann. So wird das eigene Vaterland auf feste Grenzlinien reduziert, welche dann, gegen alle anderen Grenzziehungen, von jedem Land als heilig proklamiert werden, und das nicht selten im Namen desselben Gottes. Die Feldherren, die sich heute damit rühmen, ein zuvor in Rote und Weiße gespaltenes Finnland wiedervereinigt zu haben, sehen nicht, welchen noch viel tieferen Graben sie mitten durch unser Volk gerissen haben. Sie behaupten, die Integrität des Vaterlands gerettet zu haben. Und dabei waren doch auch die ohne Prozess von den weißen Garden Mannerheims erschossenen Männer ein Teil des Vaterlands. Jemand wird eines Tages den Mut aufbringen müssen, jenen Betrügern das Monopol auf das Vaterland zu entreißen und es den freien Menschen zurückzugeben, denen, die Grenzen mit ihren eigenen Ideen ziehen und nicht etwa mit Stacheldraht. Vaterland bedeutet wesentlich Land des Vaters, aber mein Vater ist tot, und ich bin ein

Sohn anderer geworden, zwangsweise eingezogen in die deutsche Armee, um in einem Krieg zu kämpfen, der nicht meiner war. Heute gibt es kein Vaterland mehr, an das ich noch glauben könnte.

Ich hätte nie gedacht, dass das Wort Raamattu *von »Grammatik« herstammt. Es ist eine jener Offensichtlichkeiten, die einem am Ende gar nicht mehr auffallen. Dabei besagt das vielleicht eine Menge über die hingebungsvolle Liebe für die eigene Sprache, die jeden Finnen auszeichnet. Für uns ist die Sprache das Wort Gottes, auch wenn man nicht an Gott glaubt, und die Grammatik ist eine exakte Wissenschaft, die mit vergleichbaren Größen arbeitet und sich auf unanfechtbare Theoreme gründet. Das richtige Wort gibt dem Gedanken Harmonie und verleiht ihm die mathematische Notwendigkeit der Musik. Aber jede Epoche hat ihre Musik, und Akkorde, die einst als diabolisch galten, machen heute niemandem mehr Angst. Es gibt keine ewige Harmonie: Wie alles andere in dieser Welt verbrauchen sich auch die Klänge, und der Mensch muss wieder andere erfinden, um den Kopf aus der Stille herausstrecken zu können. Was für uns heute Musik ist, war vor hundert Jahren nur Geräusch. Der Irrtum von gestern ist heute nur mehr eine unschuldige Ausnahme. Die Regel kommt immer nach dem Wort: Das ist die große Schwäche jeder Grammatik. Regel bedeutet nicht Ordnung, sie ist eher nur die Beschreibung einer Unordnung. Wie alles, was dem Menschen eigen ist, wandelt sich auch die Sprache, und ihre Reinheit anzustreben ist ebenso unsinnig, wie die Reinheit einer Rasse anzustreben. Die Linguisten sagen, dass jede Sprache immer mehr zur Vereinfachung tendiert, dazu, die größtmögliche Bedeutung mit dem kleinstmöglichen Aufwand an Lauten auszudrücken. So sind die kürzesten Wörter zugleich auch die ältesten, die am meisten von der Zeit abgetragenen. Im Finnischen ist das Wort für Krieg* sota, *und allein diese zwei Silben sind schon Zeichen genug, wie viele wir davon ausgefochten haben.*

Das normative Regelarsenal einer Sprache dient mehr dazu, Ausländern den Zugang zu ihr zu behindern, als ihr Verständnis zu erleichtern. Jede Sprache verbarrikadiert sich hinter dem Initiationsritus der eigenen Grammatik wie eine Geheimsekte hinter ihren schwarzen Messen. Dabei ist die Sprache alles andere als eine Religion, an die man glauben kann oder auch nicht. Die Sprache ist ein Naturphänomen und etwas der gesamten Menschheit Eigenes. Nur die Stumpfsinnigkeit der Menschen hat sie in eine Unzahl getrennter Grammatiken zerteilt, von denen jede behauptet, die richtige zu sein, schlechthin der Spiegel der Gedankenklarheit eines ganzen Volkes. Auf diese Weise lernt jedes Volk die Regeln seiner eigenen Grammatik und hängt der Illusion an, mit diesen Regeln die verworrenen Exerzitien des Lebens zu bestehen.

Seitdem Finnland die russischen Friedensbedingungen abgelehnt hatte, ging in Helsinki erneut das Schreckgespenst des Krieges um. Kaum begann sich die Stadt langsam von den Februarbombardierungen zu erholen, versank sie erneut in dumpfe Angst. Von Neuem die Truppenbewegungen. In der wässrigen Frühlingssonne hatten die grünen Uniformen der Grenzgarden, die auf der Suurtori entlangmarschierten und ihre blau-weißen Kokarden schwenkten, etwas Fröhliches und zugleich etwas Todgeweihtes. Im Hafen manövrierten mühselig mit Truppen und Kanonen beladene Züge, bevor sie schließlich unter schauerlichem Pfeifen losfuhren. Die Bucht füllte sich mit Kriegsschiffen, die unversehens hinter dem Archipel auftauchten, vor den Wohnpalazzi von Kruununhaka entlangglitten und dann in der offenen Bucht, wie riesige Walfische, ankerten. Im Hotel Kämp herrschte in jenen Tagen ein turbulentes Treiben. Viele neue Gesichter waren dazugekommen, die von den Veteranen allerdings eher herablassend behandelt wurden. An ihren Fragen erkannte man gleich, dass sie keine Ahnung von den Verhältnissen im Land hatten, noch weniger von der Stadt selbst. Niemals wagten sie sich über den näheren Umkreis der Esplanadi hinaus und bewegten sich nur mit dem Taxi fort, auch wenn es nur für ein paar Hundert Meter war. Es schien sie zu nerven, dass immer noch nichts passierte, und ganze Vormittage hingen sie im Presseraum am Telefon mit ihren Redaktionen. Das Gerücht ging um, die Russen würden eine Landung vom Meer aus planen. Auf den kleinsten Wink hin fuhren dann mit Journalisten vollgestopfte Taxis eiligst aus der Stadt hinaus zu irgendeiner abgelegenen Bucht an der Küste, um dort auf Schiffe zu warten, welche nie kamen. Einmal konnte ich auf einer solcher Ausfahrten meinen Journalistenfreund begleiten. Wir fuhren durch Porvoo hindurch weiter auf der Straße Richtung Kotka. Hinter einem Kap mit Leuchtturm ging es bergab, und vor uns öffnete sich die See. Kilometer um Kilometer hatten wir keine lebendige Seele gesehen. Gleich über der Küstenlinie begannen die Wälder. Ein steiniger Weg führte durch eine Wiese und verlor sich dann irgendwo. Dort bezogen wir am Straßenrand in der schwachen Sonne unsere Stellung. Der Strand war übersät mit Felsenspitzen, mit der Spitze nach oben in den Sand hineingebohrt, um eine Landung von Panzern zu verhindern. Die Reporter hielten ihre Fotoapparate bereit. Ein amerikanischer Journalist hatte sogar ein Fernrohr dabei. Endlos lange warteten wir so, wie Jäger auf der Lauer, um uns herum alles still. Vor unseren Augen erstreckte sich eine geometrische Landschaft: der weiße Strand mit seinen in Reihen angeordneten Felsprismen und dahinter die glasigen Plattenflächen des Himmels und der See, dicht und scharf zusammengehalten wie von einer Schweißnaht. Später am Nachmittag änderten sich dann die Farben. Das Blau der See verdunkelte sich, das Blau des Himmels wurde weiß, und die Felsspitzen verloren ihre Schatten. Jemand von uns ging zum Strand hinunter und kickte Muscheln vor sich her. Andere gingen zum Wagen zurück und ließen sich vom Taxifahrer für etwas zum Trinken zu einem Ausschank bringen, den wir längs der Straße gesehen hatten. Die Reporter hatten ihre Fotoapparate wieder weggesteckt und saßen jetzt im Sand und rauchten. Aufkommender Wind ließ den Wald hinter uns erzittern. Wir beendeten den Nachmittag damit, Steine auf ein im Wasser dümpelndes leeres Fass zu werfen, und bei Sonnenuntergang fuhren wir schließlich zurück nach Helsinki.

»Die Russen werden schon im Kämp auf uns warten!«, scherzte einer, während wir in das Auto stiegen.

Mit dem Mai kam das Licht. Bei Kappeli wurden die Tischchen nach draußen gestellt, und jeden Morgen machten die Fischerboote an den Molen vor dem Marktplatz fest. Sie verkauften gesalzenen Fisch und Zwiebeln. Auch die Fähre zu den Inseln nahm ihren Dienst wieder auf, ein alter kleiner Dampfer aus Holz, der nach Diesel und nassen Tauen roch. Gemächlich legte er mittags ab, zog eine weite Schleife durch die Bucht, um dann hinter der Insel des Jachtklubs zu verschwinden. Die Tage waren länger geworden, und das viele Licht machte mir nur umso mehr Lust, bis spät durch die Straßen zu streunen. Beinahe immer ging ich zu Fuß, und erst wenn ich völlig erschöpft war, ruhte ich mich auf einer Bank aus. Hin und wieder bestieg ich die erste Straßenbahn, die ich vorbeifahren sah, und machte mich so auf Entdeckungsfahrt durch noch unbekannte Stadtbezirke. Von Laakso bis Valilla gab es kein Vorstadtviertel, das ich nicht schon erkundet hätte. Pastor Koskela hatte für mich einen Stadtplan aus einem Telefonbuch herausgerissen und alle Orte mit Bleistift umkringelt, die ich besuchen sollte. Mit touristischer Gewissenhaftigkeit hatte ich darauf keinen einzigen Ort ausgelassen und von jedem Ausflug irgendein Erinnerungsstück mitgenommen, Theaterprogramme, vom Boden aufgelesene Tickets, leere Zigarettenschachteln unbekannter Marken. Jedes Mal machte ich mir dabei Notizen, zeichnete meine Strecken auf der Karte ein, schrieb die Wörter ab, die ich nicht verstand und welche der Kaplan mir dann während unserer Lektionen zu entziffern half. Tag um Tag waren mir so die Straßen Helsinkis immer vertrauter geworden. Und ich entwickelte ein sicheres Gespür dafür, was für eine Art von Stadtlandschaft mich hinter der nächsten Ecke erwarten würde. Wie ein Tier in seinem Territorium hatte ich mir im Netzwerk der Straßen meine persönlichen Wege ausgeforscht, um von einem Ort zum anderen zu gelangen, ohne mich dabei um den kürzestmöglichen zu kümmern. Trotz alledem aber blieben meine guten Ortskenntnisse die eines Touristen.

Sobald mich jemand ansprach, und sei es wegen der kleinsten Banalität, verließ mich augenblicklich das beruhigende Gefühl meiner Anonymität. Denn gleich meine ersten Worte verrieten mein Fremdsein. Meine Stimme klang falsch wie ein gesprungenes Kristallglas. Und die Sprache sprudelte nicht einfach so aus mir heraus. Jedes einzelne Wort musste ich mir erst umständlich im Geiste zusammensetzen, bevor ich es aussprach, musste mühsam die richtige Atemstärke treffen, den angemessenen Druck der Lippen, dabei mit der Zunge den Gaumen nach der einzig richtigen Stelle absuchen, an der sich der erwünschte Laut bilden würde, und am Ende galt es noch das ganze Wort in den richtigen Fall zu setzen, bevor ich es herauslassen konnte. Meine Mundhöhle, die mir sonst so klein zu sein schien, kam mir auf einmal riesig vor. Es erschien mir unmöglich, dass sich das alles in der Größe von Millimeterbruchteilen abspielen sollte, dass ein zu sehr gespannter Fitzel Muskel eine Wortbedeutung völlig in Luft aufgehen lassen und ein Lufthauch zu viel oder zu wenig ausreichen könnte, um mich zu verwechseln mit einem Bewohner Estlands oder einem aus Ingermanland oder gar auch den letzten Bedeutungsfaden unwiederbringlich zu zerreißen.

Oft schnappte ich in der Straßenbahn Satzfetzen und Gesprächsfragmente auf, die ich so lange im Geiste wiederkäute, bis sie mir schließlich geläufig wurden. Wenn ich dann allein war, vor dem Einschlafen in meinem Bett liegend, wiederholte ich diese laut vor mich hin, konstruierte dazu die fehlenden Teile, und auf die Wände des Schlafsaals projizierte ich mir dann komplette kleine Welten, wo ich Gespräche mit imaginären Freunden führte, denen ich Gesichter verpasste, wie ich sie von meinen Straßenbahnfahrten her kannte. Als Koskela am Ende die Stadt verließ und ich nunmehr absolut einsam war, konnte ich kaum noch die wirklichen Menschen und die von mir eingebildeten auseinanderhalten. Eines Tages grüßte ich so an der Haltestelle der Linie 7 einen alten Herrn mit Schnauzbart dankbar freundlich, der mir kurze Zeit zuvor den Weg zum Olympiastadion gezeigt hatte. Erst später wurde mir klar, dass ich mir alles nur eingebildet hatte. Oder besser gesagt, ich hatte alles miteinander vermischt. Nicht mir hatte der Alte mit Schnauzbart seine Hilfe angeboten, sondern vielmehr einem jungen Burschen, der neben mir in der Straßenbahn gesessen hatte. Und der hatte außerdem nicht nach dem Olympiastadion gefragt, sondern nach dem Universitätskrankenhaus. Es war nur so, dass ich gerade in jenem Moment das Olympiastadion durch die Fensterscheibe gesehen hatte. An jedes einzelne Wort zwischen ihnen konnte ich mich entsinnen, ihre Gesichtsausdrücke und selbst die sie begleitenden Gesten. Wie so viele andere schon, hatte ich sie mir tausendfach wiederholt, sodass sie am Ende zu meinen eigenen geworden waren.

Auf meinen Rundgängen mischte ich mich unter die stumme Menge, die sonntags aus den Kirchen strömte, oder reihte mich in die Schlangen vor den Lebensmittelläden ein. Besonders gern jedoch schloss ich mich den Leuten an, die die Straßenbahn bestiegen. Auch ich tat dann so, als hätte ich ein ganz bestimmtes Fahrtziel, und wartete nur die richtige Haltestelle ab, darüber nicht vergessend, hin und wieder aus dem Fenster zu schauen, um zu sehen, wie weit es noch bis zu meinem imaginären Bestimmungsort war. Darauf stieg ich in irgendeiner Straße aus, ging rasch zehn oder zwanzig Schritte, bis die Straßenbahn außer Sichtweite war, schlenderte bis zur folgenden Haltestelle und wartete auf der gegenüberliegenden Straßenseite auf die nächste Bahn, um wieder zurückzufahren. Äußerlich war ich ein Finne wie all die anderen, die ich um mich herum sah. Doch es kannte mich niemand. Nur sechs Monate zuvor hatte mich niemand je hier gesehen. Sie grüßten sich untereinander und erkannten sich, wenn sie einander begegneten. Ich hingegen blieb von jedem Händedruck ausgeschlossen. Wenn alle Bewohner Helsinkis sich eines Tages versammelt hätten, um über jenen Einsamen mit diesem sonderbaren Akzent zu reden, der zu den ungewöhnlichsten Tageszeiten von einem Ende der Stadt zum anderen wanderte und dabei aufs Geratewohl x-beliebige Straßenbahnen benutzte, dann hätten sie zugleich entdeckt, dass niemand unter ihnen mich kannte und niemand wusste, woher ich kam.

Aber auch wenn die Menschen mich nicht kannten, die Dinge kannten mich dagegen sehr wohl: die Gärten, die Straßenbahnen, die Gebäude. Häufig überraschte ich mich dabei, wie ich mit den drolligen Häusern von Eira mit ihren gewölbten Dächern und Blumenbalkonen redete. Ohne mich bei ihnen wegen meiner Aussprache fürchten zu müssen, grüßte ich sie wie alte Bekannte auf Finnisch. Ich erzählte ihnen, wohin ich ging, was ich gemacht hatte, und sprach laut ihre Namen aus, wie sie auf den Fassaden eingemeißelt oder aufgemalt zu sehen waren. Vor allem aber liebte ich es, die Bäume auf der Esplanadi anzusprechen. Denn im Grunde waren sie es, die mich am besten kannten. Aber ich redete immer nur leise, damit mich niemand hörte, was für einen vertrauten Umgang ich mit ihnen pflegte, welcher doch unangebracht war für Wesen so verschiedener Art. Unter ihren Laubkronen fühlte ich mich in Sicherheit. Es beruhigte mich, sie jetzt so üppig zu sehen und zu wissen, wie lebendig sie waren hinter ihrem schweigsamen Grün. Unter meinen Füßen spürte ich ihre Wurzeln sich ausbreiten, spürte, wie sie wieder von der Erde Besitz ergriffen nach langen Monaten des Frostes, und auch das stimmte mich ruhig. Dann kamen die weißen Nächte. Zermürbende Sonnenuntergänge gerannen zu Morgenröten, so dicht wie Quecksilbertropfen. Es war unmöglich, in geschlossenen Wänden zu bleiben bei diesem nie verlöschenden Himmel da draußen. Das nächtliche Licht überflutete die ganze Stadt mit seiner weißen Stille, drang auch noch in das abgelegenste Zimmer, stieg bis in die Keller hinab, stöberte die Menschen auf, wo immer sie sich versteckten, und zog sie hinaus nach draußen. In den Straßen umherziehend, von einem Ufer der Bucht zum andern, bis zu den Wäldern rings um die Stadt, alle folgten sie diesem leuchtenden Schein von Ewigkeit, welche diese unauslöschlichen Tage trügerisch verhießen. Wie von einer rauschhaften Besessenheit unwiderstehlich angetrieben, ging auch ich hinaus, um mich peinigen zu lassen von diesem grandiosen Schauspiel von Dunkelheit, die sich in Licht verwandelte. Ich liebte es, dann am Strand entlangzugehen, auf der anderen Seite der Bucht von Taivallahti. Sogar das Meer schien von dieser Magie erfasst. Vielleicht war dies ja auch die Welt der Helden des *Kalevala* und war nie untergegangen, lebte neben der unseren heute weiter, sichtbar jedoch nur für die Schamanen wie Pastor

Koskela. In solchen Fantasien eingetaucht, stellte ich mir vor, wie plötzlich Schiffe auf dem Meer erschienen, beladen mit Kriegern, glänzend und mit Lanzen bespickt. Aus den Baumstämmen, die das Meer an den Strand geworfen hatte, machte ich Götzen grausamer Rituale, in den Blitzen eines Gewitters weit draußen über dem Meer sah ich den maßlosen Zorn des Gottes Ukko. Diese der Nacht entrissenen Stunden gehörten tatsächlich einer anderen Zeit an, einer anderen Welt, und man musste schon mächtig betrunken sein, um diese Berührung mit dem Unendlichen auszuhalten, das da in ihnen durchschimmerte.

Mehr als ein Monat war jetzt vergangen, seit ich den Brief von Ilma erhalten hatte. Von jenem Nachmittag an steckte er in der Innentasche meiner Jacke, wo ich auch das Tuch mit meinen Initialen aufbewahrte. Tausend Mal hatte ich ihn wieder und wieder gelesen, bis ich ihn schließlich auswendig wusste, und es genügte, dass ich in meinem Heft einmal über ein Verb, ein Adjektiv oder manchmal einfach nur über ein Paar Präpositionen stolperte, und schon kam mir eine komplette Briefzeile in den Sinn. Jedes einzelne Wort, das ich nicht kannte, hatte ich mir von Koskela erklären lassen. In meinem Heft hatte ich sie alle ordentlich aufgelistet, und damit mir bloß nichts von dem entginge, was Ilma mir sagen wollte, hatte ich auch noch ihre entferntesten und unwahrscheinlichsten Bedeutungsmöglichkeiten erforscht. So viele Male hatte ich abends vor dem Einschlafen den Wunsch verspürt, ihr zu antworten, und auch angefangen, mir im Geiste ein paar Sätze zurechtzulegen: »Liebe Ilma, Du hast recht mit dem, was Du sagst«, begann ich dann, ohne aber je darüber hinauszukommen. Dann kam der zweite Brief von ihr, und auch ihn steckte ich wieder in dieselbe Tasche, wo sich schon der erste befand, doch den ganzen Tag über war ich unfähig, ihn zu öffnen. Erst am Abend, nachdem ich mich im Hotel Kämp mit Koskenkorva hatte volllaufen lassen, ging ich hinauf zum Hügel von Kaivopuisto, und dort, unter dem jetzt dicht belaubten Baum der schönen Erinnerungen, öffnete ich schließlich den Umschlag und begann zu lesen.

Viipuri, 22. Mai 1944

Lieber Sampo,

Dein Schweigen macht mich traurig, obgleich es mich im Grunde nicht überrascht. In meiner Überheblichkeit, Dir helfen zu wollen, habe ich versucht, Dir eine Freundschaft aufzudrängen, die Du vielleicht gar nicht wünschst, und ich muss Deine Ablehnung akzeptieren. In Wirklichkeit bin ich es ja, die Dich braucht, und auch da irre ich schon wieder. Dir fehlt eine Vergangenheit, mir dagegen eine Gegenwart. Eine Gegenwart, die mich ablenkt von der Angst und Furcht, in denen ich lebe. Lies nicht weiter, falls Du denkst, ich wolle Dir nur ein weiteres Mal zu Hilfe kommen. Du brauchst mir nicht zu antworten. Lass mich einfach Dir schreiben. Denn indem ich mich so an Dich wende, wobei ich eigentlich nur Deinen Namen von Dir kenne, spüre ich eine ungekannte Vertrautheit, die mir ein befreiendes und warmes Gefühl gibt. Es ist eine Vertrautheit, wie ich sie noch nie erfahren habe, selbst nicht mit Menschen, die ich sehr gut zu kennen glaubte. Der Gedanke an Dich ruft in meiner Seele ganz neue Empfindungen hervor, befreit vom Ballast der Erinnerungen. Ja, das Gedächtnis mit seinen Erinnerungen. Gerade was Du so hartnäckig verfolgst, ist für mich eine Last, eine Form von Sklaverei, der leider auch ich nichts entgegenzusetzen habe. Woran wir uns bei den anderen entsinnen, ist in Wirklichkeit doch nur die Erinnerung unserer Reaktion auf sie. Unser ganzes Leben verbringen wir damit, unsere Mitmenschen gerade einmal zu streifen, ohne sie je wirklich kennenzulernen. Auch von den uns liebsten Menschen und Dingen häufen wir am Ende doch nichts als empirische Kenntnisse an, so wie ein Insektenforscher von einem Schmetterling, den er mit einer Nadel auf ein Balsablatt seiner Sammlung heftet. Wir können die Farbe der Augen oder der Haare unserer Lieben beschreiben, in einer Menschenmenge ihren Gang, ihr Profil wiedererkennen, auch ihren unverwechselbaren Geruch, ihre Stimme. Bei ihrer Abwesenheit, ihrem Fehlen fühlen wir uns verstümmelt, so als sei uns ein Teil unserer selbst genommen. Doch nie sind sie wirklich die Unsrigen. Denn unser Wunsch, dass sie uns gehören mögen, zerstört sie nur und macht sie zu Objekten ohne eigenes Leben. In unserer vergeblichen Bemühung, dem Mysterium des Todes den Stachel zu nehmen, wollen wir besitzen und alles, was wir können, aus dem Leben herauspressen. Und dabei merken wir nicht, dass wir auf diese Weise alles abtöten, was wir zu lieben glauben. Entsinnst Du Dich an meinen Baum im Kaivopuisto-Park? Man kann ihn auf vielerlei Art sehen. So können wir ihn auffassen als ein Gewebe von Lymphgefäßen, von Adern, von saftgefüllten Wurzeln, die mit einem pochenden Kern verbunden sind, der durch die Atmung der Blätter den Flussaustausch zwischen Erde und Himmel, zwischen inerten Stoffen und Luft, herstellt und aufrechterhält. Aber man kann ihn auch auf eine bloße Zahl reduzieren und in ihm ein chemisches Gesetz wirken sehen, welches die Auflösung von Substanzen und deren Verwandlung regelt. In beiden Fällen, so gegensätzlich sie auch sein mögen, bleibt der Baum doch etwas uns völlig Fremdes, etwas, das wir zwar beobachten und vielleicht auch kennen, aber mit welchem wir in überhaupt keiner näheren Beziehung stehen. Eine Beziehung herstellen, das ist der Schlüssel. Es auf sich nehmen, auf den anderen zuzugehen, ohne von ihm Besitz zu ergreifen, ohne ihn zu einem bloßen Spiegel dessen zu machen, was wir uns von ihm erwarten. Das möchte ich mit Dir tun. Nur mit Dir wäre eine derartige Beziehung möglich. Gerade auch weil ich Dir nichts wegnehmen kann. Wenn zwei Menschen sich begegnen, werden sie unvermeidlich dazu gedrängt, sich gegenseitig ihre Vergangenheit zu deklarieren, so wie man an der Grenze Alkohol und Zigaretten deklariert. Gleichsam um sie zu klarieren, sie reinzuwaschen, um sie dann der neu sich anbahnenden Beziehung dienstbar zu machen. Aber das ist eine Lüge, ein überheblicher Trick, bloß darauf aus, durch das Zusammenraffen von Erinnerungen, die nicht unsere eigenen sind, Rechte auf die Vergangenheit des anderen einzufordern. Du selbst hast kein Gedächtnis, welches dienstbar gemacht werden könnte, du bist ein freier Mensch. Mein Baum der schönen Erinnerungen hingegen ist ein Monument des Egozentrismus, eine schwere Last, die mich runterzieht. Bist Du mal wieder dort gewesen? Er wird ja jetzt voller Blätter sein. Siehst Du, erst verurteile ich ihn und dann trauere ich ihm schon wieder nach! Ohne einen anderen Menschen an unserer Seite, der uns beim Leben zuschaut, sind wir so gut wie tot, und dann dient es auch zu nichts, die Vergangenheit zu plündern, in der Illusion, ihr ihre Schätze entreißen zu können. Denn das sind Schätze, die sich nicht einlösen lassen, Falschgeld, das niemand annehmen wird. Das Leben muss sofort ausgegeben, an Ort und Stelle verbraucht werden, solange es noch warm ist, wie die gegrillten Felchen und die Jungzwiebeln auf dem Marktplatz. Bist Du schon auf dem Markt gewesen? Werden dort schon Blumen verkauft? Im vergangenen Sommer stand dort, nah am Landungssteg der Inselfähren, immer eine alte Blumenverkäuferin. Sie hatte nie mehr als drei oder vier Sträuße, mit einem Faden zusammengebunden und in wassergefüllte Margarinetöpfe gesteckt. Hin und wieder kaufte ich ihr einen Strauß ab. Nicht wegen der Blumen, sondern vielmehr um die Freude in ihren Augen aufleuchten zu sehen, wenn ich ihr die Münzen in die Hand gab. Hier hat der Frühling uns kaum Erleichterung gebracht. Die Blumen auf den Wiesen, das neue Grün der Wälder, die frische Brise vom Meer, die den Gestank des trockenen Schlammes verjagt, all das ist hier zu nichts gut. All dies Licht ist ein skandalöser Affront angesichts unserer schwarzen Angst. Nicht einmal mehr die Dunkelheit bleibt uns, wo wir uns verstecken könnten. Die Russen sind so nah, dass es uns in windigen Nächten so scheint, als wären ihre Stimmen durch das Rauschen der Bäume zu hören. Augenblick für Augenblick rechnen wir damit, sie auf einmal aus den Wäldern auftauchen zu sehen, einer nach dem anderen, dann in ganzen Scharen, schweigsamen Unmengen, so zahlreich, wie nur sie es sein können, und dann zusehen zu müssen, wie sie in die Stadt hineinfluten. Vielleicht ist es erst dieses Gefühl der Zerbrechlichkeit, welches bestimmte Saiten in unserer Seele weckt und zum Schwingen bringt. Und es ist in Momenten wie diesem, wenn es nichts mehr zu hoffen gibt, dass man das Verlangen in sich spürt, jedes menschliche Wesen in unserer Nähe einfach zu lieben, als wäre es ein Teil unser selbst, als wäre unser ganzes Volk nur ein einziger Körper und jeder von uns ein Muskel, ein Glied, ein Organ von ihm. Sampo, Dich, den ich nicht kenne, Dich möchte ich heute bitten, mich nicht zu vergessen und mich nicht zu verlassen. Wenn Du mir nicht schreiben willst, so denk wenigstens an mich. Ich werde es spüren, und das wird mir genügen. Es wird mir helfen, diese harten Zeiten durchzustehen und den

Traum am Leben zu erhalten, Dich eines Tages wiederfinden zu können.

Ich umarme dich ganz fest,

Ilma

Ihre Schrift wiederzuerkennen gab mir ein sanftes Gefühl des Trostes. Auch die Wörter, die ich nicht verstand, erschienen mir in diesen vertrauten Schriftzügen jetzt eher zugänglich. Ich wusste nicht, dass *hyönteistietelijä* Entomologe bedeutet. Aber es stand in der Nähe von *perhosia*, was Schmetterling heißt, und so schuf ich die Verbindung. Dann kam mir auch der Gedanke, dass Ilma wahrscheinlich ihre Metaphern bewusst aus Wörtern zusammensetzte, von denen sie meinte, sie seien mir bekannt. Ich spürte ihre Verbitterung, und das Offenlegen ihres Schmerzes ließ mich in meinem Innersten aufschreien vor Entrüstung, zugleich überkam mich der drängende Wunsch, ihr zu Hilfe zu eilen oder auch nur einfach ihr zu antworten. Aber dann versank alles wieder im süßen Nichts meiner Trägheit. Auf sie zuzugehen bedeutete, sich ungedeckt hinaus ins Offene vorzuwagen, ein Schicksal in die eigenen Hände zu nehmen, welches ich nicht als das meine empfand und mir so widerrechtlich aneignen würde. Mein Platz war in der Verdammnis, wo ich Buße tun musste für meinen Namen, wo immer mich das auch hinführen sollte. Ich verschloss den Umschlag wieder und steckte ihn zurück in die Tasche. Über mir rauschte der Erinnerungsbaum. Vom Wind bewegt, zeigten die Blätter ihre silbrig schimmernden Adern. So blieb ich noch eine Weile sitzen, verlor mich in Gedanken. Vielleicht war ich auch eingeschlafen, und als ich wieder zu mir kam, konnte ich meine Gedanken nicht mehr von meinen Träumen unterscheiden. Wie viel Zeit war vergangen? Noch steif in den Gliedern, erhob ich mich und blickte in die Richtung des Windes. Im Westen war das Meer ganz schwarz geworden, als hätte es all die Dunkelheit getrunken, die dem Himmel fehlte. In der Ferne flammten Blitze ohne Donner auf. Im bernsteinfarbenen Licht wachte unter mir die Stadt wieder auf, ohne je geschlafen zu haben, matt und kurzatmig. Die Häuserfenster waren fahle Augen, die leeren Straßen Korridore voll stickiger Luft. Im Osten hatte sich im farblosen Himmel ein roter Einschnitt geöffnet, kurz, aber tief wie eine Wunde. Es war die Morgenröte. Oder vielleicht Viipuri in Flammen.

Zurück in der Stadt, erfuhr ich, dass die Russen die finnischen Stellungen auf der Landenge von Karelien angegriffen hatten. Es begann also die so gefürchtete Gegenoffensive. Im Hotel Kämp herrschte große Aufregung. Viele Journalisten und Reporter bereiteten sich auf die Fahrt an die Front vor. Sie hatten sich im Pressesaal mit ihrem Gepäck versammelt und warteten ungeduldig auf ihr Taxi. In der Bar nannte die martialische Stimme des Nachrichtensprechers im Radio die angegriffenen Orte, die beteiligten feindlichen Formationen und die finnischen Regimenter der Verteidigung. Eine kleine gemischte Gruppe war jetzt eingetreten, um zuzuhören. Bei jedem Namen verdunkelten sich die Gesichter, jemand weinte, andere starrten stumm ins Leere. Portiers, Barmänner, Telefonistinnen, sie alle hatten ihren Arbeitsplatz verlassen, um sich hier unter dem Lautsprecher zu versammeln. Selbst die Kellner hatten ihre Gänge von Tisch zu Tisch unterbrochen. Auch ich war von der allgemeinen Aufregung angesteckt und schloss mich der Gruppe derer an, die die neuesten Nachrichten kommentierten. Ein Reporter mit umgehängtem Fotoapparat trat ein und schrie etwas. Es ging das Gerücht, im Hafen sei ein deutscher Frachter mit Panzerabwehrwaffen eingelaufen, und es würden noch weitere erwartet. Einige Nächte zuvor hatte ich am Kai vom Hafen von Pohjoissatama ein Frachtschiff mit der Flagge der deutschen Marine bemerkt. Ich war stehen geblieben und schaute es mir aus der Nähe an. Es erinnerte mich an die *Tübingen*. Der gerade eingetretene Fotograf sagte, er sei überzeugt, dass deutsche Truppen kurz vor der Landung in Finnland stünden, um eine Gegenoffensive auf Leningrad zu starten. Doch einige Offiziere, die etwas abseits zusammenstanden, mischten sich ein und widersprachen heftig dieser Hypothese, die ohne jede Grundlage sei. Es handle sich dabei vielmehr um rein militärische Hilfe, Deutschland beliefere Finnland mit Waffen, damit es sich besser gegen die Russen verteidigen könne, wie bereits schon in den ersten Kriegsjahren geschehen. Ein alter Herr neben mir schüttelte dazu nur den Kopf und entfernte sich. Jemand rief ihm noch ein paar giftige Worte hinterher. Auch ich wollte das Meine beisteuern und redete zu meiner eigenen Überraschung einfach drauf los. Ich sagte, die deutschen Hilfen seien ein Geschenk des Himmels, und war dabei ganz stolz über diesen Ausdruck, den ich von Koskela gelernt hatte. Von hinten trat ein junger Mann hervor und erklärte sich einer Meinung mit mir. Das gab mir dann noch mehr Auftrieb, und wie mechanisch purzelten die Sätze jetzt nur so aus mir heraus. Ich fand laufend die passenden Wörter, und staunend hörte ich meiner eigenen Stimme bei ihrer Aussprache zu. Mit einem Mal war mein Finnisch kein bloßes Gemisch mehr aus eckigen und undeutlichen Lauten. Auch wenn ich noch zögerte bei der Verknüpfung der grammatischen Fälle, kamen die Wörter jetzt doch klar und wohlgeformt aus meinem Mund. Die Leute hörten mir zu, einige nickten auch. Ich hätte jetzt eine Versammlung abhalten können, war aber schnell wieder von anderen Stimmen abgelenkt und stieg aus der Diskussion aus. Einigen ausländischen Journalisten half ich dabei, einem Taxifahrer ihr Fahrtziel zu erklären, einem Neuankömmling wiederholte ich die Angriffsorte der Russen, und noch einem anderen erläuterte ich, worüber gerade an der Bar diskutiert wurde. Von all dem turbulenten Durcheinander hin und her geschoben, landete ich am Ende wieder auf der Straße und setzte mein Streunen durch die Stadt fort. Auf der Esplanadi in der Nähe des Marktplatzes hatte sich eine lange Kolonne von mit Soldaten beladenen Militärlastern gebildet. Unter den Planen spähten junge, bartlose Gesichter hervor. Mit trauriger Heiterkeit grüßten sie die Passanten, verloren und verwirrt von dem übermächtigen Geschehen, in welches die Geschichte sie hineinschleuderte. Die rhythmisch knatternden Motoren, ihr metallisches Rumpeln auf dem sonst so friedlichen Platz erinnerte an das Trommelfeuer der Kanonen auf dem Schlachtfeld. Trotz der strahlenden Sonne schien die ganze Stadt in Trauer. Ziellos irrten die Menschen durch die Straßen, angezogen von allem, was irgendwie Aufsehen erregte, hier ein Lärmen, dort eine Menschenmenge, sie durchspähten die erleuchteten Straßenzüge und erzählten sich Geschichten von unwahrscheinlichen Ereignissen weiter, die sie selbst nicht glaubten. Auch ich schweifte lange ohne Ziel so umher, eilte herbei, wo immer es zu einem Menschenauflauf kam. Nach einigen Stunden kehrte ich zum Marktplatz zurück. Die Händler bauten ihre Stände ab, hier und da bauschte sich eine Plane in der leichten Meeresbrise. Ich setzte mich auf die Mole neben den Landesteg der Inselfähre, weit weg von jeder Menschenansammlung. Vor Erschöpfung war ich ganz außer Atem, und die viele Sonne brannte mir in den Augen. Eigentlich hätte ich mich gerne schlafen gelegt, doch nur der bloße Gedanke an das Gästehaus machte mir bereits Angst. Ich hätte den Geruch des Desinfektionsmittels nicht mehr ertragen können, diese mit leichten Geräuschen durchsetzte Stille, das ferne Geklapper und Geschepper, vor allem aber nicht das Tageslicht mit den ständigen Schatten an den Wänden. Als ich erneut Richtung Marktplatz blickte, sah ich die Blumenfrau von Ilma, an einem Leinenpoller stehend, umgeben von ihren Töpfen. Eine schöne Überraschung, sie so wiederzuerkennen. Ich kaufte ihr einen Strauß Wiesenblumen ab und beobachtete sie eine Weile ganz erwartungsvoll, während ich ihr meine Münzen hinreichte. Aber für mich hatte sie kein Lächeln. Sie dankte mir und senkte demütig die Augen hinunter auf das Pflaster, verlegen über meinen eindringlichen Blick. Inzwischen völlig zerschlagen, beschloss ich, jetzt doch zum Krankenhaus zurückzukehren. Um nicht gleich ins Gästehaus gehen zu müssen, kam mir die Idee, die Blumen in der Sakristei auf den Altar zu stellen. Es war noch nicht Mittag, und die Kirche war leer. Auch hier drinnen verbreitete die Sonne eine unpassende Heiterkeit. Die Holztäfelung, eher an verrauchte Dunkelheit gewöhnt, zeigte ihre Aderung wie eine zarte lichtscheue Haut. Ich betrat die Sakristei und legte ein paar Blätter Briefpapier auf den Tisch, welche ich vom Kämp mitgenommen hatte. »Liebe Ilma«, begann ich zu schreiben. Aber weiter ging es nicht mehr. Die Müdigkeit ließ meinen Kopf auf den Tisch sinken, und ich schlief ein.

Tatsächlich fand ich im Heft einige Blätter Briefpapier mit dem Briefkopf des Hotel Kämp, mit verschiedenen Datumsangaben versehen, und auf denen sonst nichts anderes als »Liebe Ilma« zu lesen ist, dabei mehrmals so vehement nachgezogen, dass es das Papier durchlöcherte, wie es jemand macht, der ohne Ergebnis endlos über die passenden Wör-

ter brütet. Nur auf einem Blatt ist der Anfang eines Satzes skizziert: »Du hast recht, aber ich …« heißt es da in zögerlicher Schrift, darauf dann nichts mehr. Nur die schiere Verzweiflung kann einem die Ohren verschließen solchen Wörtern gegenüber, wie sie das Fräulein Koivisto in ihren Briefen schrieb. So frage ich mich, ob der Verfasser dieser Seiten jene Briefe wirklich in ihrer vollen Bedeutung verstanden hat. Doch die übersorgfältigen Abschriften, die Auflistungen der Verben und Substantive, die ständigen Wiederaufnahmen von Wendungen aus den Briefen in anderen Teilen des Tagebuchs, das alles spricht tatsächlich dafür. Ich bin sogar überzeugt, dass der Mann zu einem gewissen Zeitpunkt wirklich kurz davor stand, eine Antwort zu schreiben. Vielleicht war er zu sehr entmutigt von der Schwierigkeit, seine Gefühle in einer Sprache ausdrücken zu müssen, die er nur schlecht beherrschte. Dabei genügen oft ein paar einfache Sätze, um gewisse Dinge auszudrücken, und manchmal hat selbst eine Postkarte mit Gruß mehr Gewicht als ein kompletter Liebesbrief. Wahrscheinlicher aber ist, woran Fräulein Koivisto festhält, dass dieser Mann derart versessen nach seiner eigenen Identität suchte, dass er nicht mehr in der Lage war, mit seinen Lebensbedingungen fertig zu werden. Nach dem Weggang von Koskela verlor der Schreiber dieses Tagebuchs, nun ganz auf sich allein gestellt, mehr und mehr jeden Kontakt zur Wirklichkeit. Im Übrigen scheint auch der Pastor, der doch die Gegenwart einer Frau in den Gedanken seines Schülers geahnt haben muss, nichts getan zu haben, um ihn in seinen Gefühlen zu bestärken und ihn bei der Schaffung eines noch so bescheidenen Alltagslebens zu unterstützen, welches das Provisorische in etwas Dauerhaftes umwandeln kann. Aber Koskela lebte da schon im Delirium, was ihn später in die Selbstvernichtung treiben sollte. Koskelas Reden, seine Vision von der Welt und sein erbarmungsloser Zynismus bahnten da bereits den Weg zu einer Entscheidung, die der Pastor selber schon getroffen hatte, und führten auch seinen Schüler einer unausweichlichen Vernichtung entgegen. Und so trafen die herrlichen Worte des Fräuleins Koivisto auf den ausgedörrten Boden eines Geistes, der schon dabei war, sich selbst auszulöschen. Seine Versuche, ihr zu antworten, waren vielleicht seine letzten Momente von Klarsichtigkeit.

In einer lange zurückliegenden Zeit glaubte auch ich noch an die Selbstversprechungen, die ich auf Briefpapier schrieb. In der Illusion, sie mir auf diese Weise bewahren zu können, vertraute ich einfachem Schreibpapier Gefühle an, die größer waren als ich und die ich glaubte beherrschen zu können, allein schon indem ich von ihnen erzählte. In Wirklichkeit verhielt ich mich auch darin wie ein Wissenschaftler: Ich beschrieb meine Seelenzustände gerade so wie die Symptome eines Krankheitsverlaufs. Noch hatte ich nicht begriffen, dass alles, was den Menschen betrifft, nicht von Dauer ist und sich niemals identisch wiederholt und dass die Gefühle, von denen ich mich gern begeistern ließ, weit kürzer andauerten als die Organe, welche sie erzeugten. Damals erklärte ich mich mit der gleichen Leichtigkeit verliebt, mit der gewisse Patienten von mir sich an Tuberkulose erkrankt erklärten, als sei die Tuberkulose keine schwere Lungenkrankheit, sondern eine Art Gemütszustand. Genau wie sie hatte ich kein Bewusstsein von der Schwere meines Leidens. Mir schien sogar, dass die niedergeschriebene Beschreibung des gewaltigen Phänomens, welches mich so aufwühlte, dieses zähmbarer und kontrollierbarer machte. Ich bildete mir dabei ein, dass meine Gefühle, so in das Papier geritzt, sich umso mehr verfestigten und dass diese Festigkeit sich auch auf die Leserin meiner Briefe übertragen würde. Aber eines Tages dann, ohne dass ich damit rechnete, erreichten mich, losgelassen schon lange Zeit, bevor ich sie lesen konnte, Worte, die mich töteten. Unter allen möglichen Grausamkeiten, die uns, auch ohne es zu wollen, die uns liebende Person zufügen kann, ist das die schlimmste.

An einem Herbstabend in Hamburg war ich auf dem Rückweg von der Universität am Hafen stehen geblieben, um den Sonnenuntergang zu betrachten. Die Luft war ungewöhnlich lau für die Jahreszeit. Die Fenster in der Stadt glänzten glutrot. Selbst die Straßenbahnschienen zeigten sich als ein Gewirr glühender Streifen. Mit einem Mal gewahrte ich am östlichen Perlmutterhimmel einen stillen Schwarm ziehender Störche. Bald waren sie über mir, groß und majestätisch. Wie zu einer Umarmung glitt ihr Schatten über mich hin. Dieses Schauspiel, diese milde Luft erfüllten mich mit inniger Heiterkeit. Ich schaute über das eisenfarbene Meer und ließ in meinem Geiste das geliebte Gesicht des Mädchens aufsteigen, das ich in Helsinki zurückgelassen hatte. Ihm widmete ich jetzt diesen Augenblick, diesen Sonnenuntergang, diesen Storchenzug. Wenige Wochen später erhielt ich einen Brief. In dornenscharfen Worten wurde da mit erbarmungsloser Präzision die Auslöschung jeglichen Gefühls beschrieben. Beim Lesen des Datums im Briefkopf, der in den ersten

Zeilen beschriebenen Tageszeit, wurde mir klar: Die Wörter, die mich hier niederschmetterten, waren genau am Abend der Störche geschrieben worden. Während ich ihr die Freude über jenen kostbaren Augenblick widmete, unterschrieb sie meine Verurteilung.

Es war in einer Juninacht, als Pastor Koskela fortging. Er hatte mir nichts von seiner Absicht gesagt. Mit niemandem hatte er darüber geredet. Nicht ein Wort, keine Nachricht hinterließ er. Am allgemeinen verblüfften Erstaunen, welches sein Fortgehen im Krankenhaus hervorrief, begriff ich, dass Koskela schon seit geraumer Zeit keinen näheren Kontakt mehr zu seinen Kollegen im Sanitätspersonal hatte, nicht einmal mehr zu den Verletzten, die er täglich besuchte. Sie erzählten, dass er zwar mit ihnen sprach, ohne aber je ihnen zuzuhören. So als wandte er sich jedes Mal an dieselbe Person, redete er bei dem einen dort weiter, wo er bei dem anderen aufgehört hatte. Er redete abstruses Zeug, etwa von einem Gott, den er niemals beim Namen nannte und dessen Ende er voraussagte. Er hatte sich ganz von der Welt isoliert und lebte wie ein Schiffbrüchiger inmitten seiner Gedanken. Fortzugehen war daher das Natürlichste, was er tun konnte, eine Handlung, die einen langen und qualvollen Prozess der Entfremdung abschloss.

Erst später wurde mir klar, dass der Militärkaplan Olof Koskela am Abend vor seinem Fortgehen sich auf seine Art von mir verabschieden wollte. Nach der Messe hatte ich wie gewöhnlich die Kerze auf dem Altar ausgelöscht und die Messbücher zusammengesammelt. Worauf sich bei mir dann erneut die Angst vor einer weiteren weißen Nacht einstellte, die ich hinter mich bringen musste. Ich hielt mich noch etwas länger zwischen den Kirchenbänken auf, um die kommende Stunde, die sich als endlos erweisen sollte, wenigstens um ein paar Minuten zu verkürzen. Als ich schließlich alle lästigen Arbeiten erledigt und jeden Vorwand, noch länger bleiben zu können, aufgebraucht hatte, ging ich zur Tür der Sakristei, um mich für die Nacht vom Pastor zu verabschieden. Ich sah ihn am Tisch sitzen, vor sich das Buch des *Kalevala*. Die Farbillustrationen leuchteten in der untergehenden Sonne. Das Schränkchen mit den gläsernen Knaufen war geöffnet, und auf dem Tisch stand die Flasche Koskenkorva neben den beiden Gläschen. Alles wie zu einer unserer gewöhnlichen Unterrichtsstunden. Ohne zu fragen, trat ich ein. Koskela wartete, dass ich mich hinsetzte. Jedes Mal, wenn der Pastor zu sprechen begann, konzentrierte ich mich ganz auf seine Worte, voll Zuversicht, ihm zunehmend besser folgen zu können. Und tatsächlich war mit der Zeit und durch viele Übungen meine Fähigkeit, sein Finnisch zu verstehen, immer weiter gewachsen. Aber vor allem war es zu Beginn seiner Reden, wenn seine Gedankengänge sich gerade frisch anbahnten, dass es mir gelang, von einem Satz zum nächsten zu springen, ohne dabei das Gleichgewicht zu verlieren. Wörter und Gedanken liefen dann noch wie zwei Gleise parallel nebeneinander her, und ich konnte spüren, wie flüssig auch die Grammatikmaschine in der harmonischen Bewegung der Sprache anlief. Doch je höher Koskela die steilen Anstiege seiner Kosmogonie hinaufkletterte, desto mehr musste ich mich abmühen, ihm zu folgen. Hin und wieder bemerkte er meine Mühen und formulierte seine Gedanken in einfacheren Worten neu. Aber das geschah nur in der ersten Zeit, und bald hatte er diese Aufmerksamkeit wieder vergessen. Auch an diesem Abend setzte ich mich also vor den Pastor, meinen Blick fest auf seinen Mund gerichtet, um mir nicht die kleinste Bewegung seiner Lippen entgehen zu lassen.

»Es ist Väinämöinen, der große Runoilija, der aus uns ein Volk gemacht hat. Zuvor waren wir Wilde ohne Geschichte, Nomaden, die ihre eigenen Toten unterwegs einfach liegen ließen. Väinämöinen hat uns ein Land gegeben, hat uns die Künste des Eisens und des Krieges gelehrt, die Jagd und die Landwirtschaft. Aber es gab eine Sache, eine einzige, von der Väinämöinen wusste, dass er sie nicht für uns tun konnte: das Böse besiegen, das in allen Dingen dieser Welt anwesend ist. Dagegen können wir nichts ausrichten, wir wie all die anderen Menschen nicht. Das war es, woran Väinämöinen am Abend des großen Sommerfestes dachte. Nach der Jagd, während das Bärenfleisch über der Glut schmorte und das große Bankett vorbereitet wurde, um die Rückkehr der schönen Jahreszeit zu feiern, der Wasserhühner im Himmel und der Lachse in den Flüssen, da dachte Väinämöinen zurück. Lange vergangen waren die heroischen Zeiten, in denen er geboren war. Ganz allein hatte er diese Erde gerodet, hatte sie von Wäldern und Schlangen befreit. Sein Volk war zu einer großen Zahl angewachsen. Und dank ihm war es jetzt mit dem Gesang vertraut und besaß den magischen Sampo. Schwermütig saß Väinämöinen vor den Feuern des Banketts an diesem Juniabend – ich bin sicher, auch wenn im *Kalevala* nichts darüber gesagt wird, es war ein Abend im Juni, ebenso gleißend weiß wie der heutige –, denn er spürte, dass er diese letzte Schlacht verlieren sollte. Schmerz ist nicht etwas, das sich teilen ließe. Jeder muss bezahlen, was ihm zukommt. Der große Runoilija fühlte sich zu schwach und alt, um dieser neuen Herausforderung entgegenzutreten. So beschloss er davonzugehen, zurück in das unbewegte Wasser, aus dem er gekommen war, zu den Grenzen der Schöpfung, wo Antero Vipunen und all die großen Schamanen wohnen, die, seit sie aus sich selber herausgetreten sind, nun um die leere Hülle ihres Körpers kreisen, wie um einen von Brombeersträuchen überwachsenen antiken Tempel.«

Hier hatte der Pastor innegehalten. Ich glaubte, er müsse vielleicht nachdenken oder frisch Atem holen. Doch es hatte eher den Anschein, als lauschte er nach etwas, als würde er auf irgendein Geräusch warten. Er ging zum Fenster und spitzte die Ohren. Ich blieb bewegungslos sitzen. Aber von draußen war nur der Wind in den Bäumen zu hören. Da schien Koskela wieder zu sich zu kommen. Er trank sein Glas Koskenkorva aus und sprach weiter.

»Ihr kommenden Generationen, gebt gut acht darauf, wie ihr eure Kinder aufzieht, lasst es nicht zu, dass ein Fremder sie in den Schlaf wiegt. Kinder, die nicht sanft gewiegt, ohne Sorgfalt und nur mit Härte großgezogen werden, die werden weder intelligent sein noch die Gabe der Weisheit erhalten, noch werden Männer aus ihnen werden, selbst wenn sie kräftig aufwachsen und hundert Jahre leben sollten! Mit diesen Worten hatte Väinämöinen Jahre und Jahre zuvor auf die Nachricht vom Tod des Kullervo, Sohn des Kalervo, geantwortet. Am Abend des großen Banketts wäre es sonst niemandem in den Sinn gekommen, darüber zu sprechen und an jenen Kullervo zu erinnern, der einst die Frau von Ilmarinen getötet hatte, die Jungfrau von Pohjola, und der zudem seine eigene Schwester vergewaltigte und dann am Ende sich selber das Leben nahm, indem er sich in sein eigenes Schwert stürzte. Aber in Gedanken an das Böse, welches die Menschen verfolgt, sie aufspürt, wo immer sie sich auch verstecken mögen, und sich selbst noch in die schönsten Dinge einschleicht – bei diesen Gedanken rief Väinämöinen den grausamen Kullervo und dessen unheilvolles Leben ins Gedächtnis. So viel Grausamkeit ist dem Menschen nicht eigen. Den Samen des Hasses finden wir auf dieser Erde bereits vor, und im Glauben, er sei gut, streuen wir ihn zusammen mit dem des Roggens aus. Es war Untamo, der diesen Hass säte, als er die Familie seines Bruders Kalervo ausrottete, dessen Dorf niederbrannte und die einzige Überlebende, eine schwangere Frau, in einen Kerker verschleppte. Der Bub, der dann geboren wurde, war Kullervo. Seine Mutter erzog ihn zum Hass und zur Rache. Er wuchs als Sklave auf, ohne Erinnerungen, denn es gab nichts in seinem Leben zu erinnern. Von den Leuten Untamos erhielt er nur Tritte anstelle von Zärtlichkeiten, Beschimpfungen anstelle von sanftem Zureden, Hackbeile anstelle von Spielzeug. Von seiner Mutter wurde er zur Grausamkeit abgerichtet. Tag um Tag spähte sie sein Herz aus und vernichtete jeden Keimling eines Gefühls, denn in seinem Inneren sollte nur Wüste sein. Kullervo kannte keine Kindheit.«

Der Raum war jetzt in roten Halbschatten getaucht. Koskela zündete eine Kerze an, und die dicke Flamme schälte sein Gesicht aus dem Dunkel heraus. Die Gesten des Pastors wurden jetzt vergrößert an die Wand geworfen, wie zum Hintergrund seiner Geschichte. Und mit einem Mal sah ich in diesen Schatten Untamo, wie er sein Messer hob, sah die Flammen des brennenden Dorfes von Kalervo: Szenen eines anderen Lebens, welche von der Stimme Koskelas, wie durch eine spiritistische Formel, heraufbeschworen wurden und jetzt vor mir rätselhaft über die Wand liefen.

»Als Untamo die Bestialität sah, die den Blick jenes Kindes verdunkelte, befiel ihn eine große Angst. Er ahnte, dass dieses kleine Wesen das Werkzeug seines eigenen Todes werden sollte. So befahl er, den Buben in ein Fass einzuschließen und ins Meer zu werfen. Aber als nach drei Tagen und drei Nächten das Fass wieder ans Ufer gespült wurde, fand man Kullervo völlig unversehrt darin wieder. Der Hass in ihm hatte ihn am Leben erhalten. Da ordnete Untamo an, einen großen Holzstoß aufzuschichten und den Buben gefesselt mitten hineinzustellen. Doch als nach drei Tagen die Flammen verloschen, lebte Kullervo noch immer, bis zu den Knien in der Asche stehend, und seine Augen leuchteten wie das Feuer, das ihn vernichten sollte. Jetzt jagte Untamo ihn aus dem Dorf in der Hoffnung, auf diese Weise seine Bedrohung abzuwenden. Und so wurde Kullervo vom Schmied Ilmarinen gekauft, der einen guten Knecht aus ihm machen wollte. Aber Kullervo war eine Bestie, geboren, um zu hassen und zu zerstören. Er metzelte die Frau des Schmiedes nieder, die schöne Jungfrau von Pohjola, und floh darauf in die Wälder des Nordens, verbannt aus der Menschengemeinschaft wegen seiner begangenen Grausamkeiten. Dort traf er am schwarzen Fluss, der das Land von Kaleva von Tuonela trennte, dem Totenreich, auf eine alte Frau, welche gewiss ein Dämon war. Sie war es dann, die ihm verriet, dass sein Vater, seine Mutter und seine Schwester noch lebten, am Ufer des Sees an der Grenze zu Lappland. ›Mein glückloser Sohn, du irrst immer noch offenen Auges in dieser Welt umher?‹ Mit diesen Worten empfing ihn seine Mutter. Aber nicht einmal mehr die Zuneigung seiner

Familie konnte Kullervo von seiner bestialischen Mission abbringen. Vergebens versuchte der Vater ihm zu zeigen, wie er sich nützlich machen konnte. So schickte er ihn zum Fischen. Doch seine Hände waren zu stark, um die Ruder des Bootes zu tragen; zermalmen und zerstören, darauf waren sie abgerichtet. Er brach die Dollen ab, zerbrach den Kiel. Da sagte ihm der Vater, er solle die Netze hochziehen und auf das Wasser schlagen, um die Fische zu fangen. Aber Kullervo machte Gelee aus den Fischen, und von den Netzen blieb nur mehr Werg übrig.

Ohne jede Hoffnung sagte er ihm nun, er solle den Schlitten nehmen und die Tribute zahlen fahren.

›Vielleicht wird dir deine Kraft bei der Fahrt nützlich sein‹, seufzte der Vater. Es geschah dann auf dem Rückweg, während er mit großem Gelärme durch die Lande von Pohjola fuhr, dabei Bäume ummähend und Hügel niederschleifend, dass Kullervo seiner Schwester begegnete und sie, ohne sie wiederzuerkennen, vergewaltigte. Als er, nach Hause zurückgekehrt, begriff, was er da getan hatte, verzweifelte Kullervo. ›Könnte ich nur im Rachen des heulenden Wolfes, in den Fängen des brüllenden Bären oder im Bauch des Meereshechts den Tod finden!‹, schrie der Unglückliche, auf Knien schluchzend, vor der Mutter.

›Nein, mein Sohn, das wird dir nichts nützen, noch wird dir je die Zeit Erleichterung oder Vergebung bringen können, solange nicht vollendet wird, was seit immer schon geschehen soll‹, erwiderte die Mutter gebrochen. Sie wusste, dass der Sohn sich einzig durch die Vernichtung des Stammes von Untamo vom Hass befreien konnte, den sie selber in sein Herz gesät hatte. Er war jetzt zu einem knotigen Riesenbaum hochgewachsen, und keine Axt konnte ihn mehr zum Wanken bringen.«

Von Mal zu Mal hatte Koskela sich in einen Wolf, einen Bären und einen Hecht verwandelt. Jetzt war er ein Baum, reglos in der Mitte des Raumes. Seine Haut war Rinde geworden, seine ausgebreiteten Arme knotige Äste voller Erwartung. Er atmete schwer. Wie die wirklichen Bäume draußen rauschte er im Nachtwind.

»Am Tag, als er aufbrach, um Untamo Krieg zu bringen, wusste Kullervo noch nicht, dass er die Mutter nie mehr wiedersehen sollte, dass sich mit seiner Mission auch sein eigenes Leben vollenden würde, erlöst vom Schmerz, der es allererst entfacht hatte. Die Mutter spürte das, wie alle Mütter. Aber sie konnte ihren Sohn nicht zurückhalten. Sie hatte von einem glücklichen Leben für ihn geträumt und sich selber ein ruhiges Alter an seiner Seite gewünscht. Das Schicksal aber hatte es anders gewollt, und dieses Schicksal erfüllte sich jetzt unerbittlich. Vergebens flehte sie den Sohn zu bleiben an. Sie wollte ihn lieber lebend und verdammt als tot und erlöst. Erbarmungslos vernichtete Kullervo Untamos Leute und legte ihr Dorf in Asche. Als er nach Hause zurückkehrte und nur noch den alten

Hund Musti vorfand, wurde ihm klar, dass jetzt alles zu Ende war. Es war Schuldgefühl, was ihn tötete. Nichts anderes hätte es tun können.«

Hier unterbrach sich Koskela von Neuem, goss Koskenkorva in die beiden Gläser nach, und wieder schüttete er seinen in einem Zug hinunter. Es gab viele sonderbare Wörter in seiner Geschichte an diesem Abend. So wie viele Gegenstände, von denen bislang noch nie die Rede gewesen war. Doch ich hatte nicht den Mut, ihn zu unterbrechen, um nach Erklärungen zu fragen. Auch wenn ich den Faden seiner Geschichte verlor, war ich fasziniert vom Zuhören. Im Dunkeln gelang es mir jetzt nicht mehr, von seinen Lippen zu lesen. Die Augen waren zwei Krater in seinem Mondgesicht, der Mund ein schwarzer Schlund, ein Vulkan, der Töne ausspuckte. Sie waren es, denen ich zuhörte, nicht mehr den Worten. Vor allem gefielen mir die Namen: Antero, Kullervo, Untamo, Kalervo. Das waren keine bloßen Namen, es waren magische Formeln. Es war, als ob sie, kaum ausgesprochen, gleich Monstren, die in seinen Eingeweiden wohnten, lebendig aus dem Rachen des Pastors hervorstürzten und, über ihr Schicksal stöhnend, im Zimmer umherirrten und wie besessen tanzten.

»Gegen dieses Böse, das Gleiche, das schon die Verbrechen Kullervos anfachte, kämpfen wir auch heute wieder. Und Väinämöinen hatte recht. Wir können nichts gegen es ausrichten. Das menschliche Leben entzündet sich, brennt und erlischt wieder, ohne auch nur eine Spur von all dem Schmerz aufzuzehren, den es in sich trägt. Im Gegenteil, jeder Mensch, der geboren wird, jedes hinzukommende Leben, gibt diesem unersättlichen Tier immer neue Nahrung. Es wächst unaufhörlich weiter, alles um sich herum verschlingend, wie jene Schmutzfische, die auf dem schlammigen Grund der algenlosen Seen leben. Das Einzige, was uns da zu tun bleibt, ist, ihm seine Nahrung zu verweigern. Wenn das Böse dieser Welt sich von unserem Leben ernährt, dann wird es nur ohne unser Leben aushungern und sterben. Deshalb ist das Töten so dringend, deshalb ist jeder Krieg gut. Denn jeder Tote bringt uns dem Ziel näher!«

Jetzt lag blanker Zorn in den Augen des Pastors. Sein wilder Schatten peitschte durch den Raum, und ich spürte das Bedürfnis, aufzustehen und Schutz zu suchen. Ich presste mich flach gegen die Wand, dieselbe, an welche Koskela immer während seiner Halluzinationen starrte. Mit den Händen im Rücken ertastete ich die Risse und Unebenheiten. Ich hatte den Eindruck, es seien initiatische Zeichen, und die Wand sei das geheime Tor zu einer anderen Welt. Im flackernden Kerzenlicht erkannte ich im aufgeschlagenen Band des *Kalevala* die Gestalt des Kullervo auf dem Bild von Gallen-Kallela, das mir Koskela schon mehrmals gezeigt hatte. Die Augen zum Himmel gerichtet, das Gesicht verzerrt zu einer Grimasse der Wut und des Erstaunens, die geschlossene

Faust in einer so schroffen wie kraftvollen Geste machten mich schaudern. Das rote Licht, das durchs Fenster hereinschien, färbte sich langsam grau. Die Sonne versank hinter den Wäldern, und über der schlaflosen Stadt schloss sich eine salzige Wolkenkruste zusammen.

Ohne einen Schatten zu werfen, schüttelte der Pastor vor dem durchscheinenden Fensterrahmen seine Faust: »Was ist die Botschaft des Kreuzes, wenn nicht der Tod? Das ist der Ausweg, den Gott uns in seiner Ohnmacht angesichts des Bösen lehren wollte!«

In jener Nacht träumte ich, dass scharenweise Soldaten in aller Stille aus dem Meer stiegen und in die Stadt einfielen. Sie hatten schwarze Blutklumpen anstelle der Augen. Von ihren Gesichtern war nur der vor Anstrengung zusammengezogene Mund zu erkennen. Hechelnd stürmten sie durch die Straßen des Zentrums, und ihre Schritte hallten auf dem Pflaster wider wie die Wirbel einer eingeschlagenen Trommel. Überall wimmelte es nur so von ihnen wie von schwarzen Insekten. Sie schwärmten durch die Suurturi, stiegen die Treppe zur Kathedrale hinauf und auf der anderen Seite wieder hinunter. Sie liefen, ohne je anzuhalten, ohne einen Schuss abzugeben, sie hatten keine Waffen. Sie durchquerten die Stadt, bahnten sich einen Weg mitten durch die terrorisierten Menschen und verschwanden dann wieder in den Wäldern, stürzten sich in die Seen und tauchten nicht wieder auf. Da begriffen wir mit einem Mal, dass sie es waren, die Angst vor uns hatten und davonflohen. Wir liefen ihnen hinterher, um sie zu fassen, aber es waren zu viele, wie Schatten schwärmten sie umher, wie Wolken im Himmel, wie Haufen von Mäusen. Am Ende blieb nichts davon zurück. Nur unsere Schreie, die sie verfolgten.

Ich wachte mit dem Gefühl auf, überhaupt nicht geschlafen zu haben. Ich hatte einen Brummschädel und einen sauren Geschmack im Mund. Das rosa Licht des Morgengrauens warf einen warmen Schimmer auf die Zimmerwände. Etwas sagte mir, dass es spät war. Die Glocke hatte nicht geläutet. Plötzlich verstand ich. Als ich die Kirche betrat, jetzt ohne Eile, fand ich die Krankenschwestern unruhig Wörter der Enttäuschung flüsternd, ohne dass sie sich aus ihren Bänken bewegten. Die Tür der Sakristei war sperrangelweit offen. Auf dem Tisch stand noch die halb volle Flasche Koskenkorva, und das *Kalevala* lag aufgeschlagen auf der Seite mit Kullervo.

In den Tagen, die auf den Fortgang von Koskela folgten, klammerte ich mich ans Lernen wie an eine Rettungsboje. In der Stunde, während der der Pastor mir zuvor seine Lektionen erteilt hatte, schloss ich mich jetzt in die Sakristei ein und studierte jedes einzelne Wort, das ich in mein Heft eingetragen hatte, und deklinierte es einmal in allen Fällen durch. Ich konjugierte jedes Verb in allen Personen, die ich kannte, selbst in den kompliziertesten Formen des Passivs, des Konditionals, sogar in der möglichen Vergangenheit, und nicht einmal die unregelmäßigen Verben mit Konsonantenwechseln machten mir Angst: Ich hatte sie alle im Kopf, die mit »p«, welches zu »v« wurde, die mit »lke«, was zu »lje« wurde, und die mit »ht«, was zu »hd« wurde. Ob stark oder schwach, es gab keinen Verbstamm, den ich nicht erkannt hätte im Wald der Silbenänderungen, wo die Hinzufügung eines Vokals ausreichte, um drei Konsonanten zum Verschwinden zu bringen, wie in jenen Substantiven ohne einen einzigen Diphthong, wo das »i« des Plurals jede Silbe in die Luft jagte, die nicht von soliden Dentalen geschützt war. Nur die mehrsilbigen Stämme führten mich manchmal in die Irre, dann schrieb ich zur Übung ganze Seiten voll damit und empfand ein krankhaftes Vergnügen dabei, die Blätter so dicht gefüllt mit Wörtern zu sehen, mit diesen Grammatikkonzentraten, wo in jeder Zeile drei oder vier Regeln defilierten, die eine eingeschachtelt in den Ausnahmen der anderen, dabei jedoch immer korrekt formuliert. Und so Seite um Seite, und wenn ich am Ende meines Heftes angelangt war und selbst die Blätter mit dem Briefkopf des Hotels Kämp verbraucht hatte, ließ ich mir von den Krankenschwestern Blätter von Packpapier geben. Ich breitete sie auf dem Tisch aus, als wären es Karten meiner persönlichen Schlacht, und füllte jeden Winkel auf ihnen mit Formeln aus, die so dicht wie mathematische Gleichungen waren, wo jeder Buchstabe, den ich schrieb, zentnerschwere Überlegungen enthielt. Labil wie Kartenhäuser, dabei aber logisch unzerstörbar, bildeten diese syntaktischen Kondensate meine Verteidigung gegen einen Feind, der mich von innen her angriff. Ohne Panzer, ohne Bombenflugzeuge überraschte mich dieser jeden Tag an einer anderen Front, zog mich ins ungedeckte Freie, weit fort von den Verstecken der Vernunft, hin an den Abgrund schwindelerregender finsterer Gedanken. Da brauchte es dann all die fünfzehn Fälle des Finnischen, die vier Infinitivformen und auch das verneinende Plusquamperfekt, um meinen Geist beschäftigt zu halten und ihn wegzuzerren von diesem pausenlosen Bombardement. So deklinierte ich selbst noch meinen eigenen Vornamen: »Sampo« wie eins von jenen Substantiven, die einen etwas merkwürdigen partitiven Plural bilden, und »Karjalainen« wie ein Adjektiv, dieses wenigstens regelmäßig, rund und vollkommen wie ein Kreis. Wieder einmal war mein Name alles, was ich besaß. Dies aufgetrennte Etikett im Jackenkragen war mein Personalausweis, mein einziger Existenzgrund. Es war die letzte fragile Verbindungslinie, die mir noch erlaubte, meine Schützengräben zu versorgen und der Versuchung zu verschwinden zu widerstehen, mich genauso zu vernichten, wie es schon Pastor Koskela getan hatte, und in die Dunkelheit zurückzukehren, aus der ich gekommen war. Oft musste ich jetzt an die Worte von Doktor Friari zurückdenken, wenn er mich ermutigte, die finnische Sprache zu lieben und mich ihr ganz hinzugeben, geradeso wie man sich der Umarmung einer Frau hingibt. Dann hätte sich das Feuer, das noch unter der Asche schwelte, wieder beleben sollen. Aber seit Monaten blies ich jetzt schon auf die Glut, seit Monaten versuchte ich eine Flamme anzufachen, die nicht brennen wollte. Die Wörter kamen aus meinem Mund und verschwanden wie ins Meer geworfene Steine. Und nichts blieb von ihnen in meinem Gehirn zurück. Mein Gedächtnis bestand aus nichts weiter als einer Liste mit Wörtern, einem Wörterbuch und einem Konversationslexikon. Ilma, vielleicht war Ilma der Ausweg. Doch ich konnte Ilma nicht lieben, ohne vorher zu wissen, wer ich war. Ich konnte ihr nicht das Herz eines Unbekannten anbieten. Gerade weil ich sie so mochte, war es mir unmöglich, sie zu lieben. Nicht einmal meine Gefühle gehörten wirklich mir. Ich trug den Namen des Körpers, in dem ich wohnte, aber ich besaß nicht sein Herz. Das war etwas, was Doktor Friari nie verstanden hätte. Und gerade das zu erklären fehlten mir die Worte. Nach all diesen Monaten wurde mir mit einem Mal klar, dass ich so allein wie am ersten Tag war. Die Angst, die mich, kaum angekommen, an jenem Nachmittag aufs Bett niedergedrückt hatte, war noch ganz gegenwärtig in mir.

Wenn ich damals während seiner Zeit in Finnland an der Seite dieses Mannes hätte sein können, ich bin sicher, wir würden heute gemeinsam lachen über Sampo Karjalainen. Wir würden zu Kappeli gehen und uns bei einem Glas Bier gegenseitig von unseren Kriegserfahrungen erzählen, ich an Bord der Tübingen, *er in den Straßen Helsinkis. Dann würde auch dieser düstere Winter sich aufhellen und all seinen Schnee und all seine Sterne daransetzen, um sich ver-*

gessen zu machen. Diese Zeilen zu lesen ist umso bitterer, wenn ich daran denke, wie wenig ihm zu seiner eigenen Rettung fehlte. Hätte er noch ein paar Wochen länger durchgehalten, dann wäre der Krieg zu Ende gewesen, das Fräulein Koivisto nach Helsinki zurückgekehrt, und alles wäre ganz anders verlaufen. Denn mag es auch noch so gefühllos sein, kein menschliches Herz kann allein einer verliebten Frau widerstehen. Eine verliebte Frau ist eine physische Präsenz, ein Körper, der unter allen Körpern dieser Erde nur den unsrigen sucht und begehrt. Wir sind Tiere, gemacht aus Fleisch und Blut, und brauchen den Körper, auch um die Seele zu spüren. Von jeder verlorenen Liebe ist es der Körper, dem wir nachtrauern, und wenn wir ihn konservieren könnten, selbst erloschen, selbst stumm, aber intakt, wären wir darüber zufrieden. Für die Körper sind wir bereit, Pyramiden zu errichten, und auch nach hundert Jahren gilt ein Mensch nicht als tot, solange man nicht seinen Körper gefunden hat. Wir bezeichnen ihn dann als Verschollenen, stellen uns vor, wie er sich in einem weit entfernten feindseligen Land durchschlägt, verbissen ums Überleben kämpft und hartnäckig an seine Rückkehr denkt. Wir können ihm nicht helfen, ihm nicht entgegenkommen, denn wer sich so weit entfernt, ist immer im Unrecht und muss dafür einen Preis zahlen, ein Lösegeld. Wir können nichts anderes tun, als auf ihn zu warten, ja, haben die Pflicht, auf ihn zu warten, auch ein ganzes Leben lang. Und nur die Übergabe des Körpers kann uns vom Warten erlösen.

Es ist ein trauriger Trost, zu sehen, dass meine Ratschläge die richtigen waren. Allein eine Frau hätte diesen Mann ret-

ten können, und fast wäre das auch dem Fräulein Ilma gelungen. Ich hatte recht. Meine Diagnose war perfekt, die Medizin die richtige. Nur der Kranke passte nicht.

Diese letzten Seiten befinden sich in sehr schlechtem Zustand. Es gibt Flecken einer Flüssigkeit, vielleicht Koskenkorva, wodurch die Schrift verwischt wurde, aber das Wesentliche des Textes ist erhalten geblieben. Das zweite Übungsheft, von dem der Verfasser schrieb, ist spurlos verschwunden, wahrscheinlich war es ausschließlich dem Studium des Finnischen vorbehalten, auch von den Blättern Packpapier, die er von den Krankenschwestern erhalten hatte, fehlt jede Spur. Von hier an ist das Tagebuch nicht mehr in Tinte geschrieben, sondern mit einem Kopierstift, und wenn die Seiten jetzt auch unordentlicher als die vorhergehenden aussehen, so zeigen sie doch gleichzeitig eine größere Sprachbeherrschung, welche dieser Mann sich so mühsam errungen hatte. Die weiter bestehenden Fehler sind typische Schulfehler und wohl durch die Diskrepanz zwischen gesprochener und geschriebener Sprache verursacht. Man kann sagen, dass es diesem Mann schließlich tatsächlich gelungen war, sich eine persönliche Variante des Finnischen anzueignen, eine ihm ganz eigene, handgemacht und grob zugeschnitten, wo an jedem Wort, um seine Bedeutung zu erhalten, immer erneut korrigiert und gefeilt werden musste.

Wie solch eine Sprache geklungen hat, lässt sich nur schwer vorstellen. Das Fräulein Koivisto sagt, dass er sich am Ende immer gut verständlich machen konnte, auch wenn er oft zunächst seine Sätze mehrmals umformulieren musste, bevor man sie verstand. Rudimentäre und grammatisch feh-

lerhafte Satzkonstruktionen wechselten dabei ab mit vorgefundenen sentenzhaften oder idiomatischen Ausdrücken, bisweilen auch in einem falschen Zusammenhang gebraucht. Er hatte überhaupt kein Gespür für die verschiedenen linguistischen Register und vermengte Adjektive aus der Bibel mit Substantiven, die er in der Bar des Hotel Kämp hörte. Es hatte nicht den Eindruck, dass er die Regeln kannte, aber er schien die Beugeformen der Wörter je nach Gebrauch gelernt zu haben. Auf ähnliche Weise benutzte er die Verben, wobei er vorzugsweise die einfachsten Bildungen des unpersönlichen Passiv verwendete. Als Neurologe fällt es mir bis jetzt immer noch schwer, dieses Wunder zu begreifen. Meine wissenschaftlichen Kenntnisse reichen nicht aus, um zu erklären, wie es diesem Mann gelingen konnte, sich aus dem Nichts eine Persönlichkeit und eine Sprache aufzubauen, allein durch schiere Willenskraft. Unser Geist besitzt wirklich eine immense Kraft, derer wir uns nicht bewusst sind. Schamanen, Heilige und Wahnsinnige beherrschen auf verschiedene Weisen diese tödliche Waffe, die sie manchmal auch umbringt. Sie überschreiten die Grenze in diese unbekannte Dimension und bringen uns in ihren Delirien unentzifferbare Bruchstücke davon mit.

Erst nach der Schlacht von Kuuterselkä, als die ersten Verletzten in Helsinki eintrafen, wurde uns klar, was wirklich geschah auf der Landenge von Karelien. Die Lastwagen des Sanitätskorps brachten sie während der Nacht in die Stadt, damit die Bevölkerung sie nicht sehen würde. Ich hörte sie kommen und sah sie in den nebelverhangenen Hof einfahren. Dann zog ich mich an und wartete auf dem Bett sitzend darauf, dass die Krankenschwestern mich holen kämen. In dem fahlen Licht hatten die Verbände dieser Unglücklichen dieselbe Farbe wie der Kies im Hof. Sie stiegen unter den Planen hervor wie Gespenster, die wir dann versammelten und langsam in das Gebäude führten, diejenigen stützend, die nicht mehr in der Lage waren zu gehen. Sie wurden im innersten Flügel des Krankenhauses untergebracht, dort, wo sich auch der Gästetrakt befand. Fast alle waren sie sehr jung, mehr erschüttert über das Erlebte, dem sie entkommen waren, als über ihre Wunden. Sie sprachen nur sehr unwillig über die Front, und auf die Fragen der Krankenschwestern gaben sie nur einsilbige Antworten. Viele waren fiebrig, und während mehrerer Tage sahen wir nichts als ihre Umrisse unter den Betttüchern. Die anderen blieben nur liegen und starrten an die Decke oder gingen, wenn sie aufstehen konnten, in den Hof, wo sie hin und her spazierten, Zigaretten rauchend, die nie abbrannten. Die wenigen Veteranen aus dem Winterkrieg unter ihnen erzählten uns von dem Durchbruch bei Valkeasaari. Nie hatten sie solch ein entfesseltes Wüten gesehen, diesmal hatten die Russen wirklich schwere Geschütze aufgefahren. Und auch die Verteidigungslinie bei Kuuterselkä war gleich beim ersten Ansturm gefallen. Wie sollte man einem derartigen Stoß standhalten? Schließlich drang durch die Erzählungen der Soldaten, durch die Fragen der Krankenschwestern zunehmend eine – bisher unterdrückt gehaltene – allgemeine Besorgnis hindurch, die beunruhigende Anspielung auf einen Ort, den niemand zu nennen wagte. Auf der Karte hatte ich dazu die Örtlichkeiten ausfindig gemacht, von denen ich reden hörte. Alle lagen sie unerbittlich um Viipuri herum, wie ein Kreis, der sich immer enger zusammenzog. Die Leute kommentierten die Nachrichten aus den Zeitungen, ohne je ausdrücklich den Namen dieser großen Stadt zu erwähnen, beinahe wie aus Aberglauben, als könne man, indem man sie verschwieg, auch den Russen ihre Existenz vergessen machen. Im Speisesaal des Krankenhauses versammelten sich die Kranken um die Soldaten, die von der karelischen Landenge zurückkamen, und hörten aufmerksam ihren Erzählungen zu, dabei, wie auf der Lauer, auf das geringste Anzeichen hoffend, dass die Russen ihre Angriffe gegen andere Ziele richteten und dass Viipuri am Ende verschont blieb. Alles kam da gelegen, um diese Wunschvorstellung zu bestätigen: Die laufenden Gerüchte, die Briefe von der Front, die abstrusesten taktischen Überlegungen einiger heimkehrender Soldaten. Man machte sich Mut mit der wiederholten Versicherung, die Hauptstadt Kareliens sei zu gut befestigt, als dass die Russen das Risiko hoher Verluste durch einen Angriff eingehen würden. Die Deutschen zogen sich zurück, Leningrad war gerettet. Warum sollten sich da die Russen an Viipuri verbeißen?

Mitte Juni mussten auch die drei restlichen Betten im Gästetrakt belegt werden, und für einige Tage war ich nicht mehr allein. Doch nur für wenige Tage. Denn meine neuen Zimmergenossen waren gefangen genommene russische Offiziere und wurden bald woandershin verlegt. Solange sie blieben, hörte ich ihnen neugierig in ihrer Sprache zu, die so verschieden vom Finnischen war. Während ich so tat, als läse ich in meinem Heft, beobachtete ich genau ihre Gesten und Gesichter. So waren also die Russen? Dabei musste ich an die Reden von Koskela in der Uspenski-Kathedrale zurückdenken, an die Angst von Ilma. Die drei Offiziere lagen in den drei Betten auf der anderen Seite des großen Zimmers. Zwischen ihnen und mir verlief, gleich einer Grenze, ein roter Fliesenstreifen. Auch sie beobachteten mich. Wenn sie rauchten, warfen sie mir manchmal eine Zigarette zu. Ich bedankte mich mit einem Kopfnicken und zündete sie zum Zeichen meiner Dankbarkeit sogleich an. Ohne sie zu rauchen, ließ ich sie dann abbrennen, denn sie waren zu stark und bitter. Einer von ihnen war am Fuß verletzt und konnte nur mit Krücken gehen. Die beiden anderen hatten den Kopf verbunden. Sie blieben den ganzen Tag über im Zimmer eingeschlossen, bewacht von zwei Soldaten im Korridor. Wenn ich spät in der Nacht zurückkam, fand ich sie schon schlafend, die Uniformen sorgfältig auf dem kleinen Metallkoffer zusammengelegt, die Stiefel am Fußende des Bettes. Im Korridor sah ich das Glimmen der Zigaretten der Wachsoldaten, und ich fühlte mich beruhigt. Nicht weil ich mich etwa vor den Russen fürchtete, sondern weil mir wohl war bei dem Gedanken, dass die Soldaten da draußen auch über mich wachten und die beklemmenden Träume von mir fernhielten, die mich in meinem einsamen Schlaf befielen. Die Gegenwart der Russen hatte Leben in das Gästehaus gebracht und es beinahe schon behaglich werden lassen. Eine Nacht hatte ich im Kämp eine Flasche Schnaps abgestaubt und kehrte früher als gewöhnlich damit ins Krankenhaus zurück, in der Hoffnung, die Russen noch wach vorzufinden. Sie saßen beim Kartenspielen und luden mich ein, mich zu ihnen zu setzen. Ich hatte keine Ahnung vom Kartenspiel und schaute mir nur die goldenen Figuren auf den Karten an, sie erinnerten mich an die Heiligen in der Uspenski-Kathedrale. Die Flasche Schnaps wurde mit einem herzhaften Schulterklopfen willkommen geheißen und war schon nach einer Runde geleert. Wir trösteten uns mit Zigaretten, denn davon gab es genug, und begannen eine Art Unterhaltung mit Gesten und in die Luft gezeichneten Wortstummeln. Einer der drei Offiziere, mit einem roten Streifen auf seiner Jacke, sprach sehr gebrochen Finnisch. Dabei spuckte er ein Durcheinander von Wörtern aus, die er dann mit den Händen voneinander trennte. Die Verben mimte er mit kurzen, lässigen Bewegungen, selbst noch die kompliziertesten, so als würde er sich für gewöhnlich auf diese Weise ausdrücken. Er zeigte mir zerknitterte Fotos von Kindern und Frauen, welche denselben Schnitt der Augenbrauen hatten. Er zog sie aus seiner Brieftasche und steckte sie mit größter Sorgfalt dorthinein zurück. Auch versuchte er mir auf einer imaginären Russlandkarte, die er mit einem Finger an die Wand zeichnete, die Lage seiner

Herkunftsstadt zu erklären. Ich holte aus meinem Koffer die Europakarte, die Koskela in seinen Lektionen benutzt und auf der er mir in irreführender Weise die Wanderungen der Finno-Ugrier erklärt hatte. Aber sie nützte nicht viel, denn sie reichte nur bis zum Ural. Als wir sie dann auf dem Boden ausbreiteten, zeigte sich, dass die Stadt des Russen mehr als zwei Fliesenplatten über den Kartenrand hinaus lag.

»Suuri, Russia on suuri maa!«, rief er lachend aus, indem er mit der Faust auf den Boden schlug. In dieser Juninacht spürte ich zum letzten Mal menschliche Wärme, die mir galt, wie es auch das letzte Mal war, dass ich zum Herzen eines meiner Mitmenschen sprach. Am Morgen darauf fand ich bei meiner Rückkehr nach der Messe die drei Betten leer und die Matratzen zusammengerollt. An der weißen Wand glaubte ich den Umriss Russlands zu erkennen, wie der Offizier ihn mit seinem Finger gezeichnet hatte.

Jetzt kam ein Pastor aus der nahe gelegenen Kathedrale, um die Messe in der Kapelle des Krankenhauses zu lesen. Doch nach den Predigten von Koskela schienen mir die des neuen Offizianten wie Religionsunterricht für Kinder. Er sprach in der allzu selbstverständlichen Schriftsprache des Messbuchs, die ich zwar ohne Schwierigkeiten verstand, der ich aber ohne jegliches Interesse zuhörte. Auch wenn ich dem Neuankömmling meine Mitarbeit als Kirchendiener anbot, suchte ich nicht seine Freundschaft. Im Gegenteil, ich vermied jede Vertraulichkeit. Ich führte mit ihm die notwendigen Gespräche zur Erfüllung meiner kirchlichen Aufgaben, nicht mehr. Trotz meiner Gleichgültigkeit hatte der neue Pastor sich freundlich mir gegenüber gezeigt und hatte, als er meine sprachlichen Interessen bemerkte, vielleicht auch auf Anregung der Krankenschwestern hin, mir ein neues Heft mit weißem Papier geschenkt. Das änderte allerdings nichts an meinem Verhalten ihm gegenüber. Wie ich es schon zu Koskelas Zeiten getan hatte, wischte ich morgens den Boden und staubte die heiligen Gegenstände ab, am Abend vor der Messe zündete ich die Altarkerze an und räumte an Ende die Messbücher wieder zusammen. Doch die Vertrautheit, die sich zwischen Koskela und mir ergeben hatte, ließ sich nicht wiederholen. Sie war durch ein langwährendes und feinfühliges Aufeinanderzugehen entstanden, und ich wollte meine Erinnerung daran nicht mit einem bloßen Ersatz verderben. Der neue Pastor benutzte nicht die Sakristei. Seine Predigten bereitete er woanders vor und kam nur in das kleine Zimmer, um seinen Hut abzulegen. Ich hatte Koskelas *Kalevala* wie auch die Flasche Koskenkorva in das Schränkchen geräumt, und hin und wieder, wenn abends die Messe beendet und der Pastor gegangen war, blieb ich noch eine Weile dort und hing meinen Erinnerungen nach. Doch bei mir funktionierte die Selbstnachfüllung des Koskenkorva nicht. Nachdem ich sie bis auf den letzten Tropfen geleert hatte, blieb die Flasche unwiederbringlich leer. Aber selbst diese leere Flasche war eine Erinnerung an meinen einzigen Freund. Zusammen mit dem *Kalevala* nahm ich sie mit mir und verstaute sie wie eine Reliquie in meinem Koffer. Das verblichene Etikett, der süßliche Geruch, den sie weiterhin behielt, brachten mir die ersten Nachmittage in der Sakristei zurück, das Knistern des Ofens, das festgefrorene Eis an den Fensterscheiben, dieser ganze Winter, der jetzt so weit entfernt schien.

In einer schwülen Nacht, während ich mich schlaflos im Bett hin und her wälzte, kam plötzlich eine Krankenschwester herein und bat mich, sofort den Pastor zu rufen. Der Zustand eines der am Vortag eingetroffenen Verletzten hatte sich sehr verschlechtert, ein einfacher Soldat, der einer Panzerabwehrdivision angehörte und dem ein Bein amputiert worden war. Ich konnte mich gut an ihn erinnern, denn er war der Einzige des Konvois gewesen, den wir beim Entladen des Lastwagens auf eine Tragbahre heben mussten. Während der Schlacht bei Kuuterselkä verletzt, hatte man ihn in einen Minenkrater geworfen, wo er unter russischem Feuer für viele Stunden ohne jede Hilfe liegen geblieben war. Erst am Abend war es den Verletztenträgern gelungen, ihn aus dem Niemandsland zu bergen. Das Diphtheriefieber, das er sich in den folgenden Tagen zuzog, hatte seine sofortige Verlegung notwendig gemacht, um eine Ansteckung der Truppe zu verhindern. Und so war er in Helsinki gelandet. Entkräftet und blutleer, wie er war, hatte ihn zudem noch am selben Abend eine starke Ruhr befallen. Er war völlig dehydriert. Der Arzt gab ihm nur noch wenige Stunden zu leben. Ich sprang aus dem Bett, rannte hinaus auf den Korridor und dann die Unioninkatu hinunter, wo meine Schritte auf dem Pflaster widerhallten, das noch warm war von der Sonne den ganzen Tag über. Meine Schläfen pochten, und ich spürte, wie mir der Schweiß den Rücken hinabrann. Ich erreichte rasch die Suurtori, lief vorbei an der Kathedrale und wollte an die Tür des niedrigen Gebäudes klopfen, an der Ostseite des Platzes. Keuchend erklärte ich dem Pastor in abgehackten Worten die Situation. Nur mühsam folgte er mir dann auf die Straße, wo er noch sein Hemd fertig zuknöpfte. Der Verletzte lag in einem Raum, der so groß wie meiner war. Neben der Ambulanz und weit weg von den Schlafsälen gelegen, diente er als Quarantänestation. Er lag im letzten der sechs Betten. Die anderen waren leer. Eine Krankenschwester legte kalte Tücher auf die Stirn des Sterbenden, die sie aus einem Eimer zu seinen Füßen nahm. Auf der anderen Bettseite hielt ihm der Arzt in Hemdsärmeln den Puls. Im ganzen Raum lag der Geruch von Fleisch, Stuhl und Blut, durchzogen von Phenolschwaden. Auch die leichte Zugluft, die durchs Fenster hereinwehte, konnte nichts dagegen ausrichten. Eine am Bettpfosten angebrachte Öllampe warf auf den Kranken ein schräges Licht, das vom Metall der anderen Betten als flimmerndes Netzwerk an die Decke reflektiert wurde.

»Ist er bei Bewusstsein?«, fragte der Pastor leise. Der Arzt nickte und zog sich zurück. Auch die Krankenschwester nahm den Eimer und stellte sich an das Bettende. Als er in den blauen Lichtschein der Öllampe trat, verhärteten sich die Gesichtszüge des Pastors, ausgehöhlt von tiefen und kalten Schatten. Von seiner Stirn rannen schwarze Tropfen auf seine dichten Augenbrauen, und von den Augen selbst waren nur noch zwei leere Gruben zu sehen. Während er sich zum Kranken hinunterbeugte, begann ungewollt das Kruzifix, welches er um den Hals trug, hin und her zu baumeln, und sein Schatten vergrößerte sich an der Wand.

»Pater! Das Bein tut mir weh. Es ist ganz heiß und nass!«, klagte der Soldat.

Neben dem Bett stehend hatte der Pastor sein Brevier geöffnet. Und während er das Buch in das blaue Licht hielt, um besser lesen zu können, stimmte er ein Gebet an.

»Dort kommt man nicht durch, Pater! Gehen Sie nicht! Das ist gefährlich!«, sprach der Soldat, wobei er sich an der Jacke des Pastors festhielt. Von der anderen Bettseite kam die Krankenschwester herbei, kühlte seine Stirn und flüsterte ihm dabei Worte zu, die ihn zu beruhigen schienen.

»Die weiße Linie dort hinten, das ist die Straße nach Mustamaki. Auf der anderen Seite stehen die Russen. Und von dort schießen sie auch! Sie haben den Bahnhof eingenommen und rücken jetzt mit Panzern vor!«

Der Verletzte wurde erneut unruhig, und seine heisere Stimme übertönte die des Pastors. Er betrachtete das offene Brevier über sich, als wäre es das Skalpell, das sich erneut auf seinen Körper herabsenkte.

»Gehen Sie nicht, Pater! Die da haben keine Angst zu sterben, die sind anders als wir. Sie haben es selbst gesagt, Pater! Die kommen direkt ins Paradies, wir nicht!«

Die Krankenschwester bereitete einen neuen Umschlag. Vergebens versuchte sie den Sterbenden wieder zu beruhigen, der sich jetzt wie von neuer Kraft erfüllt auf die Ellenbogen hob.

»Pater Koskela! Lassen Sie mich nicht allein! Ich will nicht sterben!«, schrie der Soldat, und sein Schrei blieb für einen Moment in der Stille hängen.

Das Gebet des Pastors klang glasklar und deutlich. Wie ein Desinfektionsmittel ging es durch die toddurchtränkte Luft. Mit wenigen knappen Gesten führte der Pastor den letzten Ritus aus. Einige Minuten lang blieb er neben dem Toten niedergekniet und murmelte einen Psalm, bevor er sich dann zusammen mit dem Arzt entfernte. Ich hörte noch, wie ihre Schritte am Ende des Korridors langsam verhallten. Die Krankenschwester war hinausgegangen, Wasser zu holen, um den Toten zu waschen. Ich blieb allein mit dem Soldaten. Flach an die Wand gepresst betrachtete ich fassungslos dieses schweißüberzogene Gesicht. Ich starrte auf den zusammengekniffenen Mund und die erstarrten Finger, die unter der Bettdecke hervorlugten. Dieser Mann hatte Koskela gesehen. Wenige Augenblicke bevor er seinem Tod entgegenging. Meinen Freund Koskela. Vielleicht war er ja noch irgendwo dort. Mit tränenverschleierten Augen schaute ich zum Fenster hinaus. Nur einige fahle

Sterne schwammen da im trüben Himmel. Ich stellte mir den Pastor vor, wie er rücklings auf der Erde lag, die Augen weit aufgerissen hin zu denselben Sternen, die ich da draußen jetzt verlöschen sah.

Aus dem Sterberegister der lutherischen Kirche Finnlands, das ich auf dem Amt der Domkirche Tuomiokirkko konsultiert habe, geht hervor, dass Pastor Olof Koskela am 14. Juni 1944 im Operationsgebiet der Schlacht bei Kuuterselkä gefallen ist. Der Ort der Beerdigung ist unbekannt. Eine beigelegte kurze Aktennotiz fasst den Inhalt des Militärberichts zusammen, in dem die Umstände des Todes und des Leichenfunds am Straßenrand kurz vor dem Dorf Mustamaki beschrieben werden. Wahrscheinlich hatte der überstürzte Rückzug der finnischen Truppen aus der karelischen Landenge den Transport der Gefallenen in die Etappe unmöglich gemacht.

Der folgende Brief ist der letzte von Ilma Koivisto, den der Verfasser in sein Tagebuch übertragen hat. Tatsächlich hatte die junge Frau, wie sie mir anvertraute, noch einen vierten Brief geschrieben, den sie niemals abschickte und bis heute aufbewahrt. Sie bot mir an, ich könne ihn lesen, wenn es mir bei der Rekonstruktion der Geschehnisse dienlich sei. Doch ich fand es unpassend, noch weiter im Privatleben einer Frau nachzuforschen, die schon so viel erlitten hat. Ich ziehe es vor, dass die letzten Worte, die Ilma Koivisto an den Mann schrieb, den sie für Sampo Karjalainen hielt, ihr eigenes Geheimnis bleiben.

Viipuri, 19. Juni 1944

Lieber Sampo,

ich weiß nicht, welchen Sinn es noch haben kann, Dir jetzt zu schreiben, aber ich kann nicht anders, als Dir diese Worte in Deiner Stille zuzuwerfen. Im Übrigen sind es Worte, die man besser nicht für sich behält, denn nach einer Zeit beginnen sie zu faulen und infizieren alles rundherum, wie ein Wundbrand. Jeden Tag habe ich auf einen Brief von Dir gewartet, jeden Morgen, wenn die Post verteilt wurde, war ich sicher, auch mein Name würde ausgerufen. Ich dachte sogar, etwas sei Dir zugestoßen, Du seist abgereist, tot, verschwunden. Doch in diesem Fall wären ja meine Briefe an mich zurückgeschickt worden. Ich weiß daher, dass Du meine Briefe gelesen hast, und diese Gewissheit verletzt mich noch mehr. Aber bei Deiner Gefühllosigkeit kommt mir etwas falsch und konstruiert vor. Wie auch bei Deinem persönlichen Krieg, den Du gegen die Phantome Deines Gedächtnisses führst. Hier ist inzwischen der wirkliche, tatsächliche Krieg angekommen. Die Front ist nur noch wenige Kilometer entfernt. Wir sehen die deutschen Flugzeuge vorbeifliegen, die die russischen Linien bombardieren sollen. Viipuri ist bedroht. Das zwanzigste Regiment geht in Stellung, um den bevorstehenden Angriff aufzuhalten. Unser Lazarett wird aufgegeben. Morgen werden wir in ein Feldlazarett auf der anderen Seite des Flusses Vuoksi verlagert. Dorthin werden dann alle Verletzten dieses Frontsektors verbracht. Überall werden wir gebraucht. Überall gibt es Soldaten mit zerfetzten Gliedmaßen, die noch nicht wissen, ob sie leben oder sterben werden. Mit fragenden Augen schauen sie uns an. Nie habe ich an einem Ort so viele Tote gesehen, so viele Leben aus den Körpern dahinschwinden. Es ist schon eine tragische Ironie, dass bei allen diesen Gedächtnissen, die von ihren rechtmäßigen Besitzern verlassen wurden, Du selbst nicht eines findest, das Dich zufriedenstellt, und Dich darauf versteifst, Dein ganz eigenes zu wollen. Es fällt uns sehr schwer, das Notaufnahmezentrum verlassen zu müssen. Die Frucht unserer monatelangen Arbeit von Bomben zerstört oder in den Händen der Russen enden zu sehen. Aber schließlich ist alles, was während eines Krieges aufgebaut wird, zur Zerstörung bestimmt. Und ebenso vielleicht auch unsere Freundschaft. Deshalb konnte sie auch nichts Gutes bringen. Aber es ist meine Schuld, ich habe ihr zu viel abverlangt. Ich habe gleich jenen Hauch von Unendlichkeit von ihr erwartet, den man sich von menschlichen Dingen nicht erbitten darf. Wir können das Unendliche nicht begreifen, mag sein, zu unserem Unglück oder zu unserem Glück. Selbst wenn wir glauben, unermessliches Leid zu tragen, ist es in Wirklichkeit doch nur ein Ameisenkrümel. Gott hat für jedes Wesen das Maß an Schmerz bestimmt, das ihm zukommt, das kleinste wie das größte. Alles lässt sich ertragen, solange wir nicht daran sterben. Nichts von uns dauert außerhalb unserer selbst an, und wenn gewisse Schmerzen uns eine Zeit lang überleben, dann nur, um sicherzugehen, uns vollkommen getötet zu haben.

Hier in Viipuri sind die Bewohner schon seit geraumer Zeit evakuiert worden. Sofort nach der Niederlage bei Kuuterselkä. Die Russen haben unsere Verteidigungslinien auf der ganzen Front durchbrochen. Gestern sind sogar Flüchtlinge aus Petroskoi eingetroffen. Ein ganzer Lastwagen, vollgestopft mit Menschen und Möbeln. Sie suchten Unterkunft bei Verwandten. Aber hier ist niemand mehr. Die Stadt ist leer, die einzigen Bewohner sind noch streunende Hunde und aus Angst verrückt gewordene Pferde. Lieber Sampo, das ist der letzte Brief, den ich Dir schreibe. Am Ende dieser Seiten wird jeder von uns erneut frei sein, für sich allein zu leiden, jeder wird wieder von seiner eigenen Einsamkeit Besitz nehmen können. Im Grunde ist das ja auch die Lebensweise, die dem Menschen am meisten entspricht. Die ideale Lebensweise, um ohne jede Ablenkung das Ziel der eigenen Selbsterhaltung zu verfolgen, die einzige wirkliche Aufgabe, die Gott uns zugedacht hat. Falls ich eines Tages wieder nach Helsinki zurückkomme, werde ich nicht nach Dir suchen. Ich werde Dich nicht in Erinnerung behalten wollen und Dich dieses Mal auch nicht einmal mehr bemitleiden. Auch vom Baum der schönen Erinnerungen werde ich Dich entfernen. Ich habe es Dir noch nicht gesagt, aber mein Baum kann auch vergessen. Ich werde allein zu ihm gehen, in einer späten Winternacht, wie damals, als ich ihn Dir zeigte, und die Erinnerung an Dich wird sich auflösen wie der Schnee im Meereswind. Vergessen: Das ist die einzige Verteidigung, die uns noch bleibt. Nichts von dem

Vergessenen kann uns mehr wehtun. Und bei alledem schürfst Du in Deinem Bewusstsein herum, um vielleicht ein paar Reststücke eines Gedächtnisses hervorzukratzen. Ich werde vergessen, ich werde von dieser Illusion, wie schon von anderen, wieder genesen, aber Du nicht. Du wirst Dich an all das erinnern wollen. Und ich weiß, Du wirst meine Briefe aufbewahren und sie immer wieder lesen. Nicht wegen ihres Inhalts, sondern weil sie Dir bei der Wiederherstellung einer möglichen Vergangenheit wie kostbare Fossilien erscheinen werden. Aber gib acht, denn selbst nach vielen Jahren werden die Worte, die Du bis heute hast ignorieren wollen, immer noch sprechen. Dann wird Dich das Bedauern befallen, und die ganze Zeit, die Du gierig an Dich gerissen hast, indem Du den vollendeten Kranz der Tage auflöstest, den das Leben Dir anbot, diese ganze Zeit wird sich Dir dann völlig verwirren. Denn sie ist nicht Dein Besitz, Du hast sie geplündert. Deine aufgeraffte Zeit ist nicht die Zeit, die geduldig um die kleinen Dinge des Alltags herum gesponnen wird, nicht der Teppich aus Worten und Stille, Blicken und Momenten, in welchen das Gedächtnis uns langsam einhüllt.

Es ist ein schöner Sommerabend. Die über dem Meer untergehende Sonne erleuchtet die Stämme der Bäume und lässt die Klumpen frischen Harzes auf ihrer Rinde aufglitzern, wie auch die Wasserfinger, die in die Wälder hineingreifen. Es gab eine Zeit, da hätte diese Landschaft mein Herz erfreut. Ich wäre zum leuchtenden Ufer hinuntergelaufen, wo die Wellen unseres Meeres schlagen, das sich hier als ein gefälliger See zeigt. Aber heute liegt nichts Heiteres in diesem Licht, und die langen Schatten, welche die Sonne auf die Wiesen wirft, wirken wie Kreuze. Ich bin umgeben vom Tod, und auch in mir stirbt heute etwas: die Zuneigung, die ich für Dich empfand, und das Vertrauen, das ich in Dich setzte. Jetzt, da ihr Platz leer ist, sehe ich, wie groß er war. Wie die von Bomben zurückgelassenen Krater wird er sich mit Wasser und Schlamm füllen. Aber die Zeit wird dort Gras wachsen lassen, und nach ein paar Frühlingen werden die Wasserhühner dort ihr Nest bauen. Siehst Du, dieselbe Zeit, die Du plünderst, lasse ich wachsen und gedeihen.

Adieu.

Ilma

Der letzte Brief Ilmas ist gestern angekommen, gleichzeitig mit der Nachricht vom Fall Viipuris. Auch diesen habe ich wieder unter dem Baum der schönen Erinnerungen gelesen und ihn zu den anderen in meine Jackentasche gesteckt. Und wieder einmal habe ich nicht alles verstanden. Doch die harten Worte, ja, die schon. Der Brief war schlecht geschrieben, in aller Eile, und es fiel mir schwer, ihn zu übertragen. Die sonst so runde und ausgeglichene Schrift war einem konturlosen, eintönigen Gekritzel gewichen. Keine geraden Seitenränder mehr mit Silbentrennung an der richtigen Stelle, dafür verzerrte und gestauchte Wörter, vielleicht um keine neue Zeile beginnen zu müssen, zudem Streichungen und Leerstellen. Sogar die Buchstaben meines Namens auf dem Umschlag sahen aus wie von einer anderen Hand geschrieben. Und sie zu lesen war, wie von einem Unbekannten gerufen zu werden. Aber das hat jetzt alles keine Bedeutung mehr nach dem, was heute vor Katajanokka passiert ist.

4

Vorzeichen des Endes

Ilma hatte recht, als sie sagte, alles sei zu ertragen, solange wir nicht daran sterben. Der Kampf des Menschen gegen den Schmerz ist ein Krieg, wo jede der beiden Seiten ihre rechtmäßige Rolle spielt. Der Sieger erkennt die Würde des Besiegten an, selbst wenn er ihn zum Tod verurteilt. Aber mein Krieg war anderer Natur. In diesem Krieg war ich mein eigener Feind. Und heute habe ich ihn endgültig verloren. Es hätte keinen Sinn, mich zu verschonen. Bei dieser Art von Kampf werden keine Gefangenen gemacht. Seit vielen Tagen schon erstickt die Stadt unter einer Hitzeglocke. Die Luft ist drückend schwer, durchdrungen von Staub und tierischen Gerüchen. Vom Meer steigt ein scharfer Geruch nach verfaulten Algen auf. Die Fischerboote, die den Golf durchqueren, um zum Hafen zu gelangen, hinterlassen ein so kompaktes Kielwasser, dass es sich nur langsam wieder schließt. Nacht und Tag folgen aufeinander unter demselben gleichgültigen marmornen Himmel, weißer nur vor der Sonne, die sich verzehrt, ohne zu brennen, wie glimmende Glut unter der Asche. In dieser stockenden Luft wirkt die Stadt wie erstarrt. Gerade einmal eine leichte Erschütterung beim Vorbeifahren der Straßenbahn, wie das verblichene Bühnenbild eines alten Theaters. Die Häuser und Wohnblocks scheinen kurz vor dem Zerbröckeln zu sein, so als hätte eine unterirdische Explosion lautlos die Eisenkörbe ihres Stahlbetons zerbrochen.

In der letzten Nacht hat ein Landwind kalte Luft gebracht, und heute Morgen haben sich von violetten Streifen durchzogene Wolken über der Stadt zusammengeballt und von allen Seiten den Horizont verriegelt. Um die Frische zu genießen, bin ich nach meiner Arbeit in der Wäscherei zum Hafen hinuntergegangen, bis zur Landspitze von Katajanokka. In der Hafenbucht von Pohjoissatama herrschte großes Treiben. Ein Zug schlich das Ufer entlang, wo ein großer rostiger Frachter festgemacht hatte. Neben mir saß eine Gruppe von Matrosen und beobachtete die vor der Mole vorbeifahrenden Schiffe und die Rauchfahnen der entfernteren Frachter. Ein Kanonenboot verließ den Hafen, wahrscheinlich mit Kurs auf die karelische Landenge. Es kam auf uns zu, kraftvoll das Meer durchschneidend und zu beiden Seiten Schaumflügel aufwerfend. Schwarz im schwarzen Wasser, ein furchteinflößender Anblick. Es war voll beflaggt, und man konnte sehen, wie die Matrosen geschäftig auf der Brücke herumliefen. Jetzt fuhr es direkt vor uns vorbei, imponierend mit seinen genieteten Eisenplanken, bespickt mit Kanonen, das Deck voller Schreie und Rufe. Zwei scharfe Pfiffe seiner Sirene setzten den gesamten Golf in Alarmbereitschaft.

Einer der auf dem Schotter sitzenden Matrosen deutete mit dem Finger hin: »Das ist ein deutsches Schiff! Es ist 1943 aus Danzig hierhergekommen. *Walhalla* war damals noch sein Name. Wir selbst haben es in der Werft von Suomenlinna neu angestrichen!«

Auch ich schaute zu, wie das Kanonenboot vorbeifuhr, die Heckflagge mit dem blauen Kreuz steif im Wind, der Rauch aus dem Schornstein, der den Himmel noch zusätzlich einschwärzte. Hinter der Stadt türmten sich jetzt immer dunklere, regenschwere Wolken auf. Die Matrosen auf dem Schotterbett erhoben sich und gingen mit ihren Mützen in der Hand am Hang entlang den Hügel hinab. Ich folgte ihnen mit meinen Blicken, bis sie unten auf die Straße einbogen. Aber auch als sie schon aus meinem Blickfeld waren, konnte ich noch weiter Redefetzen von ihnen hören, als kämen sie von einer anderen Welt. Jetzt war ich ganz allein auf der Landspitze von Katajanokka, und nur für mich allein bereitete das Schicksal sein Schauspiel vor.

Mit einem Mal befiel mich eine seltsame Unruhe, beinahe ein Unwohlsein, so als wäre das von meinen Augen aufgenommene Bild noch nicht im Verstand angekommen. Ich streckte mein Gesicht in den Wind und blickte weiter dem Schiff nach, mehr, weil ich es einfach vor mir hatte, als aus echter Neugier. Und erst jetzt, erst in diesem Augenblick las ich auf dem mauerhohen roststreifigen Schiffsrumpf in großen weißen Buchstaben: *Sampo Karjalainen*. Ich kann das Gefühl nicht beschreiben, das mich da befiel. Größer noch als das Erstaunen, der Unglauben, war die Angst. Zuerst war es wie ein Schlag, wie ein heftiger Peitschenhieb auf das nackte Gehirn, dann wie ein Gift, das langsam in den Körper, bis in die letzten Adern, vordringt. Ich musste aufschreien. Aber auch tausend Schreie wären nicht genug gewesen. Ein grausamer Gott hat uns derart geschaffen, dass die Schmerzen in uns niemals alle zusammen auf einmal explodieren und uns in Stücke reißen. In Geist wie Körper schalten sich dann Filter ein, um die Wucht zu mindern, sodass wir bei vollem Bewusstsein unser Leiden erleben und jeden Teil von uns betasten können, der machtlos vor sich hin röchelt, unfähig zu sterben. So stand ich an diesem Morgen auf der Landspitze von Katajanokka wie festgenagelt von jenem Anblick, der Geist verdunkelt von einem ganzen Wirbelsturm an Gedanken. Denn so war es eben, ich spürte, dass es so war. Der Name, von dem ich geglaubt hatte, er gehöre mir, verblichen auf dem Etikett meiner Matrosenjacke, dieser Name war nichts anderes als der Name eines Kriegsschiffs. An die Worte der Matrosen zurückdenkend, wurde mir jetzt klar, warum bisher niemand meinen Namen mit dem Kanonenboot *Sampo Karjalainen* in Verbindung gebracht hatte: Es war erst seit zu kurzer Zeit im Dienst der finnischen Marine. Niemand kannte es, und wer weiß in welchen Gewässern es bis heute operiert hatte. Dann gehörte also meine Jacke einem der Matrosen von diesem Kanonenboot?

War vielleicht ich einer von ihnen? Aber wie war ich in Triest gelandet? Oder hatte ich mir die Jacke vielleicht auf andere Weise beschafft? Wer war ich dann also? Und die Stickerei auf dem Taschentuch? Was bedeuteten diese Buchstaben? Es konnte doch nicht möglich sein, dass auch sie den Schiffsnamen bezeichneten. Von wem, von welchem Namen waren es dann die Initialen? Dieser Hagelsturm von unbeantworteten Fragen mähte in einem Augenblick all meine Gewissheiten nieder. Und im selben Augenblick stürzte auch die Identität zusammen, die ich mir so mühsam aufgebaut hatte, fortgeblasen von der Explosion dieser weißen Buchstaben, die wie ein Schrei, wie eine höhnische Beleidigung dort vom Meer aufstiegen. Das Kanonenboot *Sampo Karjalainen* glitt langsam dem offenen Meer entgegen, meinen Namen gleich mit sich forttragend. Triest, die *Tübingen*, Doktor Friari, Stettin, Österbotten, Ilma, Koskela, alles wirbelte durcheinander im Kaleidoskop meines Geistes und zerbrach jedes Bild in unkenntliche Splitter. Ich war nicht Sampo Karjalainen, vielleicht nicht einmal Finne, niemand war ich mehr.

Paradoxerweise hatte diese Entdeckung, die mich im Grunde der Wahrheit näherbrachte, die Wirkung, nun vollends meine Willenskraft zu brechen. Ich hatte nicht mehr die Kraft, weiterzusuchen und mich oben zu halten. Ich war vom unwiderstehlichen Wunsch ergriffen, mich nur noch untergehen zu lassen und in den verschlungenen Windungen meines Geistes zu verschwinden. Es hatte keinen Sinn mehr, weiter so verbissen nach meinem wahren Namen, nach meiner wahren Vergangenheit zu suchen. Am Ende war ich tatsächlich Sampo Karjalainen geworden, doch nicht der, den ich mir erträumt hatte, mit einem Haus, einer Vergangenheit, einer Familie, die auf ihn wartete. Ich war ein nicht existenter Mann, die Erfindung eines Etiketts in einer Matrosenjacke, ein gewaltiges Missverständnis, ein durch das grausame und mir unbewusste Zusammentreffen von Zufällen lebendig gewordener Irrtum. Jetzt konnte mich kein Zweifel mehr vor meiner unausweichlichen, tragischen Identität schützen. Alles, was ich, im Glauben, es als meinen Besitz einfordern zu können, gelernt hatte, schien nun nichts mehr mit meiner wahren Geschichte, meinem wahren Namen zu tun zu haben. Meine wirkliche Vergangenheit, von der ich noch bis vor kurzer Zeit glaubte, ich würde ihr jeden Tag in den Straßen Helsinkis ein wenig näher kommen und sie früher oder später zu fassen kriegen, diese meine Vergangenheit war mit einem Mal endgültig verschwunden, verschlungen vom Rachen jener unbestreitbaren Wahrheit. Denn jetzt wusste ich, das war die Wahrheit.

Ich fing an zu laufen, weit weg vom Meer, in das dichteste Straßengewirr, wo ich wie ein Wahnsinniger herumraste. Mir schien, die ganze Stadt lese jetzt diesen Namen, der auf dem Schiffsrumpf durch den Golf glitt, und die Journalisten vom Hotel Kämp, die Krankenschwestern des Hospitals, ja sogar die Verletzten und Kranken wären alle zum Kai hinausgetreten, um besser sehen zu können, und kämen jetzt drohend auf mich zu, um mich zur Rechenschaft zu ziehen, von mir Erklärungen zu verlangen. Und da waren sie, die schwarze Meute, die mich zum Meer hin stieß, von wo ich an jenem weit zurückliegenden Wintermorgen gekommen war. Um mich zurückzuweisen, mich wieder hinauszuwerfen. Sie bestraften mich dafür, dass ich sie betrogen hatte. Ich konnte ihre Gesichter nicht erkennen, doch hin und wieder ein Profil, ein flüchtiges Gesicht, einen Mund mit entblößten Zähnen, ein vorgestrecktes Bein, einen erhobenen Arm. Einige schrien etwas, andere antworteten, indem sie die Faust zeigten. Eine Hand stieß mich an und wollte mich zu Boden werfen, eine andere packte mich am Kragen und brüllte: »Wer bist du?« Ich irrte durch die Stadt, ohne sie wiederzuerkennen, ohne fortan zu unterscheiden, was ich sah oder was ich mir einbildete. Verängstigt zuckte ich bei jedem mir entgegenkommenden Passanten zusammen, blickte mich nach allen Seiten um, aus Angst, überfallen zu werden. Wie betäubt bog ich in Straßen ein, die ich nie zuvor gesehen hatte. Das Blut pochte mir in den Schläfen, meine Augen traten aus den Höhlen, meine Hände zitterten. Eine tiefe Angst erfüllte mich langsam, lähmte mich und würgte mir jeden Gedanken ab. Es begann zu regnen. Ein monotones Rauschen setzte ein, weder Donner noch Blitze, und überlagerte alle anderen Geräusche. Die Stadt atmete auf. Auch ich seufzte erleichtert. Die Wolken über mir brodelten und wuchsen ins Unermessliche. Ein stilles Beben erschütterte die Himmel, wo die vielen Tage der Gluthitze eine verwunschene Stadt haben entstehen lassen, eine Stadt aus Nebel und Wolken, wie das böse Spiegelbild der wirklichen. Ich ging durch die Straßen und träumte, dass auch das Kanonenboot Teil dieser diabolischen Verdoppelung sei und vom Regen fortgetragen würde und dass die weißen Buchstaben seines Namens sie dabei wie eine Fata Morgana in der Weite des Meeres auflösten.

Das kalte Wasser auf der Haut, auf Gesicht und Augen beruhigte mein Entsetzen. Kalt lief es mir die Arme und Beine hinunter, wusch und linderte meine Wunden. Ich erkannte den Bulevardi und ging weiter bis zur Esplanadi. Unter prasselndem Regen erreichte ich schließlich wieder das Krankenhaus.

Den ganzen Tag über habe ich hier im Gästehaus auf dem Bett gesessen, um diese Seiten zu Ende zu schreiben. Ich bin nicht zur Messe gegangen und auch nicht in den Speisesaal. Ich habe weder gegessen noch getrunken. Es ist jetzt spät. Die Nacht ohne Dunkelheit hat sich auf die Stadt gesenkt. Jetzt ist meine Entscheidung gefallen. In der Morgendämmerung werde ich mit dem ersten Truppentransport zur Front aufbrechen. Während all dieser letzten Monate glaubte ich jemand zu sein, der ich nicht bin. Ich habe unter den Menschen hier nach meiner Sippe, meiner Stammfamilie gesucht. Habe die Sprache erlernt, in der ich mir einbildete, einst nach meiner Mutter gerufen zu haben, wobei diese Sprache aber vielleicht nie von meinem Mund je hervorgebracht worden war. Niemals werde ich erfahren, in welcher Sprache meine Mutter mir ihre Wiegenlieder vorsang. Meine Sprache, die mir ganz eigene, ist für immer verloren. Dahingeschwunden zusammen mit meinem Gedächtnis. Ins Meer hinweggeschwemmt mit dem Blut, das ich in jener Nacht auf der Mole in Triest verlor. Vielleicht treiben meine Erinnerungen auf den sieben Ozeanen umher wie Ölflecken, von niemandem beachtet, oder werden von den Wellen an einen Strand geworfen, wo sie als Schaum im Sand versickern. Wäre ich an diesem Morgen nicht zum Hafen hinuntergegangen, hätte ich vielleicht nie die Wahrheit erfahren. Oder dieser Moment wäre einfach nur hinausgezögert worden, wer weiß, wie lange. Ebenso hätte ich auch noch fünfzig Jahre weiter so leben können, ohne jemals dem Kanonenboot *Sampo Karjalainen* zu begegnen. Und dann, eines entfernten Tages, alt und müde, hätte ich vielleicht diese Wahrheit als einen Scherz des Schicksals akzeptieren können. Ein ganzes Leben lang mit dem falschen Namen zu leben lässt ihn zum richtigen Namen werden, verwandelt den Irrtum in Wahrheit. Zwei Schritte vom Tod entfernt, hätte ich jedem ins Gesicht gelacht, der gekommen wäre, um mir zu sagen, dass ich nicht Sampo Karjalainen bin. Wahrscheinlicher aber wäre das bedrängende Unbehagen, das mich seit dem Tag meines Aufwachens auf der *Tübingen* befiel, immer größer geworden und hätte jeden Lebensdrang in mir erstickt. Ich habe mich niemals daheim gefühlt in diesem Land. Auch als ich noch voll Vertrauen darauf, meine Vergangenheit wiederfinden zu können, durch die Tage ging, hatte ich oft den Eindruck, die falsche Richtung zu verfolgen. Die vagen Spuren meines eigenen Selbst, die mir in seltenen Momenten zu Bewusstsein kamen, führten woanders hin. Doch sobald ich ihnen nachging, verwischten sie sich auch schon. Vielleicht hätte ich niemals das Angebot von Doktor Friari akzeptieren und mich dem Schicksal entgegenstellen dürfen, das mich nach Triest gebracht hatte. Dort war mein vorbestimmter Ort gewesen, und ich hatte mich von ihm entfernt. Ich hatte den Hochmut besessen, eine Wahl treffen zu können. Aber es gibt keine freie Wahl auf dieser Welt. Vielleicht bestand mein Schicksal aber auch gerade darin: hierherzukommen, Finnisch zu lernen und ein Finne zu werden, auch wenn ich es vielleicht niemals gewesen bin. Im Grunde habe ich doch schließlich alles diesem Land zu verdanken. All das wenige, was ich erreicht habe. Ohne dass ich es gewusst hätte, wer ich war, ohne irgendetwas von mir im Gegenzug zu verlangen, hat es mir einen Namen und eine Sprache gegeben. Mitten in seiner eigenen Not war es bereit, mein Unglück mit mir zu teilen. Es genügte ein Etikett, eingenäht in eine Matrosenjacke, um von diesen Leuten aufgenommen und als einer von ihnen anerkannt zu werden. Es genügte der Brief eines unbekannten Arztes der deutschen Wehrmacht, um mir das Recht auf ein Bett und ein warmes Essen zu verschaffen. Weil ich also Sampo Karjalainen heiße und weil ich Finnisch spreche, werde ich morgen in aller Frühe aufbrechen, um für dieses

Land zu kämpfen, und wenn ich auch kein echter Finne zu Lebzeiten sein konnte, werde ich es doch wenigstens als Toter sein. Auf dem Kreuz, das man auf mein Grab setzt, wird der Name, den ich trage, endlich mein eigener sein. Ganz allein mein eigener. Ich übergebe dir, mein Leser, hier meine Geschichte, damit du sie in Erinnerung behältst. Auf diese Weise werde ich, der ich in niemandes Gedächtnis bleiben werde, der ich zeit meines Lebens nicht existiert habe, am Ende sterben können mit dem Gedanken, dass man sich meiner erinnern wird.

Damit schließt das Manuskript von Sampo Karjalainen. Das Heft umfasst noch ein paar weitere Seiten, in denen Telefonnummern, Adressen und die Namen von diversen Ortschaften in Südkarelien aufgeführt sind. Ebenso fand ich, herausgerissen aus einem Telefonbuch, einen zusammengefalteten Stadtplan von Helsinki im Heft eingelegt und dazu noch ein paar Straßenbahnfahrscheine. Zwischen der letzten Seite und dem Deckblatt findet sich ein flachgedrücktes Blatt, wahrscheinlich das einer Eberesche, das einen grünen Abdruck auf dem Papier hinterlassen hat. Ilma Koivisto nimmt an, es handle sich um ein Blatt vom Baum der schönen Erinnerungen. Auf dem vorderen Deckblatt stehen, in Tintentusche geschrieben, die Initialen S.K., in derselben Schriftform der auf dem Taschentuch aufgestickten Buchstaben, das zusammen mit dem Manuskript gefunden wurde. Aus der Akte Nr. 37895 des Kriegsministeriums geht hervor, dass der Soldat Sampo Karjalainen, der sich am 24. Juni 1944 als Freiwilliger mel-

dete und der dritten Grenzgardedivision zugewiesen wurde, in der Schlacht von Ihantala gefallen ist, aber es gibt keinen Hinweis auf den Begräbnisort. Vielleicht liegt er nicht weit entfernt von seinem einzigen Freund, dem Pastor Olof Koskela, in einem Massengrab entlang der Straße nach Mustamaki. Vielleicht ist er auch von den Raupenketten der Panzer zermalmt worden, und überhaupt nichts ist von seinem Körper übriggeblieben. Niemand weiß, welches Ende der Verfasser dieses Manuskripts genommen hat, der Mann, dem ich unbedingt den Namen Sampo Karjalainen geben wollte. Heute weiß ich, wer wirklich Sampo Karjalainen war. Das ist der Grund, weshalb ich nach Helsinki gekommen bin, um nach ihm zu suchen. Um meinen unglückseligen Irrtum wiedergutzumachen, um ihm, wenn schon nicht das Gedächtnis, so doch zumindest seine wahre Identität zurückzugeben und einen Ort, wohin er zurückkann. Aber der Krieg hat mich weit fortgeführt von ihm und mich daran gehindert, ihn noch zeitig zu erreichen. Erst heute habe ich meine Mission vollenden können, und nun ist es zu spät.

Epilog

Während wir noch vor Triest vor Anker lagen, wenige Tage nach der Abfahrt des Konvois, der Sampo Karjalainen zu seinem Bestimmungsort brachte, kam Doktor Friedrich Reiner persönlich zu mir an Bord der Tübingen. *Es war der Abend, bevor wir nach Nordafrika ablegten. Bei Laternenlicht trafen die Matrosen die letzten Vorbereitungen. Es wehte eine starke Bora, die heulend über das Schiff fegte. Der Herbsthimmel hatte sich im roten Licht der untergehenden Sonne mit Wolken zugezogen. Ich hatte mich in mein Arbeitszimmer zurückgezogen, als der Wachposten mich von der Ankunft des Doktors unterrichtete. Der Windstoß, der bei seinem Eintreten ins Zimmer wehte, war so eisig wie die enthüllenden Nachrichten, die er mir brachte. Mit ernstem Gesicht öffnete er auf dem Tisch eine Schachtel, die mit Schnürsenkeln verschnürt und mit einem blau gestreiften Schnupftuch umhüllt war, auf dessen Rand die Initialen S.K. gestickt waren. Sie enthielt eine deutsche Erkennungsmarke mit dem eingravierten Namen von Stefan Klein und der Nummer 97840028, eine leere Brieftasche, einen Fahrschein der italienischen Eisenbahn sowie ein zerknittertes, vierfach gefaltetes Blatt Papier. Es war ein Dokument der italienischen Marine, ein Sonderurlaubsschein für vierzehn Tage, gültig ab dem 7. September 1943, ausgestellt auf den Soldaten Massimiliano Brodar, geboren in Triest am 6. Dezember 1916 und wohnhaft in der Via San Nicolò 10. Auf meinen verblüfften Blick hin knöpfte Doktor Reiner seinen Mantel auf und begann zu erzählen.*

Stefan Klein war ein Agent des militärischen Geheimdienstes. Bis August 1943 hatte er in Finnland als Ausbildungsoffizier bei der finnischen Marine Dienst geleistet. Nach dem italienischen Waffenstillstand war er eiligst in das Operationsgebiet der adriatischen Küste nach Triest verlegt worden, mit der Aufgabe, die italienischen Streitkräfte zu infiltrieren und dienliche Informationen zu beschaffen, um eventuellen feindlichen Operationen seitens der ehemaligen Alliierten zuvorkommen zu können. Als Sohn einer italienischen Mutter hatte Agent Klein kein Problem, Italienisch zu sprechen. Das hatte Doktor Reiner von der Gebietskommandantur erfahren. Er hatte gleich darauf ein Telegramm nach Klagenfurt schicken lassen, als noch am selben Morgen ein Trupp des Sicherheitsbataillons beim Durchkämmen eines Sektors des Karstgebiets auf der Suche nach Partisanen den Körper von Stefan Klein fand, der nebst einigen Soldaten von Salò erschossen worden war. Er trug eine italienische Infanterieuniform, und bei ihm fand man ebendiese Gegenstände. Allein mithilfe der Erkennungsmarke konnte er identifiziert werden. Im ersten Augenblick konnte sich Doktor Reiner nicht daran erinnern, wo er solch ein ähnliches

Schnupftuch schon gesehen hatte. Diese Initialen sagten ihm etwas. Die Informationen der Gebietskommandantur waren dann wie ein Blitzschlag gewesen. Wahrscheinlich hatte Agent Klein, kaum dass er direkt von Helsinki in Triest eingetroffen war, am Bahnhof den Soldaten Brodar überfallen, um sich eine italienische Uniform zu beschaffen und so leichter die feindlichen Streitkräfte infiltrieren zu können. Dabei hatte er, um keinen Verdacht zu erregen, dem Opfer seine eigenen Sachen angezogen, darüber aber ganz vergessen, vollständig die Taschen seiner Matrosenjacke auszuleeren … Doch nur wenige Tage später war Stefan Klein von den Partisanen enttarnt und erschossen worden. Der Urlaubsschein von Massimiliano Brodar, der im Futter seiner Jacke steckte, war wahrscheinlich bei der Durchsuchung übersehen worden. Der halbtote Mann, der in Triest auf der Mole in der Nähe des Bahnhofs gefunden wurde, der Mann, den ich behandelte und dem ich dabei half, wieder das Sprechen zu erlernen, war also Massimiliano Brodar, und es war nicht sein Name, der auf dem Etikett der von ihm getragenen Jacke aufgedruckt stand: Es war der Name des finnischen Kanonenboots Sampo Karjalainen*, die alte deutsche* Walhalla*, auf welcher der Agent Klein als Ausbilder Dienst getan hatte, bevor er in das Kriegsgebiet der adriatischen Küste auf Mission geschickt worden war.*

Dies ist die wahre Geschichte des Verfassers dieses Manuskripts, jenes Mannes, der durch meine Schuld glaubte, Sampo Karjalainen zu heißen. Ihm genau das zu enthüllen war ich nach Helsinki gekommen, wenn ich ihn nur noch lebend angetroffen hätte.

In den langen Monaten, die ich an Bord der Tübingen *verbrachte, nur darauf wartend, dass dieser furchtbare Krieg endlich endete, habe ich oft an diesen Mann gedacht und mir zu erklären versucht, wie ich je einem derartigen Missverständnis aufsitzen konnte. Sicher war es die krankhafte Anhänglichkeit für mein Land, die mich dazu verleitete, ihn für einen Finnen zu halten. Und ebenso war es aus reiner Eigenliebe, dass ich mich davon überzeugte, in jenem Etikett den Beweis seiner Identität zu sehen. Instinktiv setzte ich alles daran, diesen unbekannten Finnen zu retten, den der Krieg mir in die Arme geschleudert hatte. Doch in Wirklichkeit suchte ich nur mein eigenes Heil. Wie schon in Hamburg, als ich einem Landsmann zu Hilfe kam, glaubte ich ein weiteres Mal, dadurch den Fehler meines Vaters wiedergutmachen zu können. Mein ganzes Leben lang war ich wie besessen davon. Der Tod meines Vaters, der kommunistischen Subversion angeklagt und ungerechterweise ermordet, war für mich eine zu sühnende Schuld geworden. Und so habe ich seinen Platz vor dem Kriegsgericht eingenommen, das ihn verurteilt hatte, und über all diese Jahre habe ich hartnäckig versucht, ein Unrecht wiedergutzumachen, das ich nicht begangen hatte. Heute wird mir bewusst, dass ich überhaupt dafür gelebt habe, dass ich mein Leben damit verbracht habe, für ihn, an seiner Stelle zu sühnen und eine Vergebung zu erstreben, um die weder ich noch mein Vater je hatten bitten müssen. Jeder Matrose, der zu mir in die Ambulanz der finnischen Kirche in Hamburg kam, war der Scharfrichter meines Vaters, der mich vor Fieber zitternd um Hilfe bat. Jedes Mal konnte ich ihn töten oder retten. Und Mal für Mal ret-*

tete ich ihn, wobei sein Dank meine Absolution bedeutete. Aber das genügte nicht: Ganz Finnland musste mir die Absolution erteilen, alle Finnen mussten auf das Feldbett meiner Ambulanz, damit die Vergebung vollständig sein konnte. Wenn ich Massimiliano Brodar wiedergefunden hätte, wäre es mir vielleicht gelungen, mich von dieser Vergangenheit zu befreien. Ihm sein Leben und seinen Namen zurückgeben zu können hätte mich frei gemacht. Dagegen gehe ich weiter meiner Sühnearbeit nach, von einer Schuld zur anderen, denn selbst nach all dieser Zeit fühle ich mich noch als Finne, und als ich Kind war, hat mir ein Pfarrer wie Koskela beigebracht, das man lebt, um Buße zu tun, um sich dafür zu bestrafen, geboren zu sein. Dieses grausame Vaterland, das meinen Vater umgebracht, mich ins Exil gezwungen und mir nichts anderes als Schuldgefühle gegeben hat, bis heute sehne ich mich nach ihm und verfluche es zugleich. Wir kommen allein an einem Ort zur Welt, und nur dort gehören wir hin. Der Weltbürger, der wie ein Trapezakrobat von einer Identität zur anderen fliegt, macht früher oder später einen Fehlgriff und findet sich mit einem Mal auf dem Boden wieder, wie festgenagelt von der Erinnerung an die vier Häuser entlang einer staubigen Straße in seiner Kindheit. Auch wer sein ganzes Leben lang vorgibt, keine Heimat zu haben, wird beim Näherkommen des Todes plötzlich den Ruf jenes Ortes hören, wo alles begann und wo er weiß, er wird erwartet. Dort und nur dort bleibt alles immer unverändert, jeder Geruch, jede Farbe, jedes Geräusch an seinem eigenen Platz. Kehren wir dorthin zurück, schwindet auch die Erinnerung, wird gleichsam zurück auf null gestellt. Und mit ihr verlöscht zugleich jeder Schmerz. Denn wenn Anfang und Ende sich berühren, so heißt das, es ist nichts geschehen. Es war alles ein Traum in noch einem anderen Traum, und aus demselben Stoff ist vielleicht auch der Mensch gemacht.

Seit einigen Stunden schneit es jetzt, aber der Schnee genügt nicht, um diesen wie ein Höhlendach so rauen und tief liegenden Himmel aufzuklären. Der Tag ist dahingeschwunden wie ein übergossenes Feuer, und nur noch Reste rauchigen Lichtes schlingern durch die Straßen. Jetzt hält mich nichts mehr hier in Helsinki zurück. Heute Abend werde ich das Schiff nach Stockholm nehmen und von dort das nächste dann weiter nach Hamburg. Bevor ich aufbrach, habe ich noch Fräulein Koivisto gebeten, mich zum Gästehaus zu begleiten, wo Sampo Karjalainen wohnte. Ich wollte nur einige Augenblicke bleiben und mir alles noch einmal durch den Kopf gehen lassen.

Und so sitze ich jetzt hier, auf seinem Bett Nummer 6, und betrachte den Schnee, der sanft im Hof niedergeht. Ringsum tiefe Stille. Der Lichtreflex einer Laterne auf dem Schnee wirft einen zarten Schatten der Fenstersprossen an die Wand. Eine Glocke erklingt, das muss die Glocke sein, mit welcher zur Messe geläutet wird. Ich stehe auf, gehe auf den Hof hinaus und folge den undeutlichen Schatten, die sich auf die kleine Holzkirche zubewegen. Der Schnee knirscht unter ihren Schritten. Im Innern der wohlige Geruch von Wachs und brennendem Holz. Auf dem Altar leuchten zwei Kerzen. Ein Soldat legt die Messbücher auf die Bänke, hängt die vergoldeten Nummern der Tagespsalmen an die Wand und öffnet das Brevier auf dem Lesepult. Im schwachen Licht der flackernden Kerzen versuche ich sein Gesicht zu erkennen. Ich würde gern zu ihm gehen, mit ihm sprechen. Tue es aber dann doch nicht, ich gehe wieder hinaus, bis zur Mitte des Hofes, bleibe dort im Dunkeln stehen und lausche dem fallenden Schnee.